新潮文庫

人形島の殺人

呪殺島秘録

萩原麻里著

新潮社版

11734

目次

人形島の殺人
呪殺島秘録

序章

そこは、島の中で唯一《ゆいいつ》の「聖域」だった。
呪術《じゅじゅつ》に満ちた島の空気を切り取るように築かれた土壁造りの蔵。ほとんど明かりもない中で、天井近くにひとつきりある小さな窓から差し込む秋の月光だけが、その小さな世界を優しく照らし出している。

座敷には、着物をまとった、まるで日本人形のように小さくあどけない一人の子供の姿があった。手元に広げた古びたおもちゃを転がし、手のひらに乗るような人形を弄《もてあそ》びながら、くすくすと笑い合っている。

二人の子供たちにとって、誰もが寝静まった後の真夜中のままごと遊びは特別だった。日が高いうちは誰も子供たちに関わろうとせず、誰もが二人をそこにいない者のように、あるいは侮蔑《ぶべつ》の対象のように眺めるだけだったからだ。くっきりと引かれた境界線の向こう側に立つ彼らが向けるのは、驚くほど純粋な嫌悪《けんお》と憎しみのまなざしで、時折、そこに自分たちとは相容《い》れない者を畏怖《いふ》するような光が宿ることもあった。

彼らの向けるものに共通するのは、子供たちを追い詰める「悪意」。けれどそうしたおそろしいものも、この座敷の中にまでは入ってこない。

何故《なぜ》ならここは、島の人たちにとっても、子供たちにとっても、特別な場所だから。

「やくそくしようね」

着物をまとった、まるで日本人形のように見える二人の子供たちは、その幼い顔に似合わぬ真剣な表情を浮かべて向かい合う。

「わたしたち、大人になっても、あえなくなっても、友達でいるの」

「ほかの人たちが意地悪しても」

「関係ない。友達がいたら、平気だもん」

たどたどしい約束の言葉を交わした後、うん、と頷《うなず》いて、二人は小指を絡《から》ませる。それは「忌《い》み子」として隔離された子供にとって、唯一確かで、あたたかくて、安心できる……心のよすがとなるもので。

「ゆびきりげんまん、うそついたらはりせんぼんのーます、指きった！」

ぱっと指が離れた途端、大きな声が出て、子供たちはあわてて自分の口をふさいだ。けれどそのおかしさに笑いがこみ上げて、我慢できず、結局すぐにくすくす笑いあう。

「これでもう大丈夫。やくそくしたからね」

「うん。ぜったいに、ずーっと、一緒だよ」

笑い合っていた子供たちの表情に、不安の陰りが混じる。お互いだけが唯一の存在理由であるように、二人は額をこつんとぶつけ合って目を閉じた。

艶《あで》やかな夜の帳《とばり》の下りる中で、その約束は柔らかな吐息のように座敷を包み、子供たちはようやく安心したように微笑《ほほえ》みを浮かべる。

その約束がどれほど残酷で、悲しい未来を呼び起こすものなのか。

子供たちを守る、穏やかで幸せなこの聖域の外に、やがて沢山の死と苦しみが訪れる未来があることになど……この時はまだ、気付きもせずに。

*****

……震えあがるほどの冷気が、足元から伝ってくる。

まるで氷室《ひむろ》だ。口から吐き出される息は白く、余りにも冷たすぎて、視界が色を落として淡く見えるほどだった。明かりの落ちた座敷の上にはかけらも温《ぬく》もりがなく、殺風景な古びた座敷の中が、どこか牢獄《ろうごく》のようにすら感じられた。

すべてが遮断されたような世界の中、僕は言葉もなく立ち尽くしている。自分が生きているのか死んでいるのかすら分からないほど呆然《ぼうぜん》としているのに、浅い呼吸だけは不思議と途切れずに白濁した空気となって吐き出されていく。その、唯一息をする僕の存在だけが、暗く切り取られた屋内と開け放たれた扉の向こうに広がる外界とを繋《つな》いでいるようだった。

　長い間使われていなかった、古びて軋《きし》む畳の部屋……本来であればきちんと片付けられているはずなのに、簞笥《たんす》の上にあった花瓶は倒れて花が飛び散っている。花瓶からこぼれたのか、畳を濃く染めるように流れた水が座敷の中央まで伸びていた。

　そして…………。

　そこに、古陶里《ことり》はいた。

　投げ出された手足、ありえない方向へと捻《ね》じ曲げられた白い顔。見開かれたままの瞳《ひとみ》だけが強い意志を持って、何もない部屋の角を睨《にら》み付けている。

　艶《つや》やかで美しい彼女の黒髪は、畳の目を這《は》うようにまとまりなく広がり、それがまるで、後頭部から流れ出た血のようだ。それは生気を失った白磁のような顔と相まって、本当の作り物……命のない人形のように見えた。

　古陶里、と呼んでも、答えはない。震える声で再び呼べば、固まっていたはずの古陶里の身体《からだ》がかくんと僅《わず》かに揺れたものの、その後はもう、ぴくりとも動かなかった。

「古陶里」

　何故こんなことになったのだろう。

　僕はただ、古陶里を助けたかっただけなのに。これまでずっと、どんな時でもそばにいて助けてくれた……僕を信じ続けてくれた大切な幼馴染《おさななじ》みのために、彼女を救うために、ここまでたどり着いたのだ。それが、なぜ、どうしてこんな……。

「……古陶里」

身体の力が抜け、ずるりとその場にへたり込む。

寒くて、寒くて、驚くほど体は冷え切っているのに、喉《のど》だけが焼け付くように熱く、ひりひりとしていた。込み上げてくるものは嗚咽《おえつ》でも叫びでもなく、ただ、錆《さ》びた鉄のような味と擦り切れそうな痛み。あえぐように息をすれば、自分でも驚くほどうまく息ができなくて、ただ、浅くひくひくと喉を鳴らすことしかできなかった。

……ああ。もう、認めなくてはならない。

古陶里は『壊れて』しまったのだ。そして、この惨劇を生んだのは他でもない。

「僕のせいで……」

古陶里が死んだ。

大切な幼馴染みを、壊してしまったのだ、と。

……時の流れの止まったような座敷の上で。

呆然とする僕の脳裏に、ここ数日の間に起きた……この惨劇に繋がっていく出来事が、走馬灯のように流れ始める。

すべての始まりは、あの日。

そう、あの日から始まっていたのだ。

急激によみがえるいくつもの記憶に飲み込まれるように、僕の視界は少しずつ暗くなっていく……。

第一章　壱六八島《いろはじま》の呪《のろ》い

1

古陶里が消えた。

大学の冬期休暇を間近に控えた、十一月初旬のことだった。いつもなら、バイト先から戻った僕が古いアパートの階段をのぼる音に反応し、ひょっこり扉から顔を出すはずの彼女が……その日に限ってなぜかいつまでも姿を見せない。

どこかに行ったのか、あるいは眠っているのか？

そんな呑気《のんき》なことを考えていた僕は、その日、部屋を訪ねることもしなかった。きっとすぐに古陶里の方から顔を見せてくれると思っていたから。

けれど、古陶里はそれっきり姿を消してしまった。自分の部屋のものにもほとんど手を付けず、まるでふらりとどこかに散歩にでも出たみたいに。

幼少の頃から児童養護施設で育った僕らは、物心ついた時から大抵の時間を共に過ごしていた。独り立ちしてからも同じ大学に進学、アパートも同じ階の隣同士。古陶里はいつも自然に僕のそばにいて、どんな時も……共通の大切な親友が死んだ時も、夏の孤島で惨劇が起きた時も、大晦日《おおみそか》から新年にかけて行われる呪われた秘儀に関わってしまった時ですら……ずっと、ずっと一緒だったのだ。

そんな彼女が姿を消した。何の前触れもなく、ある日、忽然《こつぜん》と。

「一昨日《おととい》の夜、僕がバイトに行く前に一緒に食事して別れて、それが最後です。今朝になっても部屋に戻ってないし、学校にも来ないし電話にも出ない。メッセージも既読にならないから、さすがに心配になってアパートに戻ったら、古陶里はどこにもいなくて」

「……けどねぇ、古陶里ちゃんも二十歳すぎてるわけだし、ちょっと連絡がつかなくなったからって行方不明っていうのもねぇ。たまには君に連絡せずに外泊することだって……」

「なかったんですよ、これまでそんなこと一度も」

「もしかして交際している相手がいて、なんて可能性は」

「それならいくら鈍い僕でも気付くはずです。そりゃまあ確かに成人した大人が帰ってこなかったくらいで、って思いますけど！　でもホントに古陶里が僕に黙って一泊することなんて今までなかったんです」

　自分で言ってても変な話だな、と思う。いくら親しいからって、お互いがどこにいるのかを常に共有するって普通じゃない……おまけに僕は、これがどれだけおかしなことなのか、今の今まで気付きもしなかったのだ。

「本当に、これっぽっちも、思い当たる節はないんだよね？」

「……そういえば……一時期、ちょっと様子がおかしいんじゃないかなって思った時はありましたけど」

「様子がおかしい、って？」

「三か月くらい前かな。ほんとに些《さ》細《さい》なことなんですが、いつもよりちょっと口数が少ないというか……普段以上に外出しなくなった時期があって」

　説明しながら思い出す。大学の夏期休暇が終わった頃、古陶里はこれまで以上に僕にひっついて回るようになり、それこそバイト先までついて来て……就業時間に店の外で待ってた時は、夜中に女の子が一人で危ないだろ！　ってさすがに叱《しか》ったんだった。僕が古陶里を心配するのならともかく、これでも僕は（学生ではあるけど）成人男性なのだ。夜道を一人で帰るのに危険なんてあるわけがない。

「けど、しばらくしたらすぐに落ち着いて、いつも通りになったから……忘れてたな。何かまた変な呪いの本でも読んだんじゃないかって思って……」

「……君の周りに異変はなかったんだね？」

「あるわけないですよ。立て続けに変な事件に関わったからって、僕自身はごくごく普通の学生なんですから」

「なら、問題はないのかな？　うーむ……」

言って先生は不思議そうに僕を見た。

「前から何となく思ってたんだけどもね、君と古陶里ちゃんは共依存みたいな関係だよねぇ。……とまあそれはさておき、それで私たちのところに来たというわけか、何か知ってるんじゃないかって」

きらん、とトレードマークの大きな丸眼鏡を光らせつつ、白衣姿の世志《よし》月《づき》准《じゅん》教授はようやく納得した、と言わんばかりの顔で僕を見た。

……大学の一角にある先生の研究室。世志月准教授の担当は民俗学で、それを専攻しているわけでもないのにアポもなく研究室を訪れる僕を、先生はいつもウェルカム状態で受け入れてくれた。それは昨年末から今年にかけて起きた事件をきっかけに、お互い「准教授と学生」というだけではない、特殊な関係性が生まれたからなんだけど……今日は本格的に面倒ごとを持ち込もうとしている僕に、先生はそれでも仕事を中断させて「うーん」と真剣に考えた末、

「少なくとも、古陶里ちゃんがここに来てないのは確かだよ。瑚大朗《こたろう》も会ってないよ

ね？」

「はい。先週、彼女が先生に本を返しに来て、その時に会ったっきりです」

先生の隣にいた長身の助手……瑚大朗さんも、湯飲みの載ったトレイを手に、困惑したように首を傾《かし》げる。誠実さをそのまま形にしたような、まさに「常識人代表」みたいな彼が言うとものすごく説得力があり、古陶里がここに来ていないというのは本当だろう、と僕は素直に頷《うなず》いた。それでも溜息《ためいき》が出てしまうのは止められない。

僕にとって幼馴染《おさななじ》みであり、先生の言うところの「共依存」にも等しい関係性である三《み》嶋《しま》古陶里は、古今東西の「呪術《じゅじゅつ》」に興味を抱く、ちょっと変わった女子大生だ。普段から着物を愛用し、一度も染めたことのない長い漆黒の髪を腰辺りでぱっつり切り揃《そろ》えているせいか、黙って立っていると本物の日本人形みたいに見える容姿をしている。

僕と彼女はお互いに複雑な事情で施設に預けられた後、もはや家族みたいに親しく育った。同じ大学に通い始めてからは少しずつ違う時間を過ごすことも増えたけど、だからってこんな急に姿を消すなんて、本当に、考えられないことなのだ。

……そう。僕らの関係は、ちょっと複雑で変わっている。

昨年の夏、僕らはもう一人いた児童養護施設時代からの親友を失った。

かつて呪術を執り行っていた一族が、自らも呪われ、島流しにされた先だとされる「呪殺島《じゅさつじま》」。そのうちのひとつ、赤江《あかえ》島《じま》の出身だった彼は、遺産相続問題に巻き込まれて命を落とし、僕らはその死の真相を探るために島を訪れ「呪われた一族」が起こした事件に巻き込まれたのだ。

そしてその数か月後、またしても呪殺島に「呼ばれた」僕らは、ふたつめの島……千《ち》駒島《こまじま》で再び呪術師の末裔《まつえい》たる一族の惨事と、沢山の死を見届けることとなった。

その時に知り合ったのが世志月准教授で、彼女と瑚大朗さんは、僕らと共に千駒島で呪われた事件の当事者となったのである。いわば「仲間」みたいなものだ。

だからこそ古陶里が消えた時、思いつく限りの場所を当たった後に、僕はこの研究室を訪れた。古陶里と世志月准教授が「呪術」というテーマで繋《つな》がっている……同好の士でもあることを知っていたからだ。

だけど、ここにも来ていないとすると。

「本当に何の連絡もないんだよねぇ？　だとしたら何かの事件に巻き込まれた可能性もなきにしもあらずだよね、その線も考えておいた方が……って、痛ぁ！」

「そういうところですよ先生！　心配してる人に不吉なことを言わないように。……あのさ、共通の友達とかにも聞いてみた？」

したり顔の先生の額をこつんと小突いた瑚大朗さんが、案じるような顔で僕の顔を覗《のぞ》き込んだ。だけど僕はそれにも首を振り、

「そもそも、古陶里も僕もあんまり他に知り合いがいなくて」

認めたくはない、かなり寂しい現実を告げると、先生と瑚大朗さんが「ああ」と頭をかいた。

「まああ、そうだよねぇ。一番親しかった友人も亡《な》くなっちゃったし、古陶里ちゃんもちょっと変わったところがあるもんね……あ、いい意味でね！」

「いい意味ってつけたら何でもアリじゃないですからね」

思わず注意すると、先生が「ごめんごめん」と舌を出した。たまに子供みたいになるな、この人。

それにしても……と、僕は溜息を吐《つ》きつつ部屋の中を見渡す。

今日の研究室は相変わらずの散らかりっぷりだけど、それでもいつもよりはほんの少しだけ、ドアから奥のデスクに行くまでの道のり、スペースが残されていた。聞けば瑚大朗さんが今朝片付けをしたばかりらしく、乱雑に散らばっていた書籍は本棚に、そしてあぶれたものも床に積み上げるというかなり応急的な処置ではあるものの、一応はそれぞれにまとめられている。お陰でいつもここに来るたびに居場所に困っていたのが、今日はすんなりと本棚に囲まれたソファに座ることができたのだ。

「片付ければ仕事の効率も上がるだろうに」なんて小言をよく口にしていた古陶里も、この様子を見たら珍しく先生を褒めるんじゃないかな。なんて考えたら、隣に座っているはずの古陶里を探して、つい視線がさまよってしまった。

……じめじめと湿気に満ちた夏が長引き、ようやく気持ちの良い秋が訪れたかと思ったら、季節はあっという間に冬になろうとしていた。ここ数年の日本の四季は夏と冬の二季になって、暑さと寒さの二択って感じだ。両方苦手な僕からすれば、過ごしやすい時期がどんどん減っていってやるせない気分である。

そして……冬が来た、ということは、あの凄惨《せいさん》な千駒島の事件から一年近くが経過したということでもあった。夏と冬、まさに二季に渡って沢山の死を見て来た僕らも少しずつ日常を取り戻し、ようやく事件の記憶も薄れかけている……のだと思っていたのに、どうやらそうじゃなかったらしい。

古陶里が突然消えた理由も手掛かりも、今のところ一切ない。探そうにも打つ手のない状況だ。そんな中、先生が最近古陶里に貸していたという本を見せてくれたので、僕は念のためそれを持ってアパートに戻ることにした。バイトがあったけど、さすがに今日はそれどころじゃない。この本でも読んで手掛かりのひとつでもないか調べてみよう。

あのさぁ、急に言われてもシフト変更できないんだよね、本当に身勝手なバイト君は困るよ、どういう神経してるのかなぁ、最近の子は。なんてスマホ越しの店長の嫌味に何度も謝罪しつつ、僕は歩き慣れた道をたどって家路につく。

そして、気付いた。少し薄暗くなった階段の影、わずかな照明に照らされたスペースに立つ見覚えのある人影に。

「おやおや、随分と気落ちしてるね、真白《ましろ》くん」

嫌味っぽい口ぶりに、人を試すような眼差《まなざ》し、そして口元には弧を描くような笑み。

濃紺のスーツにコートをまとったその女性は、できれば今は……というより常日頃から、あまり顔を合わせたくないと思っていた人で。僕がこれまで体験した呪殺島の事件のいずれもに関わっている、表向きは出版社の編集者……久保田《くぼた》女史、だった。

「……久保田さん。何でここに」

彼女の訪れはいつも、誰かの悲劇と死を引き寄せる。

そんな嫌な予感に思わず顔をしかめたら、女史はむしろ喜ぶような仕草さえ見せて、こつこつと冷ややかな靴音をたてつつこちらに歩み寄ってきた。

「古陶里ちゃん、いなくなったんでしょ」

「……先生から聞いたんですか」

非常に遺憾なことに、久保田女史は世志月准教授と親交がある。古陶里のことを相談したのはつい数十分前のことだけど、この人が知っているならそれしか思い当たる節がない。

だけど違った。久保田女史はとんでもないことを言ったのだ。

「もし君が古陶里ちゃんを探し始めたら、これを直接渡してほしい、って頼まれたんでね」

「え？」

ひらり、と久保田女史がコートのポケットから白い封筒を取り出す。ほらほら、と目の前でひらひらされて受け取った僕は、封筒の表面に書かれた見慣れた字を見た途端に息を呑《の》んだ。

「古陶里の字？」

「そうだよー。だぁから言ったでしょ、彼女から頼まれたんだってさ。念の為《ため》言っとくけど、中は見てないよ？」

「いつ会ったんですか、古陶里と！」

「一昨日の深夜。島に渡る直前かな。ちょっと急いでたみたいだったし、時間がなかったのかもね」

「島？」

嫌な予感に襲われ、僕は慌《あわ》てて封筒を開ける。中には便箋《びんせん》が二枚入っていて、そのうち古陶里の字が記されていたのは、最初の一枚だけだった。

『夕刻になって急に発《た》つことを詫《わ》びる。後ろめたいことがあると誤解されたくはないが、事情は話せない。君の幸せを祈る。

苦し紛れの手紙に見えるかも知れない、だが何も書くことができない。留まることもできたが、それは最善の道ではないだろう。

長くはない手紙しか残せず、本当にすまない。』

「なんだこれ……肝心なことが何も書かれてないじゃないか。古陶里は一体どこに……」

「壱六八島」

ぽつりと。本当に何気ない口振りで、久保田女史はそう言った。

「……いろはじま？」

「そうだよ。呪殺島のひとつ、そして古陶里ちゃんの生家のある島だ。彼女はそこに行ったのさ、一度は捨てた因縁と対峙《たいじ》するためにね」

外気よりも冷え冷えとした声音が厳かな神託のように響き、久保田女史の、眼鏡越しのまっすぐな視線が僕を貫く。

だけど……僕はそれにろくな反応もできずにぽかんとしていた。聞き間違いかと思ったのだ。あるいは久保田女史が、僕をからかっているだけなんじゃないかと。

けれどやっぱり僕を見る彼女の目は真剣で。

疑念を抱かせないほどまっすぐな眼差しに、僕はごくりと生唾《なまつば》を呑みつつ、

「呪殺島に……古陶里の生家がある、ってことですか？　真白の生家じゃなくて？」

「秋津《あきつ》真白の生家は赤江島だろう。それに、もう赤江一族は死に絶えた」

「そんなこと分かってます！　だけど、古陶里も呪殺島の生まれだったなんて……そんな話、僕は一度も聞いたことがない！」

敗北感に似た苦い物を覚えながら、僕は思わず叫んでいた。

僕らは互いに家族の話をしなかった。できなかったのだ、僕には両親の記憶がないし、覚えているのは児童養護施設に来てしばらくしてからのことだけだ。

だから古陶里も同じだと思っていた……話さないのは、知らないからだと。

だけど、久保田女史には教えたって言うのか？　そもそも呪殺島の生まれだなんて、そんなこと有り得るんだろうか。古陶里と僕はこれまで二度も呪殺島に行っている。話す機会なら何度だってあったはずなのに……。

「大体、因縁って何なんですか？　何で貴女《あなた》がそんなこと知ってるんですか！」

「そりゃまぁ……って説明するのは簡単だけど、私の口から話すべきことじゃないからねぇ。あの子が命を懸けて守ろうとしたことだ、さすがにそう易々《やすやす》とはね」

「だから、何で貴女はそれを知っていて、僕だけが知らないんですか。古陶里とは去年初めて会ったんですよね？　なのにそんな大切な話、貴女にだけするはずが」

「あーもう面倒臭い子だねぇ！　私はただ伝言を頼まれただけだよ、あの子と同じ呪殺島の人間としてね」

言われて思い出す。そう言えば久保田女史もまた、日本に複数存在するという呪殺島の生まれだった。

あまりにも突然すぎて動揺したけど、彼女が古陶里の書いた手紙を持っていたことは事実だ。嘘《うそ》があろうとなかろうと、これは唯一《ゆいいつ》の古陶里の行方を知る手がかりなのだ。

落ち着こう。僕はぐっと目を閉じると、拳《こぶし》にした手を胸に当てて深呼吸した。それからまっすぐ久保田女史の顔を見ると、

「これだけは教えてください。古陶里の身に何があったのか。いや……そもそも古陶里は」

久保田女史の言葉をまとめると、それが意味することはひとつしかない。古陶里は何らかの理由があって呪殺島に渡った。そこには生家があり、今回の行動は「命を懸けたものである」という……つまり、それは。

答えを恐れながらも待つ僕に、久保田女史はようやく笑った。いかにも僕の知る彼女らしく、人を小馬鹿《こばか》にしたように唇を歪《ゆが》めて。

「呪殺島である壱六八島には、他の島と同様、島流しにあった呪術師の末裔がいる。その名も島の名前と同じく壱六八一族と呼ばれる資産家で、彼女はその人たちに会うためにそこに行ったんだよ。自分の家族である、呪術者の末裔たちにね」

2

古陶里は呪殺島の生まれである。それも、呪術者の末裔だ。

久保田女史のその言葉は、僕に衝撃を与えた。何故《なぜ》なら繰り返しになるけれど、そんな話、僕はこれまで一度たりとも聞いたことがなかったからだ。

僕は、否《いな》、僕と古陶里は、去年から今年にかけて二度呪殺島に渡った。最初は施設時代の親友の頼みで、彼の伯母に会うために。そして二度目は世志月准教授に乞《こ》われ、呪殺島を知る人間として、新たに呪われた一族の秘儀の正体を探るために。

だけどそのいずれも「巻き込まれた」ものでしかなく、僕も古陶里も部外者としてそこに首を突っ込んだだけだった。古陶里は幼少の頃から呪いマニアで呪殺島にも興味を持っていたし、僕も何やかんやで押しに弱い。結局は二度とも巻き込まれる形で事件の当事者になってしまったのだ。

そして……その間、一度だって古陶里は僕に「自分が呪殺島の生まれである」と語ったことはない。それどころか僕が「古陶里の生家」というワードを耳にしたことすら今回が初めてだった。彼女の生い立ちや家族についての情報は、これまでずっと「知らない」と言われていたからだ。

『けどさぁ、自分の両親がどんな人だったのか、ちょっとは気にならない？』

『……興味ない。私には、今目の前にあるものだけで十分だから』

古陶里はいつもクールで、昔から我儘《わがまま》ひとつ言わない大人びた子供だった。本当なら施設の子供たちの中心にだってなれただろうに、何故かいつも僕のそばにいた。他の事には一切興味がないみたいに。そして、呪殺島で亡くなった秋津真白が施設に入ってきてからは、三人で一緒に過ごしていた……。

「もし本当に古陶里が呪殺島の人間だっていうなら……真白と仲良くなったのも、その辺が理由なのかな」

真白は知っていたんだろうか、古陶里が自分と同じように呪われた島の血族の一人であることを。だとしたら、何も知らなかったのは僕だけなのか？

……あの、夏の終わり。古陶里の様子がおかしいと感じた数日の間、もしかしたら古陶里の身に何かが起きていて……それなのに僕はＳＯＳを見逃して、結果彼女を一人この島に向かわせることになってしまった……？

（あの時、古陶里は何か言ってなかったっけ）

『バイトは休めないのか？　どうしても？』

『なんだよ急に。無理だよ、店長うるさいもん。前のバイト辞めてからようやくしっくりくるとこ見つけたのにさ、クビになっちゃうよ』

『だが……』

だが、の後は何と言っていたのだろう。思い出せないけれど、もしかしたらそこに重要な手掛かりがあるのかもしれない……。

「ああもう、ホントにポンコツだな僕は」

混乱する頭を軽く振って溜息を吐くと、僕は座っていたベンチでぶるりと身体を震わせた。庇《ひさし》のある古びた木造のバス停の周りに広がるのは、葉の落ちた寂しい木々と雪景色。今は降ってこそいないが、雪は僕の座るベンチの足元近くまで積もっていて、東京では滅多に見られない厚みのある雪が、辺りに広がっている。

付近に人の気配はまるでなく、今にも壊れそうな薄い板張りの壁に貼《は》り付けられた二時間に一本しかないバスの時刻表も、果たしてまだ機能しているのかどうかすら怪しい。というか、僕は既にかなりの時間をこの雪に沈む人っ子一人いない古びたバス停で過ごしている。

「時刻表通りなら、もうバスが来ても良い頃なんだよな……まさかこのバス停、もう使われてないとかそんなことは」

大体、二時間に一本てなに。この令和の世にそんなのありか？

……白い雪の降り積もる、寒々とした幹の色が連なる枯れた森の中にぽつんとある小さなバス停。ゆるやかな坂道の途中にあるここは、波止場から上り坂の道路を登って十五分くらいの場所に位置し、目に映るのは見渡す限りの白、白、白……の雪と、色褪《あ》せた冷たい色の木々だけ。民家の気配すらない、もはや遭難してるんじゃないかという状況だ。

　つい数時間前、僕は自宅を出発し、新幹線と在来線とフェリーを乗り継いでこの「壱六八島」にやって来た。以前に訪れたもう一つの呪殺島「千駒島」とは違い、観光業を営んでいないこの小さな島に渡るためのツアーなんかもなく、ただひたすら陸路と海路を繋ぐ交通機関を自分で探す……という非常に面倒な手順を踏んだ末に、一人旅だったこともあり、結構きわどい乗り継ぎスケジュールを組んでしまった。

　お陰でまともに考える間もなくバタバタ移動して、気が付いたら到着してた、って感じでたどり着いたこの島は、どこか懐《なつ》かしい雰囲気を漂わせた、昭和にタイムスリップしたみたいな場所だった。日本海側に位置するせいか、とにかく全身に染《し》みわたるような寒さと積雪が凄《すご》い。

　港にも民家はなく、寄合所みたいな古びた建物がひとつ、後は電柱がぽつんと立っているだけ。

　そもそもフェリーに乗り合わせたのも年配の男性一人だったし、その貴重な「旅仲間」も、港に着いて少し目を離した隙《すき》にふらりと姿を消してしまった。海辺までうっすらと雪の積もる波止場にあるのは大きな看板のバス停案内だけで、他に島の情報が何もないもんだから、僕はとりあえず雪で滑る山道を苦労しながらバス停に向かったのだ。もしかしたらあの男性も、そこにいるかも知れないと思って。

　だけどたどり着いたそこに人影はなく、そういえば約一時間の船旅の間も一度も言葉を交わしてないな……と思いつつ（まあ、僕も船に乗ってすぐベンチでうたた寝してたんだけど）、僕は一人、雪に囲まれたバス停で震えながら待つことにした。そして今に至るわけだ。

　それにしても（あのおじさんがどこに行ったのかはともかくとして）、そもそもバス停に人がいないってのはどうなんだ？　他に交通手段はなさそうなのに、ここ、利用者がゼロ？　というか島の人はみんな自家用車で移動してるってことなのかな……だよなぁ、こんな辺鄙《へんぴ》な雰囲気じゃ、車なしで生活はできないもんな。今の時期にこの積雪量なら余計にそうなるだろうし、まあ、普通に考えると……。

「いやいや、だからってバスが来ないのはおかしいって」

　早朝にアパートを出発して、島に到着したのが午前九時頃、そして今が十一時だから……いつの間にか二時間が経過している。灰色の空は雪こそ落としていなかったけれどとにかく寒く、どんよりとした雲間から覗く日差しもひどく弱々しい。

　もともと寒がりの僕としては、ダウンを着ていても意味がないほど冷たいベンチから伝わる寒さ、そしてぴりぴりと痛いほど凍《い》てつく外気に囲まれて、もはや凍死するんじゃないかと思える状況だ。

　ポケットに入れていたカイロは握り締めるうちにぬるくなり、もうほとんど用をなさない。じっとしてたら寒すぎて凍りそうな気がして、時々立ち上がってはうろうろするものの、雪道に足を踏み入れたら靴の中まで雪が染みそうだし、じっとしても地獄、動いても地獄って感じだった。

　そういえば寒すぎて忘れてたけど、朝からコンビニのパンくらいしか食べてなかったんだ。寒さと空腹、このままじゃ僕は初めて来た過疎地《かそち》みたいな島のバス停で一人凍死するんじゃないだろうか。それまでに誰かが発見してくれたら良いなぁ……。

「このまま夜まで誰も来ない、なんてことはないよね……？」

　土地勘もなく、目的地もはっきりしない。この辺りじゃ明かりもないから夜になれば真っ暗だ。ただでさえ寒いのに、いつ雪が降り出すかもわからないこんな状況で誰にも出会うことなく取り残されたら……と思うとぞっとして、僕は咄嗟《とっさ》にギリギリ繋がってる程度の薄い電波を頼りにスマホを操作し、現在地を検索した。だけどグーグルマップが映し出したのは森、森に次ぐ森で、急な勾配《こうばい》の先、山の上にぽつぽつと民家らしき影があるのみだ。

　どうする？　このままバスを待つか、移動するか。

　少し悩んだ末、僕は結局、スマホが使えるうちに民家に向かうことにした。ちょっと無茶かもしれないけど、ここにいても車一台通らないんだから仕方ない。何より本格的に足を動かさなきゃ寒さが限界だ。

マップをくるくると動かしながら立ち上がり、リュックを背負い直して森の中へと足を踏み入れると、何度かずるっと雪で足が滑りそうになって……ひやひやしながら、僕は慎重に更に奥へと歩を進める。途端に冷え切った外気の中、雪に埋もれた地面の下で、枯れて落ちた葉や石なんかがごつごつとして滑りそうな危うい感触があった。

N県の北に位置するこの島は、冬になると豪雪とまではいかずとも雪が多く、そもそもの寒さが住み慣れた東京とはまるで違う。海の色も暗く、葉のない森の木々でさえ鋭くとがってそびえ、人間を威嚇《いかく》するような、突き放すような気配を醸《かも》し出している。

明確な目的地がある訳でもなく、頼りになるのはスマホだけという状況下で、正直、雪の積もった森の奥に分け入るなんて無茶はしたくない。もともと古陶里にもしょっちゅう「運動不足だ」とディスられる僕にとって、唯一の運動はコンビニで働くことくらいなのに、ハイキングや登山ばかりの運動量を必要とするこんな移動にはまったく自信がないのだ。

普通の山道より足に力を入れないと転んでしまう、そんな状況下で、僕は早まったかなぁ、とすぐに後悔し始めた。それでも何とか、雪の間にかろうじて見えるけもの道らしきものを辿《たど》り、あちこちにある木の幹によりかかるようにして先へと進む。

はあ、はあ、と荒い息をつきながら木々に手をかけ、身体《からだ》を引っ張り上げるようにして斜面を移動するうち、肌の表面は冷え切っているのに、頭と体の内側に熱がこもって段々と意識が朦朧《もうろう》としてきた。

……そういえば、以前もこんなふうに山道を歩いたことがあったな。

幹に手を突き、雪で見えない足場を確認しながら歩いていた僕は、ふと去年のことを思い出す。

新年を間近に控えた去年の暮れ、やっぱり僕はこんな真冬の季節に山道を登っていた。千駒島で社のある場所を案内してもらった時だ。

山には赤い鳥居の連なる道があって、でも僕らはその横にあるけもの道みたいな所をひいひい言いながら登っていた。とはいえあの時の山には雪がなく、寒いとは言っても太平洋側の冬だったから、今考えると随分とマシだったし……少なくともこんなふうに足場が雪に沈んで見えない危険な斜面を進むこともなかったはずなんだけど、世志月先生も瑚大朗さんも、そして古陶里ですら大した疲労を見せない中、僕一人が疲れ切って体力不足を実感したんだった。そう思い出した途端、僕を気遣いながらも呆《あき》れた視線を向けて来た古陶里の顔が脳裏にぼんやりと浮かぶ。

『……運動不足だな。この程度でバテるとは』

ぱっつり切り揃えられた黒髪に、山道には絶対に向かない着物姿だった古陶里は、すたすたと斜面を登ってほとんど息を乱していなかった。涼しい顔をして、まるでガラス玉のように綺麗《きれい》な目をまっすぐ僕に向けていた。

そう。古陶里はいつもそんなふうだったのだ。冷静沈着で物事を客観視し、僕が混乱したり動揺したら必ず助け船を出してくれる。もし今ここにいたのなら、きっと山の中に分け入るなんて無茶をした僕に「馬鹿なことを。バスが来ないなら車道を辿って行けば良いだろう」なんてアドバイスをしてくれたんだろうな。そんな古陶里の声が脳裏に響いた途端、その忠告が至極もっともなものだと気付く。

そうだよ。雪の積もった山道に入るくらいなら、島の中央部に向かって車道を歩けばよかったんだ。暗くなるまではまだ時間があるし、少なくともバスか、あるいは車が一台くらいは通ったかもしれないのに。

「いくら寒いからって……」

悪手を打ったことに気付いて立ち止まると、僕は歩いてきた山道を振り返る。だけどそこに車道らしきものはなく、辺りはもう、雪に染まった寂しい冬の森の景色だけだった。

やっちゃったなこれ。戻ったところで迷子になりそうだし、こうなったらマップを辿って民家にたどり着くしかなさそうだ。

「あーもう、何してんだよ僕は」

古陶里がいてくれたら。なんて意味のない仮定を振り払いつつ、僕は再び雪の山道を歩き出す。僕は古陶里を探すためにここに来たんだから、自力で何とかしなくちゃいけない。だけど……一緒に過ごした時間があまりにも長すぎて、どうしても彼女の影を探してしまう。

一体僕は古陶里と出会う前はどんなふうに過ごしていたんだろう。知り合った時にはもう、ごくごく自然に一緒に過ごすようになっていたから、それ以前の事なんてちっとも思い出せない……だけど。

（最初に古陶里と出会ったのが、確か）

考えかけて、あれ？　と気付く。必死に記憶をたどったのに、どうしても思い出せなかったのだ。古陶里との初対面が。

恐らくは自己紹介したりだとか、何かやりとりがあったはずだ。だけど気付けばもう僕と古陶里、そしてもう一人の親友だった真白とは友達で、仲良くなったきっかけがまったく思い出せない。確か古陶里の両親は早くに亡くなったと施設長に聞かされていて、後は……どうだったっけ？　ポンコツすぎる僕の頭はその程度の事しか思い出せないけど、それでも古陶里と真白に出会った時の記憶くらいは残っているはず。ええと、一番古い記憶を掘り起こせば、多分何とか……。

「え、わっ！」

なんてことを考えながら歩いていたせいで、注意力が散漫になっていたんだろう。疲れてほとんど上がらなくなっていた足が雪の下にある何かに引っかかり、僕は思い切り体勢を崩して前のめりになり、それを防ごうとしたことで、むしろ余計にバランスを崩してその場に倒れ込んでしまった。

がつっ、という音と半身を強打した痛みと、冷たい水っぽい雪の感触。咄嗟に顔を庇《かば》ったけど、お陰で手も突けずにまともに身体をぶつけたようだ。

「……いったいし、冷てぇぇ……」

しばらくその場で呻《うめ》いてから見れば、僕が転んだ時に蹴《け》飛《と》ばしたのか、雪の薄くなった場所に、辺りの地面に這うようにして伸びる大きな木の根っこが見えた。ここだけじゃない、見ればあちこち雪の間から木の根が顔を出していて、僕はどうやらそのうちのひとつに足を引っかけたらしい。

「ぺっ！　土が口に入った……ダウンの中までびっしょびしょだし……あーもう最悪」

突き出した木の根もそうだけど、雪で隠れたその下には、小さい岩や落ちた枯れ葉や枝なんかが溜まっていてなだらかじゃない。平たい地面に普通に転ぶのも勿論《もちろん》痛い、でもでこぼこした地面に思い切り身体を打ちつけて痛さ倍増だし、何よりダウンの隙間や手足のあちこちが雪でびしょびしょになったのもつらい。ただでさえ冷え切ってるのに、これじゃ凍っちゃう。

何とか身を起こし、近くにあった木の幹に背を預けると、僕は雪を払いながら浅い呼吸を繰り返した。途端にどこからか羽ばたきが聞こえ、木の隙間から複数の鳥が飛び立っていくのが見える。

耳を澄ませば辺りは自然に満ちていて、ざわざわと草木の揺れる音、小動物の動く音や風の音が流れていた。ああ、もうふんだりけったりってこのことだよな……荒い息を何とか整えていた僕は、やがて周囲から聞こえるそれらの物音に、何か自然のものではない「音」が混じっていることに気付いた。

ざわざわとした気配と人の声。人の……そうだ、一人じゃなくて何人かが集まって話しているような声が確かに聞こえてくる。

……間違いない。多分、近くに誰かがいる！

いつの間にか落としていたリュックを拾い上げて肩にかけ直すと、僕は物音を探るように辺りを見渡す。何となく、方向をとらえた気がするんだけど、どうだろう。

一応スマホでマップも確認しようとして、いつの間にか圏外になっていることに気付いた。仕方ないので音だけを頼りに歩を進めると、幸いそれは自分が向かっていた方角とほぼ同じで、ひとまず誰かに遭遇出来たら道案内をお願いしよう、と僕は考えた。楽観的すぎるかもだけど、とにかく第一島人に出会えさえすれば助けを求められるし、運が良ければ宿泊施設を案内してもらえるか、そうでなければ一泊くらい寝泊まりさせてもらえるかもしれない。

何度かまた躓《つまず》きそうになりながらも雪に沈む木々の間をすり抜け、ひたすら物音の聞こえる方に向かう。それは時々途切れてはまた聞こえ、そして……少しずつ全身の痛みが落ち着いてきた頃、踏み出した足が、それまでの雪の山道を突き抜けた感覚があった。

「……あっ」

途端にぱっと視界が開ける。雪化粧した葉のない木々の並びがいきなり途切れ、そこには見上げるほどに高い崖《がけ》と、その周りにぐるりと広がる、ごつごつした岩の並ぶ雪の平地があったのだ。

目の前にある山を切り取ったような急な土の壁は、高さにして十メートルほど。その上には更に山の木々が続いていて、残念なことに民家があるのはまだまだ先らしい。だけど何より僕をほっとさせたのは、その崖を取り囲むように四～五人の人影が見えたことだった。

僕みたいな旅行者じゃない、いかにも地元の人間のような着慣れたジャケットや綿入りの上着をまとった壮年、あるいは初老の男性たち。その中に二人、雰囲気の異なる、すらっとした、黒っぽい着物をまとった細身の男女の姿が混じっている。いずれも崖の壁面を見て、こちらに気付くこともなく神妙な顔で何事かを話し合っているように見えた。

場の空気は重く、世間話をしているわけでもなさそうだ。話しかけやすいどころか声をかけるのもはばかられるような雰囲気だったけど、少なくともあの人達に助けを求めれば遭難だけはせずに済む。

助かった、と思って近付こうとすると、その気配に気付いたのか、不意に着物姿の二人の男女がはっとこちらを振り返った。

僕は息を呑む。シンクロしてるんじゃないかと思うくらい同じ動きでこちらを見た二人は、ひどく特徴的な様相をしていたからだ。

一人は、中学生か高校生くらいの男の子。普段着に着物をまとうにはまだ若い気もするんだけど、それだけじゃない、着物には不似合いな、色のついた眼鏡をかけている。

そしてもう一人は二十代前半くらいの女性で、濃緑を基調とした暗い色の着物に羽織をまとい、肩の辺りでぱっつりと切り揃えられた黒髪が日本人形のように見える……その姿はまるで、大人になった古陶里を彷彿《ほうふつ》とさせた。

そう。彼女はものすごく「古陶里に似て」いたのだ。

それが意味することはひとつで、もしかしたら彼女は古陶里の……そう思う僕に、当初、眉間《みけん》に皺《しわ》を寄せながらこちらを見ていた二人は（どうやらそれは僕が来る前から刻まれていたものだったらしい）、すぐに我に返ったようで、

「お前、誰だ」

先に口を開いたのは男の子の方だった。その第一声は、ひどく不遜《ふそん》で人を小馬鹿にしたような響きがある。

彼の声に、他の人達もようやく僕に気付いたらしい。ぎょっとした表情で僕を振り返り、その隙間から彼らが取り囲んでいた崖の壁面が見えた。

斜面にある小さな岩の凸凹にはあちこち微《かす》かに雪が積もり、寒さのせいか、その表面が固く凍りついているようにも見える。だけど僕の目を引いたのはそこじゃなかった。

崖の真ん中に吊《つ》り下げられたもの……白い着物姿のそれ……が視界に入った途端、僕の脳裏から「古陶里の身内に会えたんじゃないか？」とか「この人達に助けを求めなきゃ」なんて選択肢が吹き飛んでいた。

だって、あれは、僕の見間違いでなければ……。

「……まさかその人、死んでます……？」

彼らが取り囲む崖の上方部。

そこから真っ直ぐに伸びた一本の縄の先に、ぐるぐる巻きに拘束された白い着物姿の「人間」が吊るされていたのだ。

3

遺憾ながら、僕はこれまでに何度も遺体を見たことがある。

それはいずれも呪殺島と呼ばれる地で、暴風雨の中にマリオネットのように置き去りにされた警官、書斎の椅子《いす》に座ったまま亡くなっていた弁護士、身体を引き裂かれた男、滝壺《たきつぼ》に浮かんだ遺体、森で岩を抱えて息絶えた姿、そして炎に包まれながら亡くなった若き巫女《みこ》……。

嘘みたいな話だけど、約一年の間にそれだけの「死」を見てきた。だからって見慣れるわけもなく、それらを目にするたびに僕は愕然《がくぜん》とし、気が遠くなるのを感じたんだけど……。

それなのに、僕はこの時、それが「死んだ人間」と認識するまで少し時間がかかった。だから呑気に「死んでます？」なんて言葉を口にできたのだ。

崖は表面がでこぼこしていて、ところどころ突き出した岩にかすかに積もった雪の中から植物が顔を覗かせていた。白い着物姿の遺体が吊るされていたのはその崖のかなり上の方で、姿は見えるけれど、ジャンプしたって手は届かない。それくらいの位置だ。

恐らく縄は崖の上にある何かに引っかけられているのだろう。一本だけまっすぐ伸びたそれは、ほどけないようしっかりと遺体らしきものの首と腰に巻きつけられていた。ここからじゃはっきりとは見えないものの、それでも薄い着物越しに細く曲線を描く身体つきが確認できて、恐らくそれは女性だろうと思われた。

だらんとうつむくその顔は乱れた長い黒髪に隠れて見えず、表情が見えないからか、あるいは雪の崖に人形のように吊るされているからか……どことなく作り物めいて、遺体の持つ陰惨な雰囲気をまったく感じさせない。だからこそ僕はそれを見て、慌てたり叫んだりすることなく立っていられたのだ。

そして……その白い着物姿の女性を前に、集まった地元民らしき人達が、少しも騒いでいなかったことも平静でいられた理由のひとつだろう。まるでお芝居の一幕であるかのように彼らは静かに話し合っていて……僕の登場に驚きはしたけれど、まずいものを見られた、どうしよう、という気配も雰囲気も感じさせずに僕を睨《にら》み付けている。

「あの……」

「質問の前に俺の質問に答えろ。俺はお前に誰だと尋ねたんだ！　そもそもなんでよそ者がこんなところにいる？」

「え……あ、あの」

「坊ちゃん、こいつは……」

「どこからここに入って来た、なんだってこんな時に」

どうやらこの人達には初対面の人間に敬語を使うという習慣がないらしい。

ていうか島の人達はともかくとして、この男の子に限って言えば絶対に僕の方が年上なんだけど、初対面でタメ口って何？　これが今時の若者なのか？

「僕は……ええと、あ、秋津真白、です。さっき島に着いて、停留所でバスを待ってたんですけどなかなか来なくて……それで誰かいないかと思って」

「秋津真白？」

馬鹿にしたように、彼は言った。地元民の男性たちも顔を見合わせて何か話している。

「それは本名か？　秋津真白が？」

もちろん違う。秋津真白は去年亡くなった親友の名だ。

だけどある理由から、僕はここで彼の名前を借りることにした。それを見透かしたように、男の子は色つき眼鏡越しにじっと睨みをきかせてくる。

だから僕は負けじと「本名です。それよりこれ、どうなってるんですか？」と返した。

「その人、亡くなってますよね？　状況的に事故ってわけでもなさそうですけど」

言ってるうちにやっと実感がわいてきた。

いやいやいや、死んでるんだよ人が。いきなり。

確かにここは「呪殺島」だし、そんな名称でくくられた島がいかに普通じゃなく、人の死の気配を漂わせた場所であるのかを、僕は十分に理解しているつもりだ。

だけど何も、第一島人と同時に遺体を見つけるなんて、これはさすがに問題だろう。

「早く警察に連絡しないと……」

「連絡ならした。もうすぐ来る。身内の事だ、俺が処理する」

「身内？」

「これは私ども壱六八家の縁者です。先日島を訪れ、昨日より我が家に逗留《とうりゅう》しておりました。それが今朝姿を消し、ここで亡くなっていると知らせが来たのです」

　そう言ったのは、これまで口を開かなかった着物姿の女性だった。男の子や島の人達が騒ぐ中、何かを考えるようにじっと黙り込んでいた彼女の顔立ちは、やっぱり古陶里にどことなく似ていて……僕はさっき浮かんだ疑念を思い出し、そして同時に彼女の言葉をゆっくりと反芻《はんすう》しながら瞬《まばた》きする。

「……壱六八家の縁者……え……？」

　待てよ。今、なんて言った？

　僕は息を呑む。そして、彼女の顔をじっと見ると、恐る恐る崖の途中でぷらぷらと揺れている白い着物姿の女性に視線を移した。

『呪殺島である壱六八島には、他の島と同様、島流しにあった呪術師の末裔がいる。その名も島の名前と同じく壱六八一族と呼ばれる資産家で』

『彼女はその人たちに会うためにそこに行ったんだよ。自分の家族である、呪術者の末裔たちにね』

　古陶里からの手紙を預かっていた久保田女史は、確かにそう言っていた。壱六八一族、それが古陶里の家族だと。

そして、目の前にいる古陶里と雰囲気の良く似た女性と、この色眼鏡を掛けた男の子が恐らく「壱六八」の人間で。

彼らの言う「先日島を訪れた縁者」というのは、まさか。

「……古陶里？」

ここからじゃ顔の確認のできない遺体を、僕は再び凝視する。

嘘だ。うそだ、うそだうそだうそだ。あれが古陶里だって？　そんなはずない、古陶里は、だって、あんな……。

「私の名前は壱六八千姫《ちひろ》で、この子は弟の和亀《かずき》。貴方が誰かは知らないけれど……」

「千姫姉、よせよ。身元も分からないよそ者に名乗る必要なんてない。そんなことより、お前、秋津真白は何故この島にきた。ここは観光地でも何でもない、旅に来たってわけでもないだろう」

「……友達を探しに来たんです。三嶋古陶里という、僕の大切な親友です。彼女がこの島に行くと言い残して姿を消したので、ここに来れば、何か手掛かりがあるんじゃないかと」

「三嶋古陶里」

彼が、僕の口にした名をゆっくりと嚙《か》み締めるように繰り返し、同時に島の人達がざわめき始める。古陶里に似た女性の方は……僕を見てもいない。ただ、黙って虚空《こくう》を睨んでいる。

僕は彼らの反応を逐一見ていた。崖の遺体が誰であるのか、ここからでは確認できない焦《あせ》りはそのまま「だから古陶里とは決まっていない」という一縷《いちる》の望みとなり、だから彼らがどう答えるのか、どんなふうに話すのかですべてが決まると思ったのだ。

「三嶋って、まさか……」

「間違いない、住職の孫だ」

「一体なんでこんな時に……」

「まあ待て」

支配者然とした様子で男の子が片手を上げる。

「三嶋古陶里の友人だと言うのなら、こいつは我が壱六八家の客人だ。しかし、お前はその親友とやらを探しに島に来て、これから一体どうするつもりだ？　赤の他人のことなんて放っておけば良いのに」

「赤の他人じゃなくて親友です。僕はどうしても古陶里を見つけたい。そのために島に来る必要があったんです」

本当は、古陶里の手紙には島の事なんて一言も書かれていなかったけれど。

その言葉を飲み込んで話すと、彼の背後にいた男たちが一斉に口を閉ざした。

後には重苦しいほどの沈黙。崖の遺体はゆらり、ゆらりと揺れて、それが古陶里じゃないかと思うと気が狂いそうだ。

何か言ってくれ。壱六八家に来た遠戚《えんせき》は、別の人間だって。古陶里じゃないって。

「……古陶里のこと、ご存知なら教えてください。僕は彼女がこの島の生まれであることも先日初めて知って、手掛かりは何もないんです。誰か古陶里を見かけた人はいませんか？　あるいは、古陶里が行きそうな場所は」

「三嶋古陶里は昨日我が家に来て、我々はそれを歓迎して宴を開いた。だが、その後姿を消したんだ。そして……恐らくあそこにぶら下がっているのがそうじゃないかと俺達は考えている」

「…………っ」

「確認したいなら、あれを降ろすしかない。今、こいつらが崖の上に行って縄を切ろうとしていたんだが、お前も行けば良い。上には何か、あの女が死んだ理由となるものがあるかもしれないからな」

＊＊＊＊＊

崖の上に向かう山道は、島の人達が先導する形で教えてくれた。

僕は、吊るされた遺体が古陶里ではないことを確認するために……これが何かの間違いであると証明するために、荒れた山道を登る。うっすらと雪の積もった斜面はやっぱり滑るし歩きにくかったものの、それでもしんどい気持ちはまったくわかず、ただひたすら頭がガンガンと痛んだ。

古陶里のわけがない。死んだなんて、そんなことありえない。

だけど、だけど彼らはあれが古陶里だと言う。昨日屋敷に来て、その後姿を消したって……詳細は分からないけど、それが事実なら、少なくとも古陶里は今「行方不明」なのだ。

でも、だけど、ああ………。

やっと崖の上にたどり着くと、荒れた岩場の間にぴんと張られた縄が見えた。崖の下に消えているその縄は、一本の太い木の幹に括《くく》りつけられている。

僕は崖の下を覗《のぞ》き込む。相変わらず、そこにはゆらゆらと揺れる白い着物姿の女性と、崖下に残った壱六八家の姉弟の姿が見えた。腕を組みながら、僕らの方を見上げている。

と、不意に森の方からひょっこりと何者かが姿を見せた。スーツ姿の男性で、何やら汗を拭《ふ》きつつ壱六八姉弟に近付いていく。

誰だ、あれは？　そう思った矢先、背後で縄を確認していた島の人達が、

「おい、縄を切るぞ」

「あ、あの、下に人が」

僕が慌てて言うと、島人の一人がいぶかしげに僕の傍に近付き、崖下を覗き込んで「ああ」と頷《うなず》いた。

「ありゃ、壱六八家の秘書をやっとる吉川《よしかわ》さんだ」

「秘書……」

「車で坊ちゃんたちを連れて来たんだろう。それで後から様子を見に来たんだ、吉川さんは心配症だからな」

「おい、何してるんだ。お前らも手伝え、縄を支えてろ」

「ゆっくり降ろした方が良いだろう。落ちないように支えておけ」

呑気《のんき》に話す僕らに、他の島人達の苛立《いらだ》った声が飛ぶ。僕は慌てて崖から離れ、島の人達と一緒に縄を摑《つか》んだ。

手袋越しの縄は表面がささくれているためか、しっくりと両手になじむ。繊維同士が絡《から》まって、素手でつかむよりしっかり支えられそうだった。島の人達数名と縄を摑んで態勢を整えると、すぐに体格の良い島人の一人が、どうやら事前に用意していたらしい、持っていた斧《おの》を振り上げ、縄に叩《たた》きつけた。

びしっ、と鈍い音がして、二度、三度、と叩きつけられた斧がその都度縄の繊維を切り裂き、やがて、びゅるんと音を立てて縄が切れ、手の中の縄の感触が凄い勢いで滑る。

「うわっ！」

手袋をしていたのが幸いしたけど、摩擦でやけどしそうだった。それでも何とか離さずに支え、僕らはゆっくりと縄につられた遺体を降ろす。しばらくして、すぐにそれが地面に降ろされた感触が伝わってきた。

「よし、降りよう」

こめかみが鼓動に合わせてずきずきと痛む。もう崖の下を見下ろす気力もなく、僕は島人たちと一緒に崖の横の斜面を下りていった。登りよりもよほど慎重に、滑り落ちないように斜面を下り、そうして……、

ようやく、壱六八家の姉弟と後から現れたスーツ姿の秘書の男性が待つ崖下に戻って来た。時間にして、五分くらいかかったろうか。辺りはひどく冷え込み、雪こそ降ってはいないものの吐く息も白く濁っているくらいなのに、僕はもうすっかり汗だくだった。

「古陶里、は」

足に力を入れて斜面を下りて来たから、正直、疲れで足がかくかく震えている。それなのに僕は先に下りたはずの島の人達を押しのけるようにして、崖下に駆け寄っていた。さっきまで崖の途中にぶら下がっていた白い着物姿の女性が、今では地面に降ろされ、ぐったりと二つに身体を折るようにして倒れている。

そして、どうやら遺体が降りてきてすぐに縄をほどいたのだろう。遺体の周りには縄がとぐろを巻くように置かれていて、それを前に、壱六八家の姉弟が立ち尽くしている

のが見えた。だけど僕のところからじゃ、まだ遺体が誰なのかは確認できない。

「あの、その人は」

「おいこら、近付くんじゃない！」

　だけど遺体のそばに近付こうとしたら、すぐに島の人に止められて。文句を言おうと咄嗟に振り返った僕に、その時、引き攣《つ》ったような不自然なうめき声が聞こえた。

　驚いて見ると、ぐったりとした遺体の前に立つ姉弟の二人が……いや、どちらかというと先程合流したばかりのスーツ姿の男性、島の人達が「壱六八家の秘書」だと教えてくれた吉川さんが、ひどく狼狽《ろうばい》した様子でその場に膝《ひざ》をついている。うめき声は、どうやら姉弟ではなく、彼が発したものらしかった。

「ちがう……どうして、こんな」

「どういうことだ、吉川。何故、姉さんが」

　血の気を失った顔で、遺体を覗き込むようにしてぶつぶつと何か言い続けている吉川さんに、強張《こわば》った声でそう言ったのは和亀くんだった。彼の表情は色付きの眼鏡のせいで分かりにくかったけれど、頬が異様に引き攣っているのが見て取れる。それは驚愕を通り越して、現実を受け入れられずにいるような……さっきまでの落ち着いた、偉そうですらあった彼の態度からは想像もできないほどの狼狽ぶりだった。

　僕らが崖の上に登り、遺体を降ろして戻ってくるまでの間……十分ほどの間に一体何があったのか、壱六八家の人々の様子は明らかに異様だ。

「吉川、説明しろ。これは何だ？　さっきまで一緒にいたはずの万姫《まき》姉が……何故ここにいる。姉さんは家に残るって、確かにそう言ったよな？　だから俺達がここに来たのに、何で」

「分かりません。こんなはずがない、万姫お嬢様がいらっしゃるはずが……何故、どうして、わ、私には理解できません、あり得ない、どうして」

秘書の男性が、やはりこちらも狼狽した様子で和亀くんに言葉を返す。スーツが汚れるのも厭《いと》わずに膝を地面につけたまま遺体に手を伸ばし、その表情ときたら、今にも気を失いそうだ。

その様子に島人達も困惑顔で歩み寄り……けれど僕らが和亀くんや吉川さんに何があったのかを尋ねる前に、彼らの後ろで、やっぱり呆然《ぼうぜん》と顔色を失っていた姉の千姫さんが、静かに言った。

「三嶋古陶里ではないわ」

「……え？」

「この遺体は、三嶋古陶里ではなく……私達の姉、壱六八万姫なの」

4

静かだったのは一瞬の事。

千姫さんの声と同時に、吉川さんが「うわあああっ」と頭を抱えながら叫んでその場に顔を伏せ、島の人達も真っ青になって遺体に駆け寄った。

僕は……僕は、一体何が起こっているのかまるで理解できずに突っ立っていたものの、すぐに我に返って彼らの後から遺体に近付いた。とはいえ島の人達が邪魔ではっきりは見えなかったけれど、冷たい風が吹いて、ふわりと揺れた髪の隙間からようやく覗いた顔は確かに古陶里ではない……ように見えた。

古陶里じゃない。

その一点だけが僕の脳裏にこだまして、吉川さんとは別の意味で、僕はその場でへたり込みそうになった。足に力が入らない。雪にも足を取られて二、三歩よろめき、途端に地面でとぐろを巻いていた、さっきまで遺体に巻き付いていた縄を踏みつけて、結局はお尻《しり》を落とすような形でその場に倒れ込む。

縄……そうだ、縄。なんでこの三人は勝手に遺体の縄をほどいちゃったんだろう。普通はこういうの、警察とか鑑識が来るまで現場保存しておくもんだよな。

　だって状況からしてこれは……自殺とは思えない。ハッキリとはしないけど、縄は両腕も真《ま》っ直《す》ぐ伸ばした状態で遺体に巻き付いていたんだから、誰か第三者の手を借りないとあんな状態にはできない。仮にぐるぐる巻きになって自分で崖から飛び降りたんだとしても、あの状態になるまでに別の誰かの協力が必要なはずなのだ。

　そこまで考えて僕は頭をぶるぶると振る。事件性が少しでもあるのなら、遺体の状態はそのままにしておくべきだ、なんて考えが浮かぶ辺り、もうまともじゃない。知らないうちに僕は死体に慣れすぎてしまったんじゃないだろうか。

「……なんてこった……おい、駐在さんはまだ来てないのか」

「三嶋の家の孫だって言ってたじゃないか、なんだってお嬢さんが」

「いや、確かに道大《どうだい》さんはこれを見つけた時『三嶋の孫に違いない』と言っていたはずだ。大体、お嬢さんはさっきまで屋敷にいたんじゃないのか？」

「……屋敷にいた人が、今、ここで亡《な》くなってるんですか？」

「ああそうだ、今朝わしがこれを見つけて屋敷に連絡した時は……確かに万姫お嬢様はあちらにいらっしゃって、お身体があんまりよろしくないから千姫お嬢様と和亀坊ちゃんを代理でこっちに来させると」

　僕の質問に、恐らくはほとんど無意識だったんだろう。ぼそぼそと説明してから、島の人……恐らくはこの遺体を最初に発見した「道大さん」と思《おぼ》しき人は、すぐに尋ねたのが僕だと気付いて口をつぐんだ。

　これは一体どういうことだ？

　この人が遺体を発見して壱六八家に連絡して、その時は屋敷にいた人が、今こうして遺体となって発見されたって……そんなこと有り得るのか？

「あいつが殺したんだ」

　その時、へたり込んで泣きわめく吉川さんと遺体とを見下ろしていた和亀くんが、地の底を這《は》うような声で言った。

「三嶋古陶里が、姉さんを殺したんだ。絶対にそうだ！」

「和亀、やめなさい。人がいるのよ」

「関係ないね！　この島の人間なら誰でも知ってるんだからさ、あの女が壱六八家を恨んでるって！」

　千姫さんが穏やかな声で制止するものの、それが逆効果だったのか、和亀くんの激昂《げっこう》がますます強まる。だけどそのあんまりな言いようを、さすがの僕も黙って聞き流せはしなかった。

「それはどういう意味ですか？　古陶里は壱六八家の親戚なんですよね、なのに身内を恨むとか、犯人扱いするとか……」

　咄嗟に言った僕を、和亀くんと千姫さんが、はっとしたように見る。と同時に周りの島の人達も異物を見るような目で僕を睨み付けていた。

　遺体を前にして動揺していたはずの彼らが、束《つか》の間《ま》であってもそれを忘れるくらいの発言を、僕はしたんだろうか。

　彼らの気迫と張り詰めたような空気に負けて、僕が思わずごくりと生唾《なまつば》を呑《の》みこむと、千姫さんが……古陶里に似ていると感じたあの雰囲気をまとったまま、静かに僕を見つめて言った。

「貴方《あなた》は本当になにも知らないのね」

「……え」

「壱六八家のことも、三嶋古陶里のことも。何も、何一つ知らずにこの島に来たのね、この壱六八島に」

　憐《あわ》れむような眼差《まなざ》しだった。同じように僕を色眼鏡越しに睨んでいる和亀くんはむしろ僕を憎んでいるようですらあるのに、そこにいる島人達の中で彼女だけが、僕を案じるように目を細めると、深く、深く溜息《ためいき》を吐《つ》いた。

「三嶋古陶里は貴方のお友達だと言ったけれど、彼女がこの島でどんな暮らしをしていたのか、壱六八家にとってどんな存在であったのかを知らないのなら、貴方はここで何一つ口出しすべきではないわ。だけど」

「だけど、これを見た。僕の姉、壱六八家の当主である壱六八万姫を、お前は見たんだ」

　千姫さんの言葉を引き継ぐように。

　さすがは姉弟と言うべきか、見事なまでの息のぴったりさで、和亀くんが言った。

「姉が死んだことを知っている以上は、このまま帰すわけにはいかない」

　さっきまでは「出ていけ」と言わんばかりの雰囲気だったはずなのに、憎々しげにそう言った和亀くんは、ふらつきながら僕を振り返り、早足でこちらに近付いて来た。まるで僕を逃がさないようにと焦っているみたいに。

「お前、うちに来い。三嶋古陶里の友人だと言うのなら、あの女が島の外でどんな暮らしをしていたのかも知っているはず。洗いざらい話してもらうぞ」

　ぐっと襟を摑まれ、引っ張られた。華奢《きゃしゃ》に見える和亀くんの思いがけない力に圧倒されて、僕は思わずかくかくと頷く。

「……まずは屋敷に連絡しよう。姉さんがここにいるのなら、屋敷にいたのが誰なのかを知りたい。吉川……は使い物にならないな、畜生……千姫姉は、万姫姉とずっと一緒にいて何か気付かなかったのか？」

「気付いていたなら言うわ。私にだってどういうことなのかさっぱりわからない」

　和亀くんの手が離れ、同時に強く突き飛ばされる。よろめいたものの、運よくふんばった場所が雪の解けた地面だったので倒れずに持ち直し、ほっと息を吐いた。

連れて行かれるのならそれはそれで構わない。正直、島に着いた後の事を考えずに来てしまったし……古陶里が昨夜まで滞在していた壱六八家……古陶里の過去を知る人達の家に行けるのなら、願ってもないことだからだ。

だけど、あまりにも色んな事が突然起こりすぎて、まだ自分の頭が追いついていないのも事実で。

千姫さんと和亀くんが何事か話し込む中、僕は同じく未《いま》だに状況を飲み込めずにいる島の人達を一瞥《いちべつ》し、誰より動揺して呻く吉川さんが寄り添っている崖の下の遺体を見る。

崖に背を預け、まるで座っているようにそこに置かれた白い着物姿の女性。長い黒髪が風に揺れて、時折その真っ白な顔が微かに覗く。

能面のようなその顔は弛緩《しかん》し、のっぺりしていた。少し離れた場所からでも陶器のような肌の質感を感じたせいだろうか、それはまるで、精巧に作られた人形のように見えた。

5

遺体発見から十分ほどして、ようやくパトカーが現場に到着した。

雪の山道を踏みしめる音と共に現れたのは年配の警官と、まだまだ若い二十代そこそここの警官の二人。

寒い中、遺体を取り囲んだまま待っていた僕らは、会話もない気まずい空気の中に現れた警官たちに心底ほっとした。すぐに年配の警官が壱六八家の姉弟、そしてまだ呆然とはしていたもののようやく動けるようになった吉川さんに何事か神妙な顔で尋ね始め、その間に、若い警官が崖の下に置かれたままの遺体の前に跪《ひざまず》いて状況を調べ始めた。

いくら警官だからってそうしょっちゅう亡くなった人を見る訳じゃないだろうし、こんな小さな島に駐在している警官ならなおさらだろう。まだ仕事慣れしていなさそうな若い警官の顔は青白く、吐き気を堪《こら》えるような表情をしていて、僕はちょっと心配になった。大丈夫だろうか、この人。

……警官を待つ間、僕も触れこそしなかったものの、間近で遺体を確認した。

あまりにも作り物めいて見えていたものの、近付いて見ると、それは間違いなく人の亡骸《なきがら》だった。そして確実に古陶里じゃない、もう少し年上の女性のものだ。

顔立ちがどことなく似ていると思ったのは……壱六八姉弟の言葉を信じるのであれば、やっぱり彼女が古陶里の親戚だからだろう。だけど改めて見ると、古陶里より……いや、どころかびっくりするくらい、一緒に遺体を確認した被害者の妹さん……千姫さんに似ていた。違うのは、万姫さんが古陶里と同じく髪を長く伸ばしているのに対し、千姫さんは短く肩で切り揃《そろ》えているという点だけ。そう思って聞くと、亡くなった壱六八万姫さんと妹の千姫さんは双子なのだと言う。

「似ていて当然ね。私も姉も、並んで座っていたら父ですら見分けがつかなかったから」

だから私達、髪の長さを変えて分かりやすくしていたの。静かにそう呟《つぶや》いた千姫さんに、僕は何とも言えぬ気持ちになった。双子の姉が亡くなった割に、彼女はとても落ち着いているように見える。

そうこうするうちに、遺体の確認の後に無線でどこかと連絡を取っていた若い警官が僕に駆け寄り、簡単な事情聴取を始めた。名前と年齢、住所、この島に来た目的なんかを尋ねられ、遺体を発見した経緯についても説明を求められる。僕はここでも自分の名前を「秋津真白」と名乗った。調べられたらそれが嘘《うそ》だとすぐにバレるんだろうけど、少なくとも壱六八家の人がいる場では、本名を名乗りたくない。

「……ご協力ありがとうございます。また後ほど改めてお話を伺うこともあるかもしれませんが、この後どちらに……」

「そいつは壱六八家に連れて行く。何か用があるならうちに来い」

警官が聞き終えるより早く、そう言ってこちらに歩み寄って来たのは、年配の警官との話を終えた和亀くんだった。もちろんそのすぐそばには千姫さんと秘書の男性もいる。

「ああ、和亀さん……秋津さんは壱六八家に滞在されるんですか？」

「そうだ。第一発見者の道大がここに残り、俺たちは先に屋敷に戻るってことで話はついてる。疑問があるなら向こうで確認しろ」

くいっと顎《あご》で年配の警官を指す和亀くんに、若い警官は怒るでもなく、素直に頷いた。

「分かりました。ただ、状況的に壱六八万姫さんのご遺体には司法解剖の必要があります」

「……どのくらいかかるんだ、それは」

「島では設備がなく、本土にご遺体を搬送する必要があるので、数週間はかかるはずです」

「壱六八家次代当主が亡くなったのに、遺体なしで葬儀をしろと言うのか!?」

「申し訳ありませんが、決まりですので……」

言葉だけでなく、心底申し訳なさそうに自分より年下の和亀くんに頭を下げると、警官はその後のやりとりを避けるように一礼し、慌《あわ》てて上司のもとに駆け寄って行った。

にしても、この二人は本当にこのまま帰っても良いんだろうか。秘書の男性が対応するのならともかく、どうやら彼も運転手として一緒に屋敷に戻るらしいし……こういう時、普通は身内の人間や関係者なんかが調書を取るために連れて行かれるから、現場で簡単に話を聞いただけで終わり、なんてことはないはずなんだけど。

「おい、お前。お前も来い」

いぶかしむ僕に和亀くんが言う。警官の態度を見ていたらこの展開は予想できたけど、それでも一応は確認しておくことにする。

「本当に戻って良いんですか？　こういう時ってお二人も事情を聞かれるんじゃ」

何よりここには二人の姉の遺体があるのだ。遺体を降ろして確認した当初はあれほどショックを受けていたのに、何故《なぜ》か今は淡々と対応している二人の姿を見ていると、やっぱり違和感を覚えてしまう。

すると和亀くんは色眼鏡を押し上げながら鼻で笑って、

「お前も聞いていたよな。姉さんは死因を特定するまで屋敷に戻れないし、だとしたら俺達がここで時間を割く必要もない。お前については、うちの預かりってことで許可を取ってる」

尊大に語る彼には、やはり姉の死を悼《いた》む様子はない。彼の中ではすっかり姉の死は「仕方のないこと」と割り切られていて、どうやら事件の後処理についても、この島独自の「特例措置」が用いられたようだ。

……かつて呪殺島に流された一族は、その大半が領主となり、島を治めた。それは彼らが呪《のろ》われた存在であったのにも拘《かか》わらず、位の高い貴族だったり、ある程度の地位を持つ一族であったことに由来している。と、世志月准《じゅん》教授から聞いたことがあった。

実際、以前に行った第二の呪殺島「千駒島」でもそれは同じで、同じ日本で暮らしているのに、彼らにはどこか治外法権のような特別扱いがあったように思う。
だからこそ、事件があってもそれを平気で隠蔽《いんぺい》し、島の中でだけ通じるルールですべてを判断していた。過去に起きた殺人も、現在進行形の事件ですら、彼らは内々で片づけようとしていた。

そして、この「壱六八島」でもそれは変わらないらしい。

和亀くんの、年齢にそぐわぬ居丈高な態度もそこに起因するんだろうな。ある程度の覚悟はしていたから驚かないけど、それにしたって呪殺島はやっぱり特殊だ。

「行きましょう。貴方が行きたくないと言っても連れていくけれど」

囁《ささや》くように言って、千姫さんが僕の腕を取る。それは柔らかいながらも確かな意思を持った拘束で、そのまま、秘書の男性と和亀くんとを先頭にして、僕らは森の中にあるかすかな道を通って車道に出た。

そう、どうやら遺体発見現場となったあの崖は、思ったよりバス停に続く車道のすぐそばにあったらしい。もちろん、停留所よりは島の中心部に近付いていたものの、車道は静けさに満ちていて、壱六八家のものらしき一台の車が停まっている以外は人の気配をまったく感じさせない。

「後ろに乗ってください」

まずは泣きはらした目をした吉川さんが運転席に座り、続いて助手席に和亀くんが、後から僕と千姫さんが後部座席に乗り込む。この吉川さんて秘書さん、めちゃくちゃ感受性が強いのか、或《ある》いは忠誠心が強いのかは分からないけど、一番ダメージを受けてるっぽいのに運転できるんだろうか……なんて心配をよそにドアが大きな音を立てて閉められ、すぐに車は静かに走り出した。

「あの……変なことお尋ねしますけど、ここってバス、通ってますか？」

窓の外に広がる、相変わらず車の影のない車道を見ながら尋ねると、千姫さんが不思議そうに眉根《まゆね》を寄せる。

「もちろん、通ってるわ。だけど一日に二本程度ね、島の人は大体車で移動するから」

「時刻表、やっぱりあてにならなかったんだ」

一日に二本は明らかに少ない。もし僕があのままバス停で待ち続けていたら、あと数時間は待ちぼうけだったんだろうし、何より現状の「特別扱い」を見るに、壱六八家の人とこんなにすぐ接点を持つ機会だってなかっただろう。そう考えると、島の人との遭遇と共に遺体を発見した……というとんでもない状況ではあるものの、僕の判断はあながち間違いでもなかったのだ。

……心配に反して吉川さんの運転は落ち着いていて丁寧で（たまに鼻をすする音が聞こえたけど）、寒々とした、枯れた森に囲まれた道路を静かに進んでいく。二車線の道路に対向車の姿はなく、ただひたすら、変わり映えのない山の景色が続いていた。

車特有の匂《にお》いに鼻が慣れた頃、車内のヒーターがようやくきき始め、外気に冷え切っていた頬が温《ぬく》もってくる。顔の強張りが少しだけましになり、ああ、そうか寒かったんだと僕は今更ながらに気付いた。

「それで、あの……こんな時にお尋ねするのも何なんですが……古陶里の事、教えてもらえませんか」

静かに走り続ける車の後部座席で、変化のない景色と重苦しい沈黙に耐えかねた僕は、少し躊躇《ちゅうちょ》しながらも何とかそう口火を切る。

古陶里を探しに来てまだ数時間、だけど恐らくは島で一番古陶里の事情に詳しい人達がここにいるのだ。僅《わず》かでも情報が欲しい。

すると、僕の隣でぴたりと口を閉ざして何事か考え込んでいた千姫さんが顔を上げて、

「三嶋古陶里の何を知りたいの」

「まずは昨日、壱六八家に滞在していたという話です。古陶里はいつこの島に来て、どんなふうに貴方達に会ったのか。彼女は壱六八家の縁戚なのだと言ってましたけど」

「……そうね。何から話せば良いかしら」

「三嶋古陶里は俺達の父親が外に作った妾《めかけ》の子だよ。知らないうちにこそこそと……俺達がそれを知ったのは後になってから、それまでは父親のいない子だと憐れまれていた、みじめなガキだった。本当なら屋敷に出入りできる立場でもないのに、あいつ、堂々と

屋敷に顔を出しやがって」

助手席から、和亀くんが罵《ののし》るように言う。ミラーに映る顔は険しく歪《ゆが》み、その強い口調からも悪意しか感じられない。彼が高校生くらいなら、年齢からして古陶里は「姉」に当たるはずだけど、そこに目上の人間に対する敬意はかけらも感じられない。それだけでも彼がいかに古陶里の事を嫌っているのかが伝わってきた。

「大体、島を離れて十年以上経《た》つのに急に現れて……黙ってよそで暮らしてりゃ良いのに、絶対に俺たちの……」

「和亀」

静かに、千姫さんが制止する。だけど和亀くんはむしろ、その落ち着いた声に逆上したように荒々しく後部座席を振り返った。

「言っとくけど！　万姫姉がいなくなったのなら、次代当主は俺だろう。なのにさっきから偉そうに何なんだよ！　大体さぁ、さっきからムカつくんだよ！　姉さんが殺されたのに相変わらず冷静でさ！」

「それはお互い様じゃないの？　何が起きたのか誰にも分からないのに、怒ってわめき散らしたって何の解決にもならないわよ」

「……絶対にあいつが殺したんだ。俺達は夜通し客間にいたけど、三嶋古陶里は時々席を外してた。だけど一体、いつの間に……」

唇を噛み締め、悔しそうに言う和亀くんに、千姫さんがかすかに溜息を吐く。そうしてゆっくりと噛んで含めるように、僕に説明してくれた。

壱六八家は、複数の家業を持つ資産家の一族である。当主は千姫さんや和亀くんの父である壱六八真《ま》人《ひと》さんだったが、今年の夏に急死し、今は彼の姉である御《み》津《つ》代《よ》さんが家督を継いでいるのだと言う。

前当主の真人さんには五人の実子がいて、そのうちの一人が島を出て本土で暮らしていた古陶里、ということになるらしい。

屋敷に暮らしている、いわば本妻の四人の子供は、

長女の壱六八万姫。

次女の壱六八千姫。

長男の壱六八和亀。

次男の壱六八伊《い》鶴《づる》。

いずれも双子の姉妹、兄弟であり、壱六八家では代々双子の子供が生まれて来た。これは家系図をさかのぼって確認する限り、壱六八家の先祖が島に渡って以降ずっと続いていることである。

本来であれば前当主の真人さんの後を継ぐのは長女の万姫さんで、でも彼女が病を抱えていたことから、しばらくは御津代さんが仕事を引き継ぎ、万姫さんがその手伝いを

する……という形になっていたそうだ。

「父が亡くなってしばらくの間は大変だったわ。関係筋への連絡、仕事の引き継ぎ、相続問題についてもまだ解決していない部分がある。だけどようやく落ち着いたと思った矢先に、彼女が現れたの。三嶋古陶里が」

古陶里は前当主の真人さんが、幼馴染《おさななじ》みの女性「三嶋桜《さくら》」との間に作った子だったのだと言う。当時、見合い結婚だった真人さんと本妻との関係はあまりうまくいっておらず、そんな中で生まれた古陶里は当然ながら壱六八家から疎《うと》まれた。だから真人さんは古陶里を認知せず、彼女の母親が古陶里を連れて島を離れた時も関与しなかったそうだ。

「なんで古陶里のお母さんは、島を離れたんですか？」

「そこまでは分からない。何か事情があったんでしょうけれど、その後、彼女が父に連絡してくることはなかった」

それでも壱六八家の子供達にとって、古陶里は目の上のたんこぶだった。認知されていないとはいえ、彼女が壱六八家の子供であることは、島の人間なら誰でも知っていることだったからだ。

古陶里より後に生まれた和亀くんもまた、数回会っただけとはいえ、この特殊な立場にある姉のことを忘れるはずもなく……その古陶里が、彼らの前に姿を現したのだ。

「フェリー会社に確認したところ、彼女が島に来たのは一昨日《おととい》の昼。最初は祖父の住む家に行ったらしい……そして昨日、壱六八家に来たのよ」

古陶里の実家は島で唯一《ゆいいつ》の寺であり、その寺……龍力寺《たつりきでら》の住職が古陶里の祖父にあたる人物なのだと千姫さんは言った。

「彼女が何の目的で姿を見せたのかは分からない。亡くなった父の噂《うわさ》を耳にして、線香だけでもあげたかったとは言っていたけれど」

本来であれば追い返したいところを、島の人間の目と世間体を一応は気にして、一家は古陶里を受け入れた。そして島に伝わる親族を歓迎するための夜会を開き、夜通し古陶里をもてなす場を設けたのだと言う。

「少しは仮眠を取ったけど、誰かが起きて酒席に着いていた。三嶋古陶里もそこにいたのよ。そして……明け方だったかしら、彼女の姿が見えなくなって、どこかで酔いつぶれてるんじゃないかと心配していたら、しばらくして連絡が入ったの。崖に女性の遺体らしきものがぶら下がっている、と」

その時、屋敷には壱六八家の四人の子供たちと伯母の御津代さん、そして酒席に招かれた複数の島の人達がいた。驚いた千姫さんたちは御津代さんと相談し、まずは病を抱えた万姫さんと弟の伊鶴さんに屋敷に残ってもらい、千姫さんと和亀くんとで確認のために崖《がけ》にやってきたらしい。

「後は貴方も知っての通り。私達は、崖の遺体が三嶋古陶里だと考えた。遠目で良く見えなかったけれど、姿かたちが似ていたし、彼女の姿が見当たらないことも気になっていたから。だけど実際に確認してみたら彼女ではなく……」

「万姫姉だった。入れ替わってたんだよ、三嶋古陶里と姉さんが！」

「そんなことって……」

二人の説明に、僕は呆然とする。だってそんなこと、あり得ない。

古陶里が姿を消し、それをいぶかしんでいた矢先に崖の遺体が見つかった。その時点で壱六八家の子供たちは全員屋敷にいたのだとしたら……壱六八万姫さんが、同時に二つの場所にいたことになる。

「最初に目撃されたのが、万姫さんじゃなかったのだとしたら」

「……ありえないね。後から遺体を入れ替えたのかよ、じゃあ最初に道大が見た遺体はどこに消えたんだ？　言っておくが、道大は毎朝あの辺りを散策する猟師で、嘘なんてつく人間じゃないぞ。そもそも嘘をつく理由だってない」

「ですよね……」

和亀くんの突っ込みに、僕も頷くしかない。

「だけど、それなら古陶里が犯人って断定する証拠も理由もないですよね？　確かに心情的にそう思いたい気持ちも分かりますけど」

「はあ？　じゃあお前は、この島の人間が万姫姉を殺したって言うのか？」

再び和亀くんが助手席から身を乗り出して僕を睨み付ける。顔が近付き、色眼鏡越しに大きな目が見えた。

……そう言えばこの子、何でこんな眼鏡してるんだ？

「とにかく、俺らに分かるのはこれくらいだ。後はお前の話を聞こう」

「到着しました」

話しこむうちに、いつの間にか車は目的地に到着していたらしい。

運転していた吉川さんが鼻声でそう告げるのと同時に、堅牢《けんろう》な外壁に囲まれた大きな屋敷の扉が開き、僕らを乗せた車はその敷地内へと滑り込むように入っていった。

6

呪殺島に流された呪術師《じゅじゅつし》の子孫は、大抵が資産家だったり事業を成功させていたりする。日本各地にある呪殺島のすべてを調べたわけじゃないけど（その辺りは世志月先生がやってそうな気もする）、少なくとも、これまでに関わった「呪われた一族」たちは、全員が何らかの権力を保持していたし、どの家も大きなお屋敷だったり洋館だったりした。だから今回も薄々予想してはいたものの、壱六八家の屋敷は、それを裏切ることのないまったくもって立派な「豪邸」だった。

モダンテイストの和風建築、とでも言うんだろうか。初めて会った壱六八家の人である千姫さんや和亀くんが着物姿だったこともあり、もっと歴史を感じさせる……言うなれば古き良き時代から残っているような日本家屋をイメージしてたんだけど、まず最初に僕らを迎えたのは清潔で明るい印象を与える白い外壁と木造の門。その奥に、瓦《かわら》屋根の寄棟《よせむね》造りの建物がどっしりと広がっている、いわば近代的な建物だ。

どこぞのバラエティ番組の「芸能人が家を買う」企画なんかに出てきそうな優美さは、まるでオシャレな一級建築士に発注して建てられた新築です、と言わんばかりの雰囲気で、去年訪れた呪殺島のひとつ「千駒島」でお邪魔した由緒《ゆいしょ》あるお屋敷とは全然違っていた。

吉川さんが建物の隣にある白砂利の駐車スペースに車を停めると、僕は再び、千姫さんに連行されるような形で屋敷に案内された。ゆるやかな階段と、その隣には手すり付きのスロープのあるポーチを通って玄関へ。当然のようにドアが開くのを待つ和亀くんと千姫さんに、慌てて駆け付けた吉川さんがドアを開けると、途端に淡い色のナラ無垢《むく》の張られた玄関ホールがぱっと視界に飛び込んできた。

正面は地窓のついた壁になっていて、その左手側に廊下が続いている。地窓からは上品な坪庭が覗き、そこから入る冬の寂しい陽光が玄関を照らし出している。

そして、その前に、着物姿の年配の女性が僕達を出迎えるべく立っていた。老舗《しにせ》旅館で働く女中さんみたいな、地味なあずき色の着物を身にまとっている。

「お帰りなさいませ。坊ちゃん、お嬢さま。あら、お客様ですか」

「あ、はい、初めまして……」

「私、こちらで皆さんのお世話をしております、高梨《たかなし》と申します」

「高梨さん、挨拶なんてしなくていい。それよりさっき連絡した……万姫姉の部屋はどうなってる？」

「それが、おかしいんです。和亀坊ちゃんと千姫お嬢さまがこちらを出られた時には、確かにいらしたはずなのに……電話をいただいてすぐにお部屋に行ってみたら、もうすっかりお姿がなくて」

一体どちらに行ってしまわれたんでしょう、と困ったように頬を撫《な》でる高梨さんの様子を見るに、どうやら彼女は壱六八万姫さんが亡くなった事実を知らないらしい。

だけど、壱六八姉弟の証言だけじゃなく、こうして高梨さんまでもが「万姫お嬢さまはついさっきまで部屋にいた」と説明するのなら、和亀くん達の推測はますます信憑性《しんぴょうせい》を増してくる。まあ、壱六八家の人達とかなり近しい関係にある人の証言だから、実際のところは証拠にはならないんだろうけど。

（だけど、そうなってくると……）

僕は思わず黙り込む。もし本当に壱六八万姫さんが屋敷にいたのだとしたら、最初に目撃された「崖の遺体」は誰だったのか、って問題が再浮上しちゃうんだよな。

「お身体《からだ》のこともありますし、一人で外に出られたとは思えません。一体どちらに」

　そこまで話して、あっ、と高梨さんが何かに気付いたように瞠目《どうもく》する。

「そういえば、古陶里さんが崖で見つかったというのはどうなりましたか？　急に道大さんがそんなこと連絡してくるものだから、私、びっくりして……」

「後で説明する。しばらくしたら警察が来るから、それまでは広間にいる」

「分かりました、あの、そちらの方は」

「秋津真白だ。三嶋古陶里の友人らしい。今日からしばらくここで暮らす」

　尊大に顎で僕を指し示しつつ手短に告げた和亀くんに、高梨さんが「そうですか」と頷き、対して僕はぽかんとして和亀くんを振り向く。

　いやいやいや。なに、僕ここで暮らすの？　しばらくの間？

「それではお部屋のご用意をしておきますね。支度が出来ましたら伺いますので、ごゆっくり」

「あ……ちょっと待って、」

　と言いかけた僕に、けれど高梨さんは話も聞かずにぱたぱたと早足で奥の廊下へと姿を消した。さっきから何となく気付いていたけど、どうやら彼女は厳格な屋敷の女中さんとは思えないほど明るくて活発な女性らしい。

それにしても、だ。さっきの話は何だよ、僕、ここでしばらく暮らさなきゃいけないの!?

「家に来いって言ってたの、今日だけの話じゃないの？　悪いけど僕にも予定ってものがあるんだし、そりゃ古陶里を探してるのは事実だけど、さすがに長居するわけには」

「お前の事情なんて関係ない。三嶋古陶里の関係者だというのなら、あいつが見つかるまではここにいてもらう必要がある。そもそもお前があいつの協力者って可能性も捨てきれないんだからな」

「協力者って何の？」

「俺たちを殺すための、だよ」

にやりと笑うと、和亀くんは色眼鏡の縁を押し上げながら僕に顔を寄せる。

「万姫姉が死んでしまった以上、三嶋古陶里を必ず見つけ出さなきゃいけない。お前はそのための餌《えさ》だ」

「……餌、というのは言いすぎだけど、目的を同じくする者として協力し合うのだと考えてもらえれば良いでしょう。私たちも貴方も、三嶋古陶里を探したいということに変わりはないのだもの」

声に温度があるのなら、それは氷点下に近い響き。千姫さんの言葉は、和亀くんのフォローのように見えて、その実とても打算的なものだった。だけど確かにその通りだし、そもそもあてもなく島に来てしまった僕が一番最初にこの「壱六八家」に入ることが出来たのは、むしろ僥倖《ぎょうこう》だと言える。

……久保田女史から古陶里の手紙を受け取ったあの日、僕は彼女の足跡を辿《たど》るために壱六八島に渡ることを決め、翌日にはバイトを辞めた。だから実際のところ、冬期休暇が終わって大学が始まるまでは古陶里を探すことが出来る。

「古陶里は昨日ここに来たと言ってたけど、その時、何か荷物を持ってはいませんでしたか」

「……いいえ、何も。しいて言うならスマホと貴重品くらいは身に着けていたけれど、そもそもこの辺りはスマホは圏外になるし、彼女と一緒にそれも消えた。何か探しもの？」

「手掛かりがあるんじゃないかと」

肩を竦《すく》めながら言うと、ふっ、と和亀くんが馬鹿《ばか》にしたように鼻を鳴らす。

「そのくらいのことは俺たちだって考えてる。だけどとにかく、まずは伯母さまに挨拶しに行くぞ。今のところはあの人が、この壱六八家当主だからな」

高梨さんにしたように、僕にもくいっと顎で指図するように言うと、和亀くんは千姫さんに色眼鏡越しの視線を向けた。

「俺は一度部屋に戻る。後は任せた」

「貴方は行かないの？」

「苦手なんだよ、知ってるだろ？　あの陰気臭さでこっちまで気が滅入《めい》っちまう……どのみち警察が来る前に、伊鶴にも色々と説明してやる必要があるから」

　それだけ言って、和亀くんが廊下の左手へと姿を消す。どうやら伯母と甥《おい》の関係はあまり良好ではないらしい。

　仕方ない子ね、と囁くように言って、千姫さんは僕の手をぎゅっと握った。

「こっちよ。ついて来て」

　……坪庭の見える淡い色の廊下を進んで正面にある引戸を開けると、そこは広々としたリビングだった。天井は吹き抜けになっていて、見上げると、二階部分の廊下が覗いている。壁は片側一面が硝子窓《ガラスまど》で、玄関といい居間といい、どうやら壱六八家は採光を意識した作りになっているようだった。

　最低限に組まれた柱は適度にリビングを区切り、何気なく置かれた観葉植物を除けばほとんど無駄な物のない部屋だ。テーブルとソファと棚、そして吹き抜けの真下に作られた小さなスペース。一人分の椅子と丸テーブル、壁には小さな本棚が設置されている。どこも綺麗《きれい》に片付けられ、人の住んでいる気配が感じられないほどだ。

「モデルルームみたいだな……」

「もともとは古いお屋敷だったのよ。父が亡くなった後、姉の希望で一部分を改築してこの通り。だけど奥の部屋はまだまだ壱六八家の歴史を十分に感じられる場所ばかり」

「壱六八家の歴史って」

「すぐに分かるわ」

　リビングを抜けると再び廊下が続く。外に面していない分、足元に置かれた照明で明かりを取っている。とことんまで明るさにこだわった屋内に「美術館み」を覚えつつ、再び扉を開けると、今度は暗い色の床が現れた。

　さっき玄関から覗《のぞ》いていた坪庭に続き、今度は左手に本格的な庭があって、砂利と飛び石と手水鉢《ちょうずばち》があるだけの広々とした造りになっているのに、何故かそこだけ陽光がさしていない。全体的に薄暗いのだ。

　同じ家の中なのに、何でここはこんなに暗いんだろう。

　そう思いながら千姫さんに手を引かれるまま進むと、途端に辺りの空気がどんよりと濁り始めたような印象があった。この辺りはさほど改築されていないのか、廊下にも壁にも人の暮らしてきた歴史のようなものが感じられる。

「姉はこちら側を嫌って、玄関側だけでもと改築を急がせた。だけど私は昔から暮らしていたこの辺りの部屋も好きなのよ。ここには、連綿と続く壱六八家の記憶が残っているから」

　ふふ、と千姫さんが笑う。初めての笑顔だけど、引き攣るようなその笑みは、むしろぞっとするほど寒々しい。

「伯母さまは明るい場所が苦手なの。だからいつもこちらの部屋から出てこないわ。姉も玄関側の自分の部屋から出てこなかったから、本当は似た者同士なのよね」

言って、千姫さんは廊下の途中で足を止めた。

「多分、今日はこちらにいらっしゃると思うんだけど」

庭に背を向けて硝子戸を開けると、さっきまでの和風モダンな雰囲気とはまるで違う、いかにも僕が「呪殺島の一族」と聞いて予想していたような畳の部屋が現れた。明かりがなく、部屋の奥や隅が真っ暗で何も見えないのが不気味だ。

できれば中に足を踏み入れたくない、と冷や汗をかく僕を、千姫さんは強引に手を引いて室内に引っ張り込んだ。そして「どこにいらっしゃるのかしら」ととぼけたように辺りを見る。

何だか物凄《ものすご》く嫌な雰囲気だ。この部屋は……この座敷にはいたくない、と本能が告げている。僕は思わず「いないみたいだし、出ましょうよ」と外に足を踏み出そうとして、

「………え？」

それを見た。

座敷の奥、影に沈むように隠れていたものたち。美しい着物をまとった、驚くほど端正な顔立ちをしたいくつもの顔、顔、顔……。

「うわぁぁぁっ！」

喉《のど》から悲鳴がほとばしり、僕はその場にへたり込む。目の前に、数え切れないほどの人間がいた。驚くほど白い顔をしたそれは……いや、違う、人間じゃない、これは、

「……人形？」

ようやく違和感に気付いて呟《つぶや》くと、ふっ、と千姫さんが噴き出した。

「いやだ、人だと思ったの？　そんなわけないじゃない、すぐに分かるでしょう」

立ち上がれないまま、僕はぶんぶんと首を横に振る。

そこに並んでいたのは、大小さまざまな日本人形だった。子供が抱きかかえられるくらいの大きさの物もあれば、等身大の人間サイズの人形もある。人間とさほど変わらぬ大きさの人形たちは男女あわせて五体あり、いずれも綺麗な着物を身にまとい、壁に背を預けるようにして立っていた。

確かに、よくよく見ればまごうかたなく人形なのだった。そもそもこんなのっぺりした顔の人間がいるはずがない。

だけど暗がりに浮かび上がるようにして立つその姿は、人間と見間違えても仕方ないくらい大きく、しっかりとした背格好をしていた。そして、そんな大きな日本人形の周りに並ぶ大量の小さな人形……いわば壁に白光りする顔だけが浮かび上がる怪奇現象、みたいな雰囲気がある。

「なんでこんなに人形が……」

「ここには私達壱六八家の人間と、島の人達と同じ数の人形があるの。壱六八島では子供が生まれるたびに人形が作られ、そしてこの家に納められる。つまりね、我が壱六八家は、人形の棲《す》む家なのよ」

7

日本には、人知れず「呪殺島」と呼ばれる島が複数存在している。そして、そこに流される一族は、いずれも強力な呪力を持ち、歴史の陰で暗躍してきた人々だ。

彼らは一族に伝わる特殊な呪詛《じゅそ》を用いて人を呪い、病を与え、時には命をも奪った。だが、人の命に関与する所業は神の領域であり、それほど大きな力を持つ呪詛は、本来であれば人に許されるべきものではなかった。故《ゆえ》に罰を受けたのである。

……壱六八一族は、平安の世で人形を使った呪術を執り行う一族だった。陰陽師《おんみょうじ》が「形代《かたしろ》」と呼ばれる紙人形を使役するように、彼らは日本人形を介して人を呪い、操ったのだ。貴族も、庶民も、時には神に連なるとされる高貴な一族ですらその術から逃れることは出来ず、多くの人間が運命を狂わされた。

しかし……人を呪わば穴二つ、呪術はいずれ自らに返ってくる。人には過ぎるほどの強大な力を使役し、森羅万象に関与した壱六八一族は、長年呪術を執り行うことにより積もりに積もった業《ごう》を受け、自らが呪物と成り果てて呪殺島に流された。

　それが壱六八家の先祖なのである。

「壱六八家と人形とは、切っても切れない関係にある。私達の先祖は島に渡った後も呪術を行い、もともと島に住んでいた人達を呪いで縛りつけた。島人の数だけ人形が納められているのはその名残ね」

「人形を作るのは、誰が……」

「壱六八家当主よ。昔は魂をこめてひとつずつ作ったそうだけど、今は土台になるものがあって、それに手を加えて造り出すの。先祖から受け継いだものでしょうね、私達一族は代々手先が器用なのよ」

　楽しそうに告げる千姫さんに、僕は恐る恐る「じゃあ」と聞く。

「……この中に、千姫さんたちの人形もあるんですか？」

「私達の人形はこの大きいのよ。伯母さんと私と姉さん、そして弟たちの分ね。この島では、亡くなると一緒に人形も燃やされ、ともに供養《くよう》される。だからここには亡くなった人達の人形がないのよ」

　ああ、でも、と千姫さんは大きな日本人形のひとつに手を伸ばす。

「姉さんは亡くなったんだから、この人形ももうすぐいなくなるのね……」

その時の千姫さんの眼差しを、何と表現すれば良いんだろうか。

双子の姉が亡くなった直後なのに、彼女は笑みを浮かべながらそれを口にした。いなくなる。その事実に対して悲しむどころか、むしろ喜んでいるような声で。

妖《あや》しく艶《つや》やかで美しい。それまでほとんど表情を変えなかった千姫さんの印象は、どことなく古陶里に似た、おかっぱ頭の日本人形みたいな人……だったのに、この時初めて僕は「壱六八千姫」という人の本当の姿を見たような気がした。それは決して快いものではなかったけれど、何故か僕はそれをごく普通に受け止め、ああそうか、と納得した。そうか。彼女は、もしかしたら……。

「あ、あの」

生唾を呑んで気合を入れ、僕はようやくその場に立ち上がる。すると不意に千姫さんの表情が変わり、同時に、背後からすっと何か物音が聞こえた。

襖《ふすま》を引く音だ。そう気付き、振り返って息を呑む。

予想通り、それは隣の座敷に続く襖が開いた音だったようだ。ちょうど一人分の隙間《すきま》が開いたその奥は漆黒の闇《やみ》、そして、その前に襖の縁に手を掛けた人形が立っていた。

等身大の日本人形。表情がないどころか目の部分はぽっかりと穴があき、鼻や口もつるんとしている。

一体いつの間に人形が移動したのか、いや、そもそも今、襖をあけたのはこの人形だったんじゃないか？

その事実に僕はもう一度へたり込みそうになり、けれど、千姫さんが掬《すく》い上げるように僕の腕を取って立ち上がらせると、会釈《えしやく》するように頭を下げた。

「こんにちは。伯母さま」

……伯母さま？

その言葉に僕はぎょっとして襖の前に立つ。薄暗い屋内で、よくよく見るとそれは確かに、能面を顔につけた人間……白い面に顔を隠した女性だった。

「珍しいね、千姫。日が高いうちに私に会いに来るなんて」

「大切なお話があって、どうしてもお会いしなくてはいけませんでした。それに、この人を紹介しなくては。三嶋古陶里さんのお友達の、秋津真白さんです」

「三嶋古陶里の？」

ぎょろん、とお面が僕に顔を向ける。もしかしたら能面の下では何か表情の変化があったのかも知れないけど、お面のせいで彼女がどんな意味で古陶里の名を口にしたのかは分からない。

にしたって…………おっ、どろいた………！

女性は、きらびやかな日本人形たちと違い、リアルな江戸小紋の着物をまとっていた。

千姫さんの言葉を信じるのなら、彼女が現在の壱六八家当主の御津代さん、らしい。

白い能面の目の穴の奥に、ぎょろりと光る瞳《ひとみ》が見える。どうやら彼女は僕を凝視しているようだった。

なんだよ、何でこの人、お面なんかつけてるんだ？　ただでさえ日本人形に驚いてびくびくしてたのに、こんな登場の仕方をされたら心臓に悪いじゃないか。

とはいえ島の有力者一族の代表たる人が単なる悪戯《いたずら》でお面を被《かぶ》っているとは思えず、僕が確認するように千姫さんを見ると、彼女は静かに頷《うなず》き、お面の女性に言った。

「詳細を説明致します。お邪魔してもよろしいでしょうか」

「……構わないよ。ここは陽の光が眩しい。中に来なさい」

言って、お面の女性は闇に溶け込むように真っ暗な隣の和室に戻って行く。

いやいや待って、状況が呑み込めないんだけど。結局お面をつけてる理由の説明がないまま招待されちゃって、そりゃ千姫さんの様子からしてあの人が壱六八家当主であることに間違いはないんだろうけど……もしかしてあの能面は、壱六八家が人形に関わりのある家だってことに関係するのか？

だけど尋ねる間もなく、僕は千姫さんに引っ張られて「壱六八御津代の部屋」へと連れ込まれた。入った途端に千姫さんが襖を閉め、途端に辺りは床に置かれた間接照明のわずかな光だけになってしまう。

どうしてこんなに暗いんだろう。確かに採光を意識した玄関側の部屋から薄暗い奥には来たものの、これだけ真っ暗だと目が慣れるのにも時間がかかる。それでも千姫さんには部屋の様子が見えているのか、彼女は躊躇なく部屋の真ん中にある座布団《ざぶとん》の前に行き、僕をそこに座らせた。と同時に正面に御津代さんが座った気配が伝わってくる。

「すまないね。私は持病があって、太陽の光に肌を晒《さら》せないんだよ」

「伯母さんは、色素性乾皮症という病気なの。太陽の光を浴びると皮膚がただれてしまう、光線過敏の皮膚疾患よ。だからいつも陽光の届かない部屋にいる」

……色素性乾皮症。

初めて聞く病名にぽかんとすると、御津代さんがくつくつとお面の下で笑った。

「客人は、三嶋の家の子の知人だと言ったが……あの子は何も話していないんだね。まあ、それもそうだろう、島の外に解き放たれた人間からすれば、壱六八家の呪われた血の話なんて到底信じられるものじゃない」

「壱六八家が、もともと呪術師の一族であることは知っています。呪われた、というのはそのことですよね？」

「ああ、確かにそうさ。だけどそれだけじゃない……いや、勿論《もちろん》それがすべての発端ではあるんだろうが、壱六八家の人間は、とても分かりやすく『呪い』に侵されている」

「呪いに、侵されている？」

僕はひっそりと千姫さんを見る。ようやくぼんやりとした明かりに慣れた僕の目は、彼女が確かにそこにいることを認識してはいたけれど、そうでなければ消えてしまったんじゃないかと思うくらい、その気配は薄かった。

「……お前が三嶋の家の子供を知っているというのなら、教えてやろう。壱六八家の人間はね、必ず何らかの病を得て生まれてくる。病に蝕《むしば》まれ、長く生きても決して楽には暮らせないのさ」

　そう言って、御津代さんは低く、呻《うめ》くような声を漏らした。

「私は生まれつき、奇病の為《ため》に太陽の光を浴びられない身だった。私の弟……先代の当主である真人もまた、今年の夏に亡くなるまで、アルポート症候群という病に苦しめられたのだよ。真人の長女の万姫はライソゾーム病を患《わずら》い、千姫も失感情症（アレキシサイミア）という精神疾患を抱えている。双子の甥たちもまた、眼の光を失うか、色を認識する能力を失っているね」

「……病気……」

　淡々と語られる御津代さんの言葉に、僕は言葉を反芻《はんすう》することしかできない。だけど頭のどこかで、ああ、そういうことかと納得している自分もいた。

　出会った時から感情表現に乏しいと感じた千姫さん。色眼鏡を掛けていた和亀くん。あれは二人が抱えている疾患によるものだったのだ。失感情症の千姫さんはうまく感情を表現できず、目に疾患を抱えている和亀くんは色のついた眼鏡を使っている。ライソゾーム病という病名は初めて聞くけど、きっと生きていた頃に彼女と会っていたのなら、そうと分かる症状を抱えていたのだろう。

これらの疾患が、壱六八家に伝わる恐ろしい呪い、そして彼らをむしばむ恐ろしい運命なのか。

……それがいつ始まったのかは分からない、と御津代さんは語る。

島に流された壱六八一族は、まるで他の島人たちとの決定的な違いを示すかのように、奇妙な特徴を持って生まれてきた。

ひとつ。壱六八家に生まれてくる子供は必ず双子である。

ふたつ。壱六八家に生まれた人間は必ず何らかの疾患を抱えている。

一説には、壱六八家の先祖が血族同士の婚姻を繰り返し、その結果遺伝子疾患を抱えた子が多く生まれるようになったのではないか、とも言われている。確かに壱六八家に伝わる先祖についての文献によると、彼らは一族に与えられた呪力を高めるために近親者同士で結ばれていたそうで、それは呪いと言うよりかは、まだ納得できる理由ではあった。

だが、壱六八家にはもうひとつ不気味な伝承が残っていた。

……みっつ。壱六八家に一人子が生まれた時、その子は病を持たず、いずれ血縁者の命を奪う。

「おかしな伝承だと思うだろう。だが、実際に島で生まれた壱六八家の一人子が、家族を手にかけて自死したという事件が何度か起きた。病を得ない一人子が生まれ、血縁者を殺す……という事件が繰り返されるのはさすがに偶然じゃないはずだ。だからこそ、我々壱六八の一族は、この伝承を固く信じてきたんだよ」

　時に家族間の争いで。時によそで起きた確執で。あるいは何らかの理由で心を病んだ末の行動として。

　島では壱六八家に生まれた一人子が親族を殺す、という陰惨な事件が繰り返され、結果、一族だけではなく島の人間たちも、この伝承を固く信じるようになったのだ。

　壱六八家に生まれた一人子は「人殺しだ」という伝承を。

「……双子じゃない一人子は……健康に生まれた壱六八家の子は……身内を殺す……」

「一族には、長らく一人子は生まれていなかった。伯母も父も、今は亡くなってしまったけれど、双子の姉と弟を持って生まれて来た。私と姉、弟たちもまた双子として……そして、一族に伝わる呪い、疾患を持って生まれて来たの。だけど例外があった」

「三嶋古陶里だよ」

　壱六八家の血縁者で、双子ではない子供。

　その言葉に僕も薄々気付いていたけれど、ハッキリと御津代さんが言った途端、脳裏で何かが、かちん、と音を立てた気がした。

記憶の中に何かがぼんやりと浮かび上がってくる。それは水に滲《にじ》むインクのように、じわり、じわりと色濃くなっていく思い出。

『忘れないで。あなたのせいじゃない』

優しく囁く女性の声。いつくしむようにかけられたその声に、何故か哀《かな》しそうに、悔しそうに俯《うつむ》く日本人形のような少女。

『あなたはここで幸せになるの』

『おかあさん』

『二度と島に戻ってはだめよ、そうしなければ』

歪む景色。薄れかけた記憶。白茶けた古いフィルムの映像のように、それはひび割れた音と色を伴って僕の脳裏に広がっていく。

『今度こそ、殺されてしまうから』

「……秋津真白？」

いぶかしげな声に、僕ははっと深く息を吸う。と同時に視界いっぱいに広がっていた懐《なつ》かしい景色は消え去り、もうすぐ手の届く場所まで近付いていた過去の光景が驚くほどあっけなく霧散した。

いつの間にか、僕は息を止めていたらしい。薄暗い畳の座敷に満ちた古い建物の匂いを胸いっぱいに吸い込むと、そのまま咳《せ》き込み、俯いてしまう。

何だ、今のは？

額を伝う冷や汗をゆっくりと拭《ぬぐ》う。あれはまだ幼かった頃の古陶里だ。それに、どこか懐かしく感じられる女性の顔と、古陶里の、切ないほどに震える「おかあさん」の言葉。

……これは記憶なのか？　まったく覚えていないはずの、児童養護施設で彼女と出会ったころの……。

だけど、僕が古陶里と出会った時は既に、彼女には両親がいなかった。僕らは両親のいない子供として施設で出会い、仲良くなった……。

「どうかしたのかい。お客人」

まだ荒い息を吐く僕の背を撫でる千姫さんと、微動だにせず座ってはいるものの、一応は案じるような声をかけてくれる御津代さん。ああそうだ、僕は今、壱六八家にいたんだった。

だけど何だって急に、あんな思い出のような光景が浮かんできたんだ？

「疲れているのなら、一度部屋で休んで……」

「いえ、僕は大丈夫です。それより今の話……古陶里が壱六八家に生まれた一人子であるのなら、彼女はもしかして、島を追い出されたんですか？　だとしたら母親はどこに」

「誰も追い出してなどいない。あの娘は、母親と共に自ら島を去ったんだよ。島の人間の誰にも告げずにひっそりとね」

言って、御津代さんはかすかに身じろぎする。

「もしかしたら、島人の間に生まれた流言が恐ろしかったのかも知れない。だからこそ最初はあの娘が先代当主の子であることも伏せられていた。だけど狭い島の中で、いつまでも隠しておけるもんじゃない……いつの間にか先代当主には外に子があることが知られ、それが三嶋古陶里であることもすぐに広まった。おまけに壱六八家の一人子は忌《い》み子だと、島の誰もが知っている。長い歴史を繙《ひもと》けば、その壱六八家の忌み子の起こした惨事に何の関係もない島の人間が巻き込まれた例もあったからね、子供のうちに始末してしまえ、と、そう思う者も少なからずいただろう」

「……私達壱六八家の人間は、誰も三嶋古陶里とその母親がどこに行ったのかを知らなかった。これはさっき話した通りよ。数十年ぶりに生まれた一人子が島を離れた事に、島の人間も私達も、喜びこそすれ探し出して連れ戻そうなんて微塵《みじん》も考えなかった。お互いに、離れて暮らしていれば不幸にはならない……妾腹《しょうふく》の子も、忌み嫌われる一人子も、どちらも等しくこの島に必要のない人間だった」

「古陶里のお母さんのこと、聞いても良いですか」

御津代さんも千姫さんも、静かに説明してくれてはいるものの、その内容ときたらひどいものだ。僕は胸がむかむかするのを堪《こら》えながら尋ね、それに御津代さんが「ああ」と鷹揚《おうよう》に頷く。

「三嶋古陶里の母親……三嶋桜は弟の真人の幼馴染みだ。客人はつい今しがた、座敷にある日本人形を見ただろう？　あれは島人や壱六八一族を模してそれぞれ作られたものだが……ああ、その話はもう聞いたんだね？　ああした人形は島人と共に焼かれて墓に納められるもので、その葬儀を執り行っているのが龍力寺の住職なんだよ。古陶里の母親は、その住職の娘だった」

……確かに。さっき車でここに来る途中、古陶里について尋ねた時に聞いたと思う。真人さんは幼馴染みの女性との間に子供を作り、それが古陶里だったこと。そして、彼女は寺の住職の娘だったのだということも。

「真人は三嶋古陶里を認知しなかったが、放っておいたわけでもない。何より昔から住職の娘を憎からず思っていたから、できるだけ大切にしてやりたかったんだろうね……だが、そのお陰で本妻の姫菜《ひめな》はおかしくなった。一人子が生まれた事も原因だったんだろう」

「……そう言えば、真人さんは今年の夏に亡《な》くなったと聞きましたが、その姫菜さんという方はどちらに」

「十年前に亡くなった。もともと気性の荒い嫁だったが、心労がたたって気が触れたらしい。よそから嫁いだ島の人間だというのに壱六八の血に染まってしまったかのように、ある日、首を吊《つ》って死んだ。ちょうどさっき客人がいた、この隣の座敷……人形を納めた部屋でね」

白い能面をつけているのに。

何故かその時、御津代さんが笑っていることを僕は確信した。人の死について淡々と語りながら、その口調には明らかに揶揄《やゆ》と侮蔑《ぶべつ》……何かを見下すような冷やかさがあったからだ。

それが何に向けられたものなのかは分からない。

だけど御津代さんは確かに何かを嘲笑《あざわら》っていた。愚かで醜く、どうしようもない人間を蔑《さげす》むように。

「それで？　そういえば千姫、お前はただ単に客人を紹介する為だけに来たわけじゃないんだろう。何か私に知らせたいことがあったはず。それは崖で見つかった三嶋古陶里と何か関係のあることかい」

「それが」

姉を象《かたど》った等身大の人形を前に、あやしく笑っていた千姫さんの声が、この時初めて動揺と畏《おそ》れに揺れていた。御津代さんの反応を警戒しているのかもしれない。

「崖に吊るされていたのは三嶋古陶里ではなく、万姫お姉さまでした。この屋敷にいたお姉さまが、どうしてかあの崖で発見された遺体だったのです」

「……万姫が？」

その時の御津代さんの様子を、僕はきっと忘れないだろう。

壱六八家の跡取りとして、自分の補佐をしていた姪《めい》が……同じ家で暮らしていた家族が亡くなったという報告を受けた彼女は、喜んだのだ。

驚くのでもなく、悲しむのでもなく、泣き声を上げるのでもなく。

能面を被っていてなお、僕らに分かるほどはっきりと、声に喜色を滲ませて。

「だから言ったんだよ。あの娘が戻って来たのは、予兆なのだと」

「伯母さま」

「壱六八家に伝わる呪《のろ》いは消えやしない。私たちを苦しめる病のように、いつまでたってもこびりついて離れやしないのだよ。三嶋古陶里は私達を殺しに来た。最初は万姫、そして次は誰だろうね？　また伝承が繰り返される……壱六八家は、結局この運命から逃れることは出来ないようだ」

ゆらりと立ち上がり、まるで神託を告げる巫女《みこ》のように……お告げを受けた預言者のように言った御津代さんに、僕は何の言葉も返すことが出来なかった。

……それはまさに、壱六八家に訪れる惨劇……これから連続して起ころうとしている「呪われた死」の始まりだったのだ。

第二章　人形供養《くよう》の寺

1

……黄金色の蝶《ちょう》を、わたしは見たことがある。

それは幻だったのかもしれない。金色の蝶など存在するわけもないからだ。けれど確かに、自分は見た。真夜中のことだ。

わたしが部屋で閉じこもっていた時に、それは現れた。きらきらと鱗粉《りんぷん》を散らしながら飛ぶ美しい蝶に、わたしは暗闇《くらやみ》の中で顔を上げ、相変わらず涙の一粒も流れない自分の顔をさすりながら立ち上がった。黄金色の蝶は襖《ふすま》を通り抜け、ゆっくりと暗闇の中を飛んで行き、その淡い輝きが襖を通してぼんやりと映っていた。

闇の中に浮かぶ唯一《ゆいいつ》の明かりを追って、わたしはそっと部屋を出た。どうしてか、そうしなくてはいけない気がしたのだ。ふわふわと飛ぶ黄金色の蝶の後を追ううち、たどりついたのは蔵だった。

……人は、死なずとも生まれ変わることが出来ると言う。

何故《なぜ》ならば死とは、肉体にのみ訪れるものではなく、魂にもまた等しく与えられるものだからだ。

同様に、魂は再生することもできる。どれだけ傷つき、引き裂かれ、もとの形を失ってしまっていても、それは起こる。わたしにとって、それがあの夜だった。

あの日、蔵の中にいた子供の姿は、まるでもう一人のわたしだった。疎《うと》まれ続け、我慢し続け、いつの間にか自分が何者なのか分からないまま生きていたわたしにとって、こうであれば良い、こんなふうになれたらと願い続けた夢の世界が、そこにはあった。

羨《うらや》ましかったわけではない。

そうではなくて、わたしにとってそれは、自分の心の中に築かれた聖域のようなものだった。それが失われることさえなければ、わたしは生きていける。どれだけ周りに蔑《さげす》まれ、疎まれようとも、この聖域を守ることさえできれば、わたしは本当の意味で壊れることはない。

それは生きていくうえで、もっとも重要なことだった。

もう一度、言う。わたしは羨ましかったわけではない。

だって、そこにいたのはもう一人のわたしだったから。わたしという肉体から切り離され、魂だけが夢見ていた世界で、幸せに、穏やかに、どんな苦しみもどんな諦《あきら》めも感じることなく生きていたから。

だからわたしは平気なのだ。

あの景色が、あのあたたかな世界が存在しているのなら、わたしはきっと大丈夫。

……そう。そのときまでは、信じていた。

けれどもう、あの光景はそこにはない。わたしはあの世界を守ることが出来なかった。わたしを守ることが出来なかった。

結局のところ、わたしの聖域は、わたし自身より大切だったあの世界は、壊れてしまったのだ。

*****

壱六八御津代さんの部屋を出て、古陶里があてがわれたという客間にお邪魔することになった僕は、ようやくそこで一人になることができた。

これで御津代さんの部屋で見聞きしたことを自分なりに整理できる……そう思ってほっとしたのは、あまりにも突然、たくさんの話を耳にしすぎて、僕の思考がまったくまとまらなくなっていたからだ。

壱六八家の子供は必ず双子で生まれ、いずれも何らかの疾患を抱えている。

けれど時に双子でも、疾患を抱えてもいない子供が生まれてくる。

古陶里は妾腹《しょうふく》の子であり、その「双子ではなく」「疾患も抱えていない」子として生まれてきた。

……そうした特別な子は、いずれ壱六八家の人間を殺す忌《い》み子となる……。

まるで漫画か小説みたいな、誰かの作り話のようだった。現実とは思えない、けれど呪《のろ》われた一族には相応《ふさわ》しくすら思える伝承。

それが本当かどうかはともかくとして、歴史的にはこうした言い伝えを裏付ける事件が起きており、何より重要なのは、壱六八家の人々がこの話を完全に信じ込んでいる、ということだった。

つまり彼らは古陶里が壱六八家の人間を殺すために島に戻って来たと確信している。御津代さんだけじゃない、和亀くんが繰り返し古陶里が崖《がけ》から遺体を吊《つ》るした犯人だと言っていたのもそのためだったのだ。

だけど、そんなはずがない。古陶里が人を殺すなんて、という気持ちもあるけど、小柄な古陶里が自分より身長の高い姉を殺し、崖から吊るす……なんて事ができるだろうか？　協力者がいたとしても、そんなことを手伝う理由があるとは思えないし、そもそも古陶里が呪いだけに囚《とら》われて家族を殺しに島に来たなんて到底信じられない。

　だって古陶里は手紙に書いていたのだ。

　後ろめたいことがあると誤解されたくはない。

　留まることもできたが、それは最善の道ではないだろう、と。

　古陶里には何か、そうしなくてはならない切羽詰まった事情があったのだ。それは僕に話せないようなことだけど、呪いを成就《じょうじゅ》させるために人を殺しに行く、というような雰囲気はなかったし、何より呪いに操られた人間があんな手紙を残すだろうか。しかも僕に直接渡すのではなく、久保田女史に託す、なんて面倒な真似《まね》までして。

　古陶里は恐らく、困った状況に置かれている。僕に助けを求めないのは巻き込みたくないからだろう。それは決して「人殺しをしたいから」ではない。そのはずだ。

　そんなことを考えていたら、不意に高梨さんが来て僕への来客があることを告げた。万姫さんの遺体が発見された崖で会った警官二人が、僕の話をもう一度聞きたい、と確認に現れたのだ。

　僕は結局、なにひとつまともに整理することも出来ないまま、すぐに事件と向き合うことになってしまった。

「秋津真白さん、貴方《あなた》は児童養護施設で三嶋古陶里さんと知り合い、以来ずっと親しくしていたと伺いましたが……彼女が突然消えたために、貴方は行方を追ってこの島に来た、ということですね」

「はい、そうです。確か八時くらいに港を出港する船に乗って島に来ました」

「島に来る前、古陶里さんの様子に不審な点はありませんでしたか？　様子がおかしかったとか、不安そうにしていたとか、家にこもりがちだったとか」

　夏に一度、妙に僕の事を心配するようになった。いつもと違う事と言えばそれだけだったけど、僕は一応それを話した。古陶里が殺人犯と疑われている状況で、果たしてこれを話すことが正しいのかどうか判断がつかなかったけど……それでも、状況が何もわからない以上、本当の事を説明するしかない。

「……ふむ……では、古陶里さんは何も言わずに姿を消したということですが、何故この島に来たとわかったんですか」

「壱六八島に行く、という手紙を残していったんです。僕に直接ではなく、共通の知人に渡していたようです。それを受け取ったのが昨日でした」

「貴方に黙って姿を消したのに、行き先を伝えたんですか。追いかけてきてほしかった、ということかな」

「どうでしょう。そこまでは僕にもわかりません。実際に壱六八島に渡ったのかどうかも不明でしたが、手掛かりがそれしかなかったのでここに来たんです」

　……自分と古陶里が呪殺島に関わるのは、これが初めてではないことを、僕はあえて彼らに伝えなかった。

「あの……壱六八万姫さんは……やっぱり他殺だったんですよね。事故でも自殺でもなく」

「詳しくは司法解剖の結果待ちですが、まあ、状況的には他殺でしょうな。何か気になることでも？」

「いえ。そうじゃなければ良かったのに、と思ったんです。でも、他殺ですよね……」

溜息《ためいき》交じりに呟《つぶや》く僕を、二人の警官は探るような目で見ていた。

結局、崖の下で話したこととほとんど同じような説明をして、二度目の事情聴取は終わった。警官たちは納得したようなしていないような顔で立ち上がり、次に壱六八家の人々の話を聞きに部屋を出て行ったのだった。

再び一人になり、僕はほっとして姿勢を崩す。座布団《ざぶとん》を敷いていたとはいえ、畳の上にずっと正座していたから、かなり足がしびれてじんじんしていた。

疑われても仕方のない状況での警官とのやりとりにはかなり疲れたけど、幸いなことに彼らのお陰でわかったこともある。まだ頭が混乱していて状況をうまく飲み込むことが出来なかったけど……だからこそ、こうして改めてゆっくり考える時間が作れたのは僥倖《ぎょうこう》だと思う。警官たちと話をしたことで、僕は改めて、今何が起きているのかを整理する必要があると痛切に感じた。

「こういう時、古陶里はいつも紙に書くと良いって言ってた」

座敷の片隅に置いたリュックをさぐり、中から筆記用具を取り出す。どうやら中を探られた形跡があったけど、うっかり持ってくるのを忘れて慌《あわ》てて駅で購入したペンとメモは新しいものだったから、不審にも思われなかったのかそのままの状態でリュックのポケットに収まっていた。

「ええと……落ち着こう、とにかく落ち着いて、古陶里が何でこの島に来たのかを考えなきゃいけない」

メモをめくり、さっき警官二人から聞いた話も含めて、今現在分かっていることだけを正確に書き記していく。

まず、古陶里が島に来たのは一昨日《おととい》。本人が語った言葉を信じるのであれば、最初に生家である龍力寺に寄り、その翌日……つまりは昨日、壱六八家を訪れ、（壱六八一族の本心はともかくとして）歓待を受けることとなった。この「歓待」というのは、島の風習である「離れて暮らしていた親族を迎え入れ、家族のみならず、関係の深い島人達を招いて一晩中飲み明かす」という宴《うたげ》のことだ。

実際、この酒宴には壱六八家に関わりのある複数の島の人間が招待されていたことを、住み込みの使用人である高梨さんが教えてくれた。そして、どうやら酒が抜けきれず別室で休んでいたらしい島人らしき二人の老人が、僕より先に簡単な事情聴取を受けて帰って行くのをさっき僕も目撃していたので、状況としては壱六八家の人達が嘘《うそ》をついているわけでもなさそうだ。

つまり……と、僕は頭の中で状況を整理しながらメモしていく。

十一月八日　……古陶里が壱六八島に来る。その後、実家の龍力寺で一泊する。

十一月九日　昼頃　……古陶里が壱六八家を訪れる。

二十時　……歓待の宴が催される。壱六八御津代、双子の姉妹、兄弟、島人五人が同席。

二十一時頃……御津代が部屋に戻る。

二十二時頃……万姫が部屋に戻る。

十一月十日　二時頃　……宴に参加していた一人が、古陶里が消えた事に気付く。

九時頃　……島の狩人《かりゅうど》（道大氏）が崖の遺体を発見。古陶里が島に来たことを聞いていた道大が、遺体の様子から「古陶里ではないか」と壱六八家に連絡。壱六八御津代、万姫、伊鶴（弟）が屋敷に残り、千姫、和亀が秘書の運転で崖に向かう。

十一時頃　……遺体を確認。僕（真白）が合流し、崖の遺体を降ろす。

遺体が古陶里ではなく、屋敷に残ったはずの壱六八万姫だと判明。

「……うーん……状況がよく分からん……」

はっきりしているのは、古陶里を歓迎する酒宴には壱六八家の人々が全員集まっていたこと。それに加えて島の人間も五人いたということだ。

ただ、疾患のためにあまり長居できなかった御津代さんと万姫さんは途中で部屋に戻り、他の子供たちも何度か席を外したらしい。

そして、手洗いに行く、と席を立った古陶里がいつまでも戻って来ないことに気付いたのが、まだ暗い未明のことだったという。

「古陶里が消えたのが午前二時……より少し前くらいかぁ」

ただ、この情報はすべて壱六八家側の言い分であって、いくら島の人間がいたからって、酒宴に招かれたくらいだ。彼らは古陶里個人よりも壱六八家に所縁《ゆかり》のある人達、ということになる。つまり全員で口裏を合わせた可能性だってゼロじゃないわけだ。

ただこれは、仮に古陶里が殺されていた場合であって……死んでいたのは壱六八万姫さんだったことから、彼らが偽証する必要もなくなってしまう。むしろ、彼らは真相を突き止めて古陶里を探し出し、万姫さんが死んだ理由を知りたいと思っているはずだ。

だとしたら。古陶里は午前二時に姿を消し、どこに消えた？

そして屋敷にいた万姫さんは、いつ殺され、崖に吊るされたのだろう。

……消えた人間といたはずの人間が入れ替わる。まてよ、と僕は考える。崖の遺体を発見した時、僕は遠目にそれが古陶里じゃないかと焦《あせ》ったんだ。それは古陶里が壱六八家の血を継ぐ人間であり、壱六八万姫、千姫姉妹にどことなく雰囲気が似ていた為《ため》でもある。

もしかして、屋敷の人達は万姫さんと古陶里を見間違えた？　屋敷にいたのは古陶里の方だったんじゃないのか……。

「そんなわけないでしょ。僕らが姉さんと客人を間違えるはずがない、こう見えて同じ家で暮らしてきた家族なんだから」

「そうだよねぇ、さすがに分かるよね。騙《だま》されたのがよその人ならともかく、身内が……って、んん？」

自分が書いたメモを見ながら考え込んでいた僕は、ごくごく自然に掛けられた言葉にほとんど脊髄《せきずい》反射で返事をして……これはいつも古陶里と行動を共にしていたからだろうか。隣に人がいるのが当たり前すぎて無意識に反応してしまったが、すぐに気付いた。

いつの間にか、僕の隣に和亀くんが座っていた。さっきの色眼鏡より少し濃い色の眼鏡をつけて、どうやら着替えたのか、今は淡いグリーンのパーカーとデニムパンツっていう普段着になっている。

「か、和亀くん？　いや、いきなり話しかけられたらびっくりするんだけど……」

「……だって外から声かけたのに反応ないんだもん。ね、何してるの？　さっきから一人でぶつぶつ喋《しゃべ》ってるからどうしたのかと思った」

　さっきまでの愛想の悪さ、偉そうな態度はどこへやら、何故かにこにこしながら僕に話しかけてくる。

　怒った顔や見下すような表情しか見てなかったから、急にこんな親しげに話しかけられたらびっくりするんだけど……え、どうなってんのこれ。

「なに？　もしかして死体なんか見たから、変になっちゃった？」

　くすくす笑いながら話す和亀くんは、こうして見るとやっぱり整った顔をしている。笑っていると童顔なのが良く分かって、色白の肌に小さな顔、目元を隠す眼鏡のお陰で形の良いすっとした鼻筋が際立《きわだ》って見えた。

　古陶里も綺麗《きれい》な顔立ちだったし、壱六八家は美形一族なんだな、そういや呪殺島の人達ってみんなそんな感じ……なんてことを考えてから、僕はようやく違和感を覚えた。

　なんか……和亀くん、顔の向きが変だな。僕と話してるのにこっちを見てないっていうのが、濃い色の眼鏡をしていても分かる。これってもしかして。

　そこまで考えて、思い出す。さっき御津代さんが言っていた言葉を。

『真人の長女の万姫はライソゾーム病を患《わずら》い、千姫も失感情症（アレキシサイミア）という精神疾患を抱えている。双子の甥《おい》たちもまた、眼の光を失うか、色を認識する能力を失っているね』

和亀くんは色つき眼鏡をしていたけれど、きちんと僕の言動には反応していたし、崖から吊るされた遺体を姉だと認識することも出来ていた。つまり御津代さんの甥のうち「色を認識する能力を失っている」のは和亀くんの方だ。だからこそのあの眼鏡だったのだろう。

だけど今、僕の目の前にいるこの子は、恐らく「見えていない」。僕がメモを手にしていても、それに注意を払う事もなく、ただ「何をしていたのか」と聞いた。そして僕に話しかけながらも僕を見ていない……。

「……もしかして、和亀くんの弟くん？」

僕の問いに、和亀くんに似た男の子がきょとんと虚空《こくう》を見た。思えば最初から、この子は和亀くんとは全然雰囲気が違う……口調も物腰も柔らかだった。別人だったのだ。

「なんだっけ。ええと、壱六八……」

「なぁんだ、もうバレちゃった。誰かに聞いたの、僕らのこと」

ふっと表情を和らげて、彼は僕の方に乗り出していた身体《からだ》をすとんとおろし、胡坐《あぐら》をかいて欠伸《あくび》をする。

「そうだよ、僕は壱六八伊鶴。この家の末っ子、和亀兄さんの双子の弟だよ」

「やっぱり……」

「んじゃま、バレたところで……ちょっと顔に触れても良い？」

そう言って、伊鶴くんは僕にゆっくり手を伸ばした。一瞬ビクッとしたものの、すぐにそれが「僕の顔の形」を指で探ろうとしているのだと気付き、慌てて空中をさまよう彼の手に顔を寄せる。

「有難う。……へえ、真白さんてこんな顔してるんだ。鼻筋がけっこうくっきりしてて、目も大きいね。眉《まゆ》はそんなに濃くなくて……」

「あ、くふふっひゃい」

「ごめんごめん、ありがと」

ゆっくり、ゆっくりと、僕の顔の凹凸《おうとつ》をなぞっていた指が、最後に僕の唇に触れて離れる。くすぐったくて背筋がひくひくしていた僕は、ようやく安心して全身の力をほっと抜いた。

「こんなので分かるの、僕の顔」

「大体だけどね。頭の中にぼんやり顔が浮かぶんだ。だから古陶里さんの顔も、見たことはないけど何となく分かるよ」

「顔に触れたから？」

うん、と頷《うなず》いて、伊鶴くんは誰もいない畳の上をじっと見る。

「目や鼻の形は姉さんたちと似てたけど、目元の皺《しわ》はなかったな。お肌が若いなーって感じがした。こんなこと言ったら怒られるから、これは内緒」

「う、うん、わかった」

素直に答えた僕に、伊鶴くんはまたもやくすくすと笑う。

「ふふ、古陶里さんの友達が来たって聞いたから、どんな人なのかと思って遊びに来ちゃったけど、良い人で良かった。誰も詳しいこと教えてくれないんだもん。女王様が死んでバタバタするのは分かるけどさ」

「女王様？」

「万姫姉のこと」

言って、伊鶴くんはにっこり笑う。僕に直接向けられたわけではないけれど、その笑みには明らかに僕をからかうような、同意を求めるような気兼ねのなさを感じた。

「……亡《な》くなったお姉さんと、あんまり仲が良くなかったの？」

「なんで？　あ、女王様って呼んだから？　別にどっちでもないよ、ただ万姫姉が女王様だったのは事実だし」

あっけらかんと伊鶴くんが言う。口調は親しげで柔らかいのに、和亀くんとはまた違った遠慮のなさ、不遜《ふそん》さを感じさせる態度だった。

だから僕は慌てて「そうじゃなくて」と口を挟む。

「悲しくないの？　お姉さんが急に亡くなったのに……」

親しかったのなら、否《いな》、一般的に考えるなら、家族が急死した直後はショックを受けるか愕然《がくぜん》とするものだ。もしかしたら、すぐに悲しみを感じることができない人も、それを表に出せない人だっているだろうけど、それを考慮しても伊鶴くんの態度は「身内を失った青年」のものではなかった。千姫さんや和亀くんと同様に。

　すると伊鶴くんは少しだけ沈黙して、

「……和亀兄たちは悲しんでた？　姉さんが亡くなったって知った時」

「え？」

「これは僕の予想だけど、悲しんではなかったんじゃないかなぁ。むしろ怒ってたでしょ、亡くなったのが古陶里さんじゃなくて万姫姉だったことを」

　まるでその場にいて見て来たように、伊鶴くんは言った。

「まあ、千姫姉は喜怒哀楽を外に出さないから別として。吉川は泣いてたかもしれないね。多分そうでしょ」

「何で……」

「吉川はねぇ、僕の母さんの幼馴染《おさななじ》みなんだよ。母の旧姓は佐藤って言うんだけどさ、時々、間違えてそっちの名字で呼ぶこともあったくらい……慌てて言い直してたけど、母さんも旧姓で呼ばれた時の方が嬉《うれ》しそうだったな。壱六八の人間であることを嫌っていたから」

「佐藤？」

「良くある名字だよね、壱六八と違って。きっと母さんは普通でいたかった人なんだろうな。壱六八の事業に携わる家の娘で、見合いをして結婚したけど、最後まで壱六八に馴染めなかった……それを壱六八家の秘書になってまで支えていたのが吉川だったってわけ。

　だからあの人は、僕らの事も自分の子供みたいに可愛《かわい》がってくれてて、万姫姉が死んだって聞いたら多分、一番悲しむのはあの人だろうね」

　成程、と思わず頷く。確かに、秘書さんにしてはえらく感情的だと思ってたんだよね。身内より悲しんでたもんなぁ。

　それにしても「佐藤」か。確かに良くある名字だけど、それにしても……。

「うちはおにーさんが考えるような『普通の家』じゃないからね、そもそもみんな病気してるし、姉さんだって長生きはできなかっただろうし……それが壱六八家の宿命っていうか、だから死に対して過敏に反応しないんだと思うよ。そもそも万姫姉は皆に好かれるタイプでもなかったし、どっちかっていうと横暴だったからさ」

　別にショック受けてない訳じゃないけど、と付け足して、伊鶴くんは言葉を続ける。

「うちはね、基本は年功序列制だから、壱六八家の事業を継ぐのは絶対に長子なんだ。双子でもそれは変わらない、だから『長女』『長男』は絶対で、長女の万姫姉は父さんの次に偉いの。あ、偉かった、かな」

　序列としては、万姫姉、和亀兄、千姫姉、僕。言いながら、伊鶴くんは右手の指を一本ずつ立てていく。最後の四本目の小指を左手で握ると、これが僕、と呟いた。

「僕が一番下。だから万姫姉が亡くなっても、後継ぎ問題には一切絡《から》まずに済む……いわば離れた場所から状況を見守れる立場ってわけ。興味はあるんだよね、本当は伯母さんの後を継ぐはずだった万姫姉が亡くなって、次の跡取りは誰になるのか。うちの『長子相続制』を考えると、和亀兄が後継ぎに決まるはずなんだけど……伯母さんと仲が悪いからなぁ、すっごくもめそう」

　長子相続制。伊鶴くんの言葉に、僕は壱六八家に向かう車の中で聞いたやりとりを思い出した。

『万姫姉がいなくなったのなら、次代当主は俺だろう。なのにさっきから偉そうに何なんだよ！』

　……なるほど。確かにもめそうだ。本来であれば和亀くんが次の後継ぎになるはずだけど、伯母さんと仲が良くないから千姫さんが後継ぎとして指名を受ける可能性もある、ってことか。ややこしいなぁ。

「千姫さんと和亀くんは、この家の後継ぎになりたがってるのかな」

「そりゃ、継がないよりは継げたほうが良いんじゃない？　千姫姉は割と万姫姉のそばにいることが多かったし、壱六八家の事業についても和亀兄よりは知ってるだろうし」

「そういえば、昨日の夜から今朝にかけて、千姫さんは亡くなった万姫さんのそばにいたんだよね？」

　これも今、思い出したことだ。崖の下、遺体を発見した後に和亀くんが言っていたこと。

『千姫姉は、万姫姉とずっと一緒にいて何か気付かなかったのか？』

「……ああ、そういえばそうだよね。万姫姉は疾患のせいで一人ですぐに動けなくて、比較的運動能力に関わる疾患を持たない千姫姉か高梨さんたちが、交替で身の回りのお世話をしてたんだ。昨日は高梨さんが宴の支度でバタバタしてたし、確か千姫姉がずっと付き添ってたんじゃないかな……」

「じゃあ、万姫さんがいなくなってもすぐに気付くはず、か」

「いなくなったらって言うか、今朝、道大さんから連絡が来た時に万姫姉が指示してたからね、現場には和亀兄と千姫姉が行けって。それで万姫姉と僕が屋敷に残ったんだもん」

「そうなの⁉」

じゃあ本当に直前まで彼女は屋敷にいたのだ。

「本当に本人だった？　確認したのは千姫さんと和亀くんだけ？」

「えー、そこまでは分かんないよ。僕は二人が車で出る時に聞いただけだから。直接あの二人に聞けば良いんじゃない？」

面倒臭そうに言われて、僕は肩を落とす。聞いたところであの二人が伊鶴くんほどぺらぺら話してくれるのかと言えば、微妙なところだったからだ。

それにしても伊鶴くんは天真爛漫《てんしんらんまん》というか、ものすごく自由な雰囲気だ。壱六八家の人はみんな変わってるというか、それも納得できるような環境にあるというか……なんだけど、伊鶴くんは目が見えないという部分を除けば好奇心の強いごくごく普通の男の子、って感じがする。

僕がそう言うと、伊鶴くんは「あははっ」と軽やかに笑って、

「僕は確かにこの家じゃ一番下だけど、皆に可愛がられてるから。千姫姉みたいじゃないし、出しゃばりさえしなきゃすむ話で」

「千姫さんみたいじゃないって、それ、どういう意味」

「え、一緒にいて思わなかった？　失感情症だか何だか知らないけどさ、あの人ほんっとに空気が読めないって言うか、周りが何をしていようが変わらないの。あの性格じゃ後継ぎは無理なんじゃないかなぁ、僕だったら和亀兄の方がまだマシだって思うよ～」

まだ出会ってすぐだから、僕には壱六八家の姉弟たちのことはよく分からない。だから千姫さんがどうというより、この家の人達全員が変わり者というか、個性的というか……そういう印象があるんだけど、そんな家にあってもまだ「変わり者」扱いされている千姫さんの事を、僕は改めて思い出す。

確かに「失感情症」の患者さんとは初めて会うし、そもそも語感で何となく意味は理解したものの、名称自体初耳だ。千姫さんの様子を見ていて、随分と冷静な人だと思っていたから、さっき御津代さんに聞いた時は納得したんだけど……。

ふと思い出した。人形が並ぶ座敷で、姉の形代《かたしろ》のような日本人形を前にして笑っていた千姫さん。

……感情がない、って？　あれが？　しっかり笑顔を浮かべてたぞ、あの時。

確かにはっきりと感情を表に出すことは少ないものの、精神疾患なんて大げさに言われるほどじゃない気がするんだよね。違うのかな？

そう思って尋ねると、伊鶴くんはむしろ「あれ？」みたいな顔になって、

「千姫姉が笑ってた？　珍しいこともあるもんだね、でも多分それ、作り笑いか何かじゃないの？　前に聞いたことがある、外部の人間と接する時には、できるだけ周りにあわせて表情を作ってるって話……それだけじゃなくてあの人、子供の頃は夢遊病の気もあったみたいだよ。そのせいか独特の世界観の中で生きてるし、僕もなーんかあんまり

好きじゃ……あ、それより」

何となく正座して伊鶴くんと向き合っていた僕は、さらりと話題を変えられ、はしごを外されたみたいに「え？」と姿勢を崩す。

「僕ばっかり喋ってるのもフェアじゃないよね。今度は真白さんの話を聞かせてよ。古陶里さんとはどんな関係？」

「どんなって……友達だけど」

別に隠すことでもないし、僕は僕が知る限りの古陶里との関係について説明した。

僕らは児童養護施設で出会ったこと。気が合い、しょっちゅう一緒にいたこと。真白のことは話さなかったけど……すると伊鶴くんが話の途中で「あのさ」と片手をあげた。

「真白さんのご両親は？　もういないの？」

「……それが、わからないんだよね。物心ついた時にはもう施設にいたし、古陶里とも親しくなってたし……ずっと古陶里と一緒に施設にいたって記憶しかない。でも一度も僕に会いに来なかったし、何か事情があるか、もう亡くなってるかなんだろうな」

「両親のこと知りたくないの？　会いたい、とかは？」

考えたこともなかった。僕は首を傾《かし》げながら「うーん」とうなる。

「別に不自由してたわけでもないし……何もないかな」

「じゃあ、古陶里さんのお母さんを見たことはある？」

「……どうかな。もしかしたらあるのかも知れないけど、はっきり覚えてなくて」

この島に来てから、ぼんやりとそれらしき記憶が蘇《よみがえ》った気もしたけど……それらはひどく曖昧《あいまい》で、明確に「見た」と断言するにはあまりにも頼りなかったから、僕はぼかしてそう答えた。

「確か古陶里のお母さんは、この島にあるお寺の娘さんなんだよね」

「そんなことも聞いたんだ。そうだよ、父さんの幼馴染みの桜さん。人形供養の龍力寺って言えばすぐわかる、壱六八家から歩いて十分くらいの山の中にあるお寺が実家」

「山の中……」

「もしかして龍力寺に行くつもり？」

言い当てられて、僕は思わずぐっと息を呑《の》む。その音に気付いたのか、伊鶴くんはまたもやくすくす笑って、

「真白さんてホントに嘘がつけないんだねぇ。まあいいや、外に出ない方が良いとは思うけど、どうしても行きたいなら誰かの許可を取った方が良いよ。あと、」

躊躇《ためら》うような不自然な間を置いて、伊鶴くんがぽつりと言った。

「もう一度、顔に触れても良い？」

「え？　あ、うん、良いけど」

僕の言葉に、何故か眉根《まゆね》を寄せた伊鶴くんが、躊躇いながらも再び僕に手を伸ばす。

そのまま、まるで何かを確かめるような繊細な動きで、ゆっくりと僕の顔のパーツをなぞり始めた。

　さっきとは違う、繰り返し繰り返し何かを確認するような動き。僕はもう、くすぐったいとは言わなかった。改めて僕の顔をなぞる彼の表情が、ひどく真剣で、そして何か思い詰めているように見えたからだ。

　やがて伊鶴くんは、さっきと同じようにそっと指を離すと、軽く息を吐いて僕のいる方を見た。その視線は僕の喉元《のどもと》に向かっていて、だけど、彼が気持ちの上では僕を真《ま》っ直《す》ぐ見つめているだろうことが、なぜか自然に伝わってきた。

「……ありがとう。寺に行くのなら早いうちが良いよ。今は日暮れが早いから、森の中で遭難しちゃわないようにね」

2

　伊鶴くんの言う通り、冬の日暮れは早い。現在の時刻は午前十二時過ぎだけど、これまで二カ所の呪殺島で過ごした経験上、のんびりしていたらすぐに森を歩くのには不都合な時間になるだろう……と予想して動こうとしたら、それより先に伊鶴くんを探しに来た高梨さんが座敷に顔を出した。

「あらあら坊ちゃん、こんなところにいらしたんですか！」

僕が出かけるのを察して一人で部屋に戻ろうとしていた伊鶴くんに、高梨さんはせわしなく「もう、もう」と怒りながら中に入ってきた。

「高梨さん。あれ、僕のこと探してたの？」

「そうですよぅ。お部屋から急にいなくなるもんですから、私、びっくりして」

言いながら伊鶴くんを支えて立ち上がらせる。いくら自分の家だとは言え、全盲の少年を一人で帰らせるのは気が引ける……と思っていた僕は、ちょうど良く登場してくれた高梨さんに感謝しつつ、あの、と声をかける。

「今、和亀くんと千姫さんは」

「和亀坊ちゃんなら、警察の方や秘書の吉川さんとお話し中です。千姫お嬢様は確か、自室に戻られたはずですが」

「あのさ、真白さんが龍力寺に行きたいんだって」

僕が説明するより先に、伊鶴くんが手短に説明してくれた。もしかしたら邪魔されるんじゃないかと心配したけど、高梨さんは拍子抜けするくらい「そうですか」とあっさり頷いて、

「真白さんは古陶里さんのお友達でいらっしゃいましたもんね、そりゃあご実家に伺いたいでしょうねぇ。ようございます、和亀坊ちゃんか千姫お嬢様にお知らせした方がよ

ろしいでしょうから、私、伊鶴坊ちゃんをご案内した後でご用事のない千姫お嬢様の方を呼んできますよ」

「あ、いや、僕の方から伺います、ご迷惑でなければ」

慌てて言うと、高梨さんは少しだけ困った顔になり、伊鶴くんをちらりと見た。それからすぐに僕を振り返ると、

「いえいえ、こちらでお待ちください。すぐに参りますので」

言うなり、伊鶴くんを立ち上がらせるようにして抱きかかえ、そのままそそくさと座敷を出て行ってしまった。

あれ？　僕、何かまずいことでも言ったかな……。

千姫さんの部屋にお邪魔するのは何か問題があるんだろうか。ついさっき顔を合わせたところだけど、まさか御津代さんの部屋を出てから体調を崩したとか？

仕方なく、座椅子《ざいす》に戻って腰を下ろす。旅館みたいに整った室内には、大きなテーブルと座椅子が四つ並んでいて、位置的にはさっき案内された「改築前」のエリアの一角ではあるんだけど、どんよりとした重苦しい空気も雰囲気もない。ごくごく普通の座敷だ。

だけどここは一時的に古陶里が案内された部屋でもあるそうで、最初にこの座敷に一人になった時、簡単に辺りを探ってみたけど特に何も見つけられなかった。綺麗さっぱ

り気配もない、まるで最初からここにはいなかったみたいに。

（そもそも、古陶里が本当にここに来たのかどうかだって僕には確認の仕様がない）

　言い出したらきりがないけど、そう思いながら座敷に入ってすぐに脱いでハンガーに掛けておいたダウンのポケットから手紙を取り出す。久保田女史経由で預かった、例の古陶里からの手紙だ。

『あの子が命を懸けて守ろうとしたことだ』

『彼女はその人たちに会うためにそこに行ったんだよ。自分の家族である、呪術者《じゅじゅつしゃ》の末裔《まつえい》たちにね』

　一人になると何度でも同じ疑念が浮かんでくる。

　古陶里が島に来た本当の目的は何だ？　家族を殺す為なんかじゃ絶対にない、少なくとも僕はそう信じてる……そして古陶里が島に来たタイミングで壱六八万姫さんが殺されたことを考えると、この島には、古陶里に罪を着せようとしている殺人鬼が存在していることになる。そいつを見つけて古陶里に掛けられた疑惑を晴らすことこそが、彼女と再会する近道のような気がする。真犯人の目的が何であれ、きっと古陶里はその正体が明らかになるまでは僕らの前に姿を見せない……何故なら、犯人と目される古陶里は、同時に真犯人が「死人に口なし」を目論《もくろ》んでいるのであれば、最も命の危うい立場にあるはずだから。

「真白さん。いる？」

僕がごくりと生唾《なまつば》を呑んだとき、不意に廊下から声が掛かり、すっと座敷の襖が開いた。見ればそこには古陶里みたいに着物を着こなした千姫さんが立っている。

束《つか》の間《ま》、その姿に古陶里を重ねて目を細めた僕は、ようやく我に返って「あっ」と声を上げた。千姫さんはそれに首を傾げ、ふっと笑って、

「随分と顔色が悪いけど、どうかしたの？」

「……あ、いや、別に」

やっぱり、普通に笑ってるんだよなぁ、千姫さん。感情がないとか周りに合わせて笑ってるとか、そういう感じでもなさそうなんだけど……そう思いながら僕が首を横に振ると、

「そう？　高梨さんに聞いたんだけど、貴方、今から龍力寺に行きたいそうね。道も分からないだろうし、私もついていくわ」

「見張りもかねて、ですよね」

僕が言うと、千姫さんは笑みを深めて座敷に入って来た。そのまま後ろ手に襖を閉め、畳に膝《ひざ》をついて僕の顔を覗《のぞ》き込む。

「もちろんよ。貴方には、古陶里さんが見つかるまで家にいてもらわなきゃいけないの。本当はどこにも行ってほしくないくらいだし……それに三嶋古陶里が消えたことも、ま

だ住職に連絡できていなかったから」

　当然のように返された言葉に、僕はむしろ安堵《あんど》した。彼女の正直さが、何もかも分からない現状にあって、ひどくほっとするもののように感じられたからだ。

　ありがとうございます、と言って、僕は立ちあがった。古陶里の生まれ育った家、龍力寺に向かうために。

　今度は逆に見下ろされる形になった千姫さんは、その言葉に頷き、そのまま僕らは一度壱六八家を離れることになったのだった。


……龍力寺に続く道は、伊鶴くんが言っていた通り、まさに森の中にあった。

　壱六八島は港から山道を登った先に民家の立ち並ぶ集落があり、その集落の端に壱六八家の屋敷が建っている。屋敷の背後は森になっていて、見上げるほどに高い木々が並ぶその奥に、龍力寺はひっそりと存在していた。

　まだ雪の残る山道は僕がバス停から迷い込んだけもの道ほど荒れてはおらず、辺りに生えた木々もまばらだ。その間を縫うように進むと、石の階段が現れ、その上に寺の山門が見えた。階段の下には大きな碑《いしぶみ》があり、そこにくっきりとした古びた文字で「龍力寺」と彫られている。

「ここが古陶里の生家……」

　白い息と共に呟くと、先を歩いていた千姫さんが、ゆっくりと僕を顧みた。その眼差《まなざ》しはうつろげで、彼女が何を考えているのかさっぱり分からなかったものの、僕が感慨深く寺を見上げているのを無言でじっと見つめ続けた後、

「行きましょう。日暮れまでには戻らないと」

短く言って、先導するように石の階段を登り始めた。もちろん僕も後に続く。

仁王像が守る山門をくぐると、中は随分と広い。石灯籠《いしどうろう》の並ぶ庭園は素朴ながらも丁寧に手入れされていて、砂利道の上に飛び石が道案内するように続いている。奥には建物がいくつか並び、ここからでは仏殿が見えないようだ。

庭園の奥、建物の向こう側から煙が上がっていて、何かを燃やしているような臭《にお》いが風に乗って届いてくる。驚いて千姫さんを見ると、彼女は特に慌てる様子もなく、静かに飛び石の道を進んでいった。

「あの、火事じゃないですよね？」

「……貴方、この寺が何で有名なのか忘れたの？」

質問に質問で返された。呆《あき》れたような声に、そういえば何か聞いた気がする、と僕は懸命に記憶を辿る。だけどその間にも千姫さんは建物を横切って更に奥に進み、僕も煙の発生源らしき場所に歩を進めた。そして、

「あっ」

寺の奥は、墓地に続いていた。その手前の広いスペースで、こちらに背を向けた黒い

法衣姿の男性が、何かを燃やしている様子が僕の視界に飛び込んでくる。

大きく積み上げられたそれは、不謹慎だけど、キャンプファイヤーの焚火《たきび》みたいな炎を放ちながら、空に向かって大きな黒煙を上げていた。ちり、と火花が辺りに舞い散り、少し離れた場所に立つ僕らの所にまで、炎の熱気が伝わってくる。

そして……それを見た瞬間、僕は思わず口元を押さえていた。

炎の中にいたのは、数えきれないほどたくさんの人間だった。

不自然に身体をくの字に曲げ、積み上げられた人間たちが抵抗もできないまま燃えている。そののっぺりとした、感情を失った顔、顔、顔……既に息絶えているのか、ぴくりとも動かず燃えつづける人間たちの姿を認識した瞬間、僕はくらりと眩暈《めまい》に襲われ、その場にうずくまっていた。

「うっ……ぐ」

黒煙の中に混じる独特の匂いが目に沁《し》みて涙がこぼれる。そこでようやく法衣をまとった男性がこちらに気付き、振り返った。

「……どうされましたか、これは、千姫お嬢さんも」

「久し振りですね、月心《げっしん》さん。……この人、何か勘違いしてるみたい」

勘違い？　背後に立つ千姫さんの声に、僕は何とか顔を上げ、涙で滲《にじ》む視界に再び焚火を見る。そこにあるのはやっぱり人間の姿で、炎の中で揺れる腕や手が、苦しみながら僕の方に伸ばされて……。

「え？」

そこでようやく気付いた。違う、人間じゃない。これは、

「人形……？」

「そうですよ。この龍力寺では人形供養を行っておりまして、こうして最後にはお焚き上げを行って人形に宿った魂を天に送っております」

「あ……そ、そっか」

ようやく思い出した。そう、確かに千姫さんは言っていた。壱六八島には島人を模した人形を作る風習があり、それらは島人が亡くなると燃やされる。そこで古陶里の生家である寺院では、それを踏まえて人形供養が行われているのだと。

「これはこれは、驚かせてしまいましたな。お焚き上げは月に一度しか行わんのですが、ちょうど今日がその日でして……ところで初めてお目にかかりますが、貴方さまは……？」

「古陶里さんの友人なんですって。彼女を追って、わざわざこの島に来たそうよ」

「古陶里の？」

千姫さんの説明に、法衣姿の男性が皺に隠れた目を大きく見開いて僕を見る。それはどこか、島の外から訪れた旅人として認識されたというよりも、もっと何か、複雑な意

味合いのこもった視線のように感じられた。

　何だろう、これは。そう思って僕がごくりと生唾を呑むと、男性はすぐに気付いて「ああ、すみません」と苦笑した。

「島の外からの客人というのはなかなか珍しいものでな……しかし、孫は昨日、壱六八家に挨拶《あいさつ》に行くと言って出たきり、戻って来ていませんが」

「……やっぱり、ここにはまだ連絡が来てないのね……もう少ししたら警察が来て全部説明してくれるだろうとは思うけど、まさか誰も貴方に知らせていないなんて」

　軽く溜息を吐いて、千姫さんが言う。そこで改めて気付いた。

「あの……この人が、古陶里のおじいさん？」

「そうよ。龍力寺の住職の月心さん」

　言葉に、人の良さそうな顔をした初老の男性は、僕に深々とお辞儀をする。それから怪《け》訝《げん》な顔で千姫さんを見て、

「警察が来る、というのはどういうことでしょう。まさか孫に何か……」

「古陶里さんには何もないわ。そのことについて説明したくて私もここに来たの」

「……そうですか。それでは失礼ですが、お焚き上げが終わるまでは方丈（居室）でお待ちください。千姫さん、貴方にならお任せしても問題ないでしょう」

「ええ、そうね。じゃあ遠慮なく中で待たせてもらいましょう」

何故《なぜ》か慣れた様子で千姫さんが答える。僕は何とか立ち上がり、月心さんに一礼した。

本当は、古陶里の祖父だという彼の顔をもっとよく見たかったし、話したい事もたくさんあるのに……。

それでも僕は、一刻も早くその場を離れたかった。離れずにはいられなかった。

ぱち、ぱち、と何かが弾《はじ》けるような音と共に燃え上がる炎の中に、蜃気楼《しんきろう》のように歪《ゆが》みながら見える人形たちの目が、ひどく恨めしそうに僕を睨《にら》み……そして同時に、もがき苦しみながらも僕に助けを求めているような気がして。

3

住職の月心さんの言葉通り、どうやら千姫さんは龍力寺に頻繁に出入りしていたようで、勝手知ったる様子で僕を寺院の中に案内してくれた。

「その奥の座敷で横になって。貴方《あなた》、本当に顔色が悪いわよ」

淡々と言うと、千姫さんは座敷の端に机を寄せて、端に積んであった座布団を三つ並べて僕を手招いた。お焚き上げを見てから本当に気持ちが悪くなっていた僕は、それに逆らわずに素直に横になる。

「呆れたわね。あれが本当に人間に見えたなんて。どう見たって人形だったじゃないの」

「……だけど……あんなふうにリアルな人形ばっかりじゃ見間違えたって……動物のぬいぐるみとかなら分かるけど……」

「ぬいぐるみもあったわよ。貴方が勘違いして怯《おび》えていただけで」

「でしたっけ？」

肩を竦《すく》めながら言う千姫さんに、僕は、おや、と思い返す。だけどやっぱり炎の中には人の顔しか見えなかった気がして、どうしたってその言葉には納得できなかった。ぬいぐるみにしても、もっとマスコット的っていうかキャラクターっぽいっていうか、そういうのならきっと分かったはずなんだよね。いや、それだって燃え盛る炎に包まれていたら、ひどく恨めしそうに、悲しそうに見えたかもしれない。

人形には魂が宿るって聞いたことがある。特に長い間人とともにあった人形やぬいぐるみは、生き物の形のその中に新しく魂を宿し、話すことは出来なくともきちんとした意思をもって存在しているのだと。

だから人形は普通に捨てるんじゃなく、無事に成仏《じょうぶつ》してあの世にいけるように供養《くよう》してあげなきゃいけない。それが寺社で行われる「人形供養」なのだ。

……だけど。

さっき僕は、生きたまま燃やされ、苦しみながら呪詛《じゅそ》の念を吐いているような人形たちに、直接呪《のろ》われでもしたみたいに「呑まれて」しまったのだ。理由は分からないし、もしかしたら煙を思い切り吸い込んでしまったせいかも知れない。だけどあれは確かに……。

どんどん不気味な方に意識が向くのを感じて、僕は慌てて首を振った。これまで考えた事もなかったけど、どうやら僕は普通より敏感に人形に反応してしまうらしい。壱六八家の人形の部屋に入った時だって、自分でも驚くくらいその空気に呑まれたし、怖くなった。

昔からそうだったろうか？　人形に触れる機会がほとんどなかったから思い出せないけど、日本人形みたいな友達がそばにいたせいか、人形……彼らの事を「作り物」とは思いきれない部分がある。

「……そういえば、千姫さんは何度かここに来たことがあるんですか？」

とりあえず話題を変えたくて、僕は慌ててそう聞いた。事実それはさっきからずっと気になっていたことでもあったし。すると千姫さんは横になった僕のすぐそばに正座して、

「子供の頃に、良く遊びに来てたの。私だけじゃない、壱六八家の子供たちはみんな、この龍力寺を遊び場にしてた。ここなら一息つけるから」

「一息、つける？」

「壱六八家はね、子供が落ち着いて過ごせる場所ではなかったの。改築前の座敷を見た貴方なら分かるでしょう？」

　言われて思わず頷く。確かに実家にあんなおどろおどろしい、重苦しい空気が漂ってたら、違う場所に行きたくもなるだろう。

「三嶋古陶里が父の妾腹《しょうふく》の子だと分かってからは、もう誰もここには来なくなったけど。あの頃は、母が癇癪《かんしゃく》を起こすたびにここに逃げ込んで……」

　言いかけて、千姫さんは口をつぐむ。不自然な話の切り方だ。

「とにかく、昔は私達と住職との関係は良好だったのよ。今と違ってね」

　良好だった。その言葉に、和亀くんの様子を思い出す。

　古陶里を憎んでいるように罵《ののし》り、姉を殺した犯人だと断言していた彼もまた、かつてはこの寺に遊びに来ていたのか。眼の見えない伊鶴くん、崖《がけ》から吊《つ》られていた万姫さん、そして今目の前にいる千姫さんも。

　……前当主である父親が、龍力寺の住職の娘との間に子供を作った、という事実を知らされた時、彼らはどんなふうに思ったのだろう。年齢を考えると、古陶里は千姫さん達と和亀くん達の間に生まれた子供になるから、その複雑な関係性が、彼らが極端なまでに家に伝わる呪いを信じている「いびつさ」の一因になっているのかもしれない。

　こんな複雑な環境の中で古陶里は生まれ、育ったのだ。

「関係性が壊れたから、今朝の……古陶里が死んだかもしれないって話を誰も住職に知らせてないんですか。孫のことなのに」

無意識のうちに責めるような口調になった僕に、千姫さんは困ったように眉間《みけん》に皺を寄せる。まあ、実際のところ亡くなっていたのは古陶里ではなく、壱六八万姫さんだったんだけど……最初に「古陶里ではないか」と疑っていた時点でこの寺には連絡が行ってしかるべきだった。

それなのに、住職は今になってもまだ、古陶里のことを聞かされずにここにいる。壱六八家に出かけた孫が、まさか行方不明になっているとは思わずに過ごしているのだ。

「住職には知る権利があるはずですよ。古陶里の親族なんだから」

「ええ、そうでしょうとも。だから私が説明するのよ、今からね。だけど結果的にはこれで良かったんじゃない？　状況からして孫が死んだかもしれないと教えて闇雲《やみくも》に慌《あわ》てさせるより、現状を正しく伝える方が望ましいでしょう」

そう、正しく、僕らが認識していることを、すべて。

亡くなったのは……否、殺されたのは壱六八万姫であり、

貴方の孫の三嶋古陶里は現在行方不明である。

そして、壱六八万姫を殺した犯人ではないかと疑われていることも……。

「お茶でも淹《い》れてあげましょうか」

「大丈夫です、もう落ち着きました」

言って、僕はゆっくりと身を起こす。実際のところお焚き上げの炎や煙から離れて屋内に避難した直後から、貧血と体調不良が重なったみたいな猛烈な吐き気と眩暈は、綺麗さっぱりなくなっていた。

「それより住職に聞きたいことがあって、だからここに……」

「私に聞きたいこととは、何でしょう」

その時。不意にがらりと襖《ふすま》が開いて、座敷に住職が入って来た。煙の臭いの付いた法衣は着替えたのか、さっきよりさっぱりして見える。

僕は咄嗟《とっさ》に、彼の顔をじっと見つめた。この人が古陶里の祖父。そこに古陶里の面影を探したものの、さほど似通った部分はない。ただ、りりしい眉のラインと鼻筋とが古陶里を連想させて、知らぬ間に、彼女の面影を重ねてしまう。

……似ていると言うならむしろ、ここにいる千姫さんだろうに。

それなのに、彼から漂う温かな雰囲気、優しい気配が、僕をほっとさせた。ずっとそばにいた古陶里が、ここしばらく会えていない彼女が、ようやく目の前に戻って来てくれたような気がして。

「……こちらをお使いください」

住職の顔が歪む。と思ったら、歪んでいたのは僕の視界の方だった。ぽとり、と流れ落ちたぬるいものに気付いて、住職がそっとハンカチを差し出してくれる。

「失礼ですが、孫とはどのような関係で……」

「友達、です。同じ児童養護施設で育った」

「児童養護施設？」

「古陶里が行方不明なんです」

僕はぽとぽと落ちる自分の涙に驚き、そのくせひどく冷静で澄み切った意識の奥で状況を確認しながら、そう言った。

「そもそも……僕と古陶里は施設を出た後、同じ大学に進んで、同じアパートで暮らしていて。あっ、部屋は別ですよ、僕らは友達で、家族で、なのにあいつ……古陶里が急に姿を消して……この島に来たらしいって聞いたから、僕は」

「……そうですか。孫が大変ご迷惑をおかけしたようで」

住職が、千姫さんの横に座って深々と頭を下げる。僕は慌ててそれを止めた。

「違うんです。そうじゃなくて、僕は理由を知りたくて。なぜ古陶里は急にこの島に来たのか。これまで一度だって壱六八島のことを話さなかったのに、何で」

「私に分かることでしたらお話ししましょう、何でも。ですが先にお聞きしたいのです、先程の話は一体どういう事でしょう。警察が来る、というのは……孫に会いにここに来たのであれば、あの子は今、壱六八家にいないということになりますが」

僕の言葉を遮って住職が言う。座敷に入って来てからは少し表情が険しい気がしたけど、もちろん、孫である古陶里のことを心配しているからこその表情だったのだ。

住職の言う通り、まずは現状を説明するのが筋だろう。僕が姿勢を正して口を開こうとした時、

「今朝、私の姉の壱六八万姫が亡くなりました。と同時に三嶋古陶里が姿を消し、行方不明です」

千姫さんが、僕が話すのを遮るように早口で言った。

「状況からして、姉は自殺でも事故死でもなく、殺されたようです。あくまで検視のみの判断で、詳細は司法解剖の結果待ちですが。そして私達は、三嶋古陶里が姉を殺したのではないかと疑っています」

「古陶里が？」

ええ、と頷き、千姫さんが事情の一切を説明する。思った以上に客観的な説明ではあったけど、住職に対してまったく気遣いの感じられないその様子に、僕は慌てて「あの」と口を挟んだ。

「今の話は全部、壱六八家の人達が勝手に決めつけて言っているだけです。分かっているのは古陶里が昨日壱六八家に行ったこと、夜通しの宴の最中にいなくなったことだけ……その後たまたま壱六八万姫さんが亡くなっているのが見つかったから、皆そんなふ

うに思い込んでるんです」

　それだけ、と言うにはあまりにもまともじゃない状況ではあったけど、古陶里が犯人だという結論はごく一部の人たちによる一方的な認識にすぎないのだと僕は伝えた。古陶里が犯人である証拠も疑うべき理由もない。あるのはただ、壱六八家に伝わる奇妙な言い伝えと、それに毒された壱六八家の人々だけで。

　すると住職は「だから孫からの連絡がなかったのか」とぽつりと言って、何故か驚きも慌てもせずにゆるゆると首を横に振った。

「嫌な予感はしておりました。何故、孫が急に島に戻ったのか。あの子は父である先代に線香を上げたかったからだと言っていたが、それならもっと早く戻っていたはず。だが、娘はこれを避けるために子供を連れて島を離れたというのに、何という因果か……」

　優しい顔立ちの住職の顔に深く皺が刻まれる。眼を細めるとたるんだ瞼《まぶた》に隠れてしまうほど小さな目は感情ごとその表情を隠し、眉間に寄った皺も、こちらが声をかけるのが申し訳なくなるほど深い。

　だけど、住職の言葉には聞き流せないほど意味深な点が沢山あって。僕は咄嗟にその意味を問おうとしたけれど、住職はそれより先に顔を上げ、千姫さんを真っ直ぐに見つめた。

「……貴方達は、自分のやろうとしていることが正しいと思っておるんでしょうな。だからこんな愚かなことになる。しかし、私の娘はそれをやめさせるために……」

「私たちにそれを言うのは筋違いだと思うわ。先に始めたのは向こうの方だもの」

……何だ？　このやりとりは。この二人は、一体何の話をしてるんだ。

千姫さんと住職の間に、ひりつくような空気が流れている。これまでも強張《こわば》ってはいたものの、あくまで所作は穏やかだった住職のその態度に、僕は思わず息を呑み、それから千姫さんの横顔を見る。

かつて壱六八家の子供たちは龍力寺にたびたび出入りしていて、住職とも親しかったのだとさっき千姫さんは話してくれた。古陶里が生まれたことで……結局は父親と住職の娘との間に子供が生まれたことでその関係も終わってしまったようだけど、それでもきっと、かろうじて繋《つな》がりだけは残っていて……長女である万姫さんが殺され、その犯人が古陶里ではないかと彼らが疑い始めた瞬間、最後の一筋の絆《きずな》すら絶たれたのだろうか。交わる二人の視線には、そう思わせるほどの強さがあった。

もちろん、僕からすれば住職の気持ちは痛いほどわかるし、古陶里は無実だと信じている以上、どうしたって彼の方に肩入れしたくはなる。実際、壱六八家の人たちの考えはあまりにも一方的で身勝手すぎるし。

だけど僕は二人の仲を険悪にするためにここに来たわけじゃない。

「あの……」

だから二人の空気を断ち切るように声を上げたら、

「客人は、どう思われますかな」

不意に住職がそう言って、僕を見た。質問しているというよりは、もう既に分かっているはずの答えを誰かに確認させようとしているみたいな、そんな響きだった。

「え、と……どう思うって、僕の意見ですか？　それなら決まってます、古陶里は人を殺すような人間じゃないし、犯人のわけがない」

だから僕がはっきり言うと、なぜか住職は目を細め、僕をじっと見つめて「そうでしょうな」と頷いた。

「そうでしょうとも。どんな理由があろうと、誰であろうと殺生《せっしょう》は許されんのです。そんな恐ろしい事は起きてはならない」

「そんなものはただの理想論ね。起きてはいけない事だからって、絶対に起きない訳じゃない。身を守るために相手を害する場合だってあるでしょう」

どこか僕の答えと食い違っているような不思議な住職の言葉に、けれど僕が答えるより先に口を開いたのはやっぱり千姫さんだった。淡々とした千姫さんの言葉は、僕の存在を無視してまっすぐ住職に向けられている……ように感じられた。

自分だけ蚊帳《かや》の外みたいだと思った僕は、何となく居心地の悪さを感じ、咄嗟に「ごほん」と咳払《せきばら》いする。ここには僕もいるんですよ、と伝えるために。

「……とにかく、古陶里が犯人かどうかは本人に聞けばわかります。だからこそ僕は、まず彼女を見つけたいと思っているんです。それで住職にいくつかお尋ねしたいことがあって」

「聞きたいこと、ですか」

ようやく住職と千姫さんの視線が僕に向かう。それから二人は何故か、急に我に返ったように視線を逸《そ》らし、途端に張りつめていた重苦しい空気が霧散したので、僕はほっとして住職に向き直った。

「事件とは直接関係ないことかもしれませんが、僕はずっと古陶里と暮らして来たのに、彼女がこの島の出身であることも、家族の記憶があることすら知らされていませんでした。だからまずは古陶里のことを知りたいんです」

「……孫から聞いています。本土に渡った後、施設に入っていたと。一緒に過ごしていたという友人の話も聞きましたが、あれは貴方のことでしたか」

「そうですか。古陶里は貴方に僕の事、ちゃんと話してくれてたんですね」

おかしなことだけど、僕は住職の言葉にほっとした。何もかも捨てて島に来た古陶里が、ここに来てなお、僕の事を忘れずに祖父に説明してくれたのだという事実が嬉しかったのだ。

「それではお尋ねします。古陶里は一人っ子ですか？　それとも双子の姉か妹がいますか？」

千姫さんが驚いたように僕を見る。改めて、古陶里が「一人子」であることを確認しようとする僕に、意表を突かれたみたいだった。

「貴方、何を……」

「確認したいんです。住職、教えてください」

「……古陶里に姉妹はいません」

「そうですか。では、古陶里のお母さんはいつ頃この島を出たんですか？　その理由は……壱六八家に伝わる一人子の話と関係ありますか」

二つ目の質問は、あまり意味のないものかも知れなかったけれど、やっぱりきちんと確認しておきたいことでもあった。すると住職は溜息《ためいき》を吐《つ》いて、

「娘が孫を連れて島を出たのは今から十年以上も前の事。私にすらまともに理由を告げずに出て行ってしまったが、本土に着いた後に連絡をもらいましたので、娘が壱六八家と距離を置きたかったから島を離れたのだ、ということは分かっています」

「連絡というのは……」

「電話がかかってきました。島を出た娘とやりとりしたのはそれが最初で最後です」

「古陶里のお母さんが言った、壱六八家と距離を置きたかったという理由は……古陶里

が壱六八家の血を継いでいること、しかも一人子だということが分かったから、ということですか？」

「……自分のことであれば、恐らく娘はどれだけでも耐え忍べたのでしょう。しかし、子供の身に危険が及ぶことだけは避けたかったと話していました。それが理由です」

「古陶里のお母さんとの連絡が途絶えたのはなぜですか」

「娘が本土に渡ってすぐに亡《な》くなったからです。これは古陶里から聞きました。娘は児童養護施設に子供を預けると、その後、事故で命を落としたと」

「事故で？」

「車の事故に巻き込まれたそうです。その後は、貴方も知っている通り」

……事故で、死んだ。だから僕は古陶里の母親の事をあまり覚えてないのか。

施設に来て、古陶里に出会いはしたけれど、古陶里の入所後すぐに母親が亡くなったのなら、僕が古陶里の母親と知り合うタイミングは一度しかない。古陶里が施設に来た時だ。

だとしたら……断片的にそれを覚えているような気がするのは何もおかしなことじゃないし、僕自身は古陶里と違って施設に入る前のことをあんまり覚えていないから、その辺りの記憶が曖昧だったとしても仕方ないだろう。僕と古陶里は同い年ではあるものの、幼い頃から古陶里の方がしっかりしていたし、僕は終始ぼんやりしている子供だったように思う。

だけど、何だろう。何かが引っかかる。僕は何か物凄《ものすご》く大切なことを忘れてしまっているんじゃないだろうか？　本当に、住職のこの説明は正しいのだろうか……。

ぼんやり考え込んでいたら、真白さん、と住職の声がした。はっとして顔を上げると、住職と千姫さんが、じっと僕を見つめている。

「……あ、すみません。教えていただいてありがとうございます、それから申し訳ありません、無神経に昔の話を聞いてしまって」

我が子が島を離れた直後に事故死し、孫とも離れ離れになってしまったという過去を語るのは決して快いことではないはずだ。それでも住職はきちんと説明してくれて、それを少しでも疑った自分が恥ずかしくなる。

すると住職は「いいえ」と首を振り、立ち上がると、

「失礼ですが、少し座を外してもよろしいかな。客人が来たようです」

え、と驚いた僕の耳に、玄関から「すみません」と声が聞こえてきた。聞き覚えのあるこの声は、さっきまで僕も事情聴取を受けていた警官のものだ。

「孫のことでしょう。私も伺いたいことがありますので、ちょうど良かった」

「……私達はここにいても良いのかしら」

「構いませんよ。ここに詳しいあなたなら、客人に中の案内もできるでしょう。見られ

て困るようなものはない、ぜひ案内して差し上げたら良い。それから壱六八万姫さんのご遺体が戻られたら、またご連絡を。葬儀の相談もありますので」

千姫さんにそう返すと、失礼、と一礼して住職は座敷を出て行った。

後には、気まずい沈黙のおりた屋内で、何とも言えぬ空気に包まれた僕と千姫さんだけが残されたのだった。

4

初めて訪れた古陶里の実家……龍力寺は、古びてあちこち傷《いた》んではいるものの、質素で綺《き》麗《れい》に手入れされたお寺だった。

お寺は基本的に入口の「山門」をくぐり、その中にご本尊を祀《まつ》る本堂、信者に説法を行う法堂、座禅修行などを行う禅堂や厨房《ちゅうぼう》となる庫裏《くり》なんかがあるみたいだけど、ここは本堂と法堂、そして案内してもらった住職の居住スペースである方丈が庭を囲むようにして並んでいるだけだ。ちなみに住職がお焚き上げを行っていたのは本堂と方丈の間の庭になる。

妻を早くに亡くし、娘である三嶋桜さんすら東京の事故で失ってしまった住職は、以降、たった一人でこの寺をやりくりしているのだと言う。

「小さいお寺だけど、それでも大変だったろうなぁ……もともとはこういう寺社って、檀家《だんか》さんとかが協力してくれたりするんじゃないの？」

「ええ、もちろん最低限の経済支援はあるわよ。だけど三嶋古陶里がお父様の実子であると分かってからは、皆、こことは距離を置いている状況ね」

島の有力者の子を生み、村八分のような状況が生まれる。それをはっきり口にしたわけではなかったけど、千姫さんの言葉からは、そうした当時の背景が窺《うかが》えるような気がした。僕は何とも言えない気持ちになって「そうですか」とだけ答える。

……住職が部屋から出て行った後。僕はしばらく千姫さんと屋内で過ごし、それから「体調はもう大丈夫」と断って座敷を出た。そのまま壱六八家に戻っても良かったんだけど、どうしても古陶里が生まれ育った場所に興味があって、住職からの許可を頂いたこともあり、千姫さんに境内を案内してもらうことにしたのだ。

ただ。

今回、僕が龍力寺に来た理由は住職に古陶里のことを色々と聞きたかったからで、それが満足いく結果になったのかというと、なかなかうんとも言えない状況だ。

もちろん、孫が突然島に戻ってきたこと、そして壱六八家に行ったと思ったらその翌日には事件に巻き込まれていたことなんかを聞かされた直後に、いきなり現れた部外者の僕なんかにあれだけ色々話してくれたのは本当に有難いことなんだけど……。

「その顔、満足できてないみたいね」

うっすらと雪の積もった冬枯れした庭を歩きながら、僕がぼんやりと物思いにふけっていたら、案内役として先導してくれていた千姫さんが良く通る声でそう言った。僕は何でも顔に出やすいから（と古陶里に良く言われていた）、千姫さんにもすぐに分かってしまったんだろう。

こういうところ、古陶里に似てるよな、と思う。でも古陶里と千姫さんは「相容《い》れぬ関係」ってやつだから、そんなふうに言ったらきっと良い気分はしないんだろうけど。

「何が不満なの？　三嶋古陶里についてはもう十分聞けたでしょうに」

「全然ですよ、肝心なことを話してもらってない。そもそも、なんで古陶里が島に戻ってきたのかって理由も曖昧じゃないですか。壱六八家先代に線香をあげに……って理由は住職が言ってたみたいに今更だし、それだけのためにあんな覚悟を決めて島に渡る必要もない」

「覚悟？」

不思議そうに聞き返されてはっとした。そうだ、この人には古陶里が残した手紙のこと、久保田女史から聞いた話を全然説明していなかった。だけど……手紙の内容を思い返せば返すほど、どうしても「ただの里帰り」とは思えなくなるのだ。

そもそも、僕に自分の出生について説明しなかった理由は何だ？　親族を殺すために来たのだとしたら、それは「血の呪い」に導かれたからか？　違うだろう、確かに僕と古陶里はこれまでに「呪殺島」に関わる話を色々と見聞きしてきたし、殺人事件にも巻き込まれたけど、すべてが呪いのせいです、なんて単純な話じゃないはずだ。

　別の誰かが壱六八万姫さんを殺したいと考えていて、そこに古陶里が戻ってきたことで「犯人に仕立て上げてやろう」と考えたのか？　だけど事件が起きたのは古陶里が壱六八家に来た当日から翌日にかけてのこと。古陶里の存在を利用しようとしたのだとしても、行動があまりにも早すぎる。

　まるでずっと以前から虎視《こし》眈々《たんたん》とこのタイミングを狙《ねら》っていたみたいに……。

「万姫さんは、誰かに恨まれてませんでしたか」

「……それを私に聞くの？　いくら私たちが貴方の大切なお友達を敵視しているからって、あんまり失礼じゃないかしら？」

「すみません」

　確かにそうだ。流石《さすが》に僕も即座に謝罪する。

「だけど、島の人たちは壱六八家の呪いに惑わされすぎだと思います。普通に考えたら、急に里帰りした古陶里より、万姫さんの存在を邪魔だと考える……あるいは恨んでいる人間が犯人だと考えるはず。ずっと島を離れて暮らしていた古陶里より、身近にいた人間の方があやしいんじゃないですか？」

「万姫姉さんは気の強い人だったから、人間関係に波風を立てることも確かにあったけれど、殺したいというほど憎む人はいなかったと思うわ」

説明に、何とも言えずうつむく。僕はこれまでに信じられないような理由で殺された人を何人も見てきたけど、同時に、どんな理由があろうとも、人はそう簡単に殺人を犯すもんじゃない、という感覚もある。

一線を越える瞬間はあっけない。だけど、それを越える人などそうはいないはずだ。

「失礼を承知で聞きます。千姫さんはどうでした？　お姉さんのこと、好きでしたか？」

聞くと、千姫さんは驚いたように足を止め、僕を振り返る。

「私？」

「あるいは、千姫さん以外の家族の皆さんは。お手伝いの高梨さんや、秘書の吉川さんは……周りの人たちは、万姫さんのことをどう思っていたんでしょう」

「本当に失礼な人ね。貴方は」

千姫さんはそう言ったけど、特に怒ったり苛立《いらだ》ったりする様子もなく、ただ口元を歪めるように笑っただけだった。

「壱六八家の人間関係は複雑なの。だけど殺したいと思うほどこじれてはいないわ。何より姉さんは壱六八家次代当主、いなくなれば私たちだって困る」

「それでも好きってわけじゃなかったんですよね。伊鶴くんが言ってたんですけど、万姫さんは女王様みたいな人だったって」

「……あの子、そんな話をしたの？　でもまあ、確かにそうね。壱六八家の長子として生まれたということは、後継ぎになる、ということでもあるんだもの。もともと気の強い人ではあったし、母の影響を一番強く受けてもいたから……」

「千姫さんたちのお母さん、ですか？　そういえばさっきもそんな話が出てましたね」

　言葉に急に思い出す。千姫さんが龍力寺に詳しい、という話をした際に語っていたことだ。

『壱六八家はね、子供が落ち着いて過ごせる場所ではなかったの』

『あの頃は、母が癇癪を起こすたびにここに逃げ込んで……』

「確か……古陶里が生まれたことで、おかしくなったって」

「そうよ。子供にも当たり散らしたり、ちょっとしたことで折檻《せっかん》するような人だったから、私達の面倒は高梨さんや彼女の前任の今井さんという人が見てくれたようなもの。機嫌の良い時は優しいけれど、そんな日はほとんどなかったわね。子供相手に本気で手を上げるし、呪詛みたいな言葉を投げつけるような人だった。今にして思えば、母は、壱六八家に嫁入りしたその時から、少しずつおかしくなっていたのかも知れないわね」

　壱六八家の呪いで。そう付け足して、千姫さんは薄く笑う。

「この島の人達は皆、壱六八家の呪いを恐れている。いつか壱六八家から狂人が出て、壱六八の血統だけではなく、島の人たちを殺すんじゃないかって……父と母は親族同士の決めた婚姻だったけど、叶《かな》うなら男の後継ぎをと求められた母はずっと子を生《な》す事を恐れていた。そのために嫁入りしたのにと責められて、仕方なく私達を生んだようなものよ」

「……それって、一人子を生むかもしれないから？」

「ええ。我が子が、いずれは自分や周りの人間を殺す殺人鬼になるかも知れない。子供の頃から壱六八家の呪われた歴史について、おとぎ話のように聞かされていた島の人間なら、誰だって壱六八家に嫁ぎたくなんかないはずよ。そう考えると、三嶋桜は変わっていたわね。自分から進んで壱六八家の子供を生むなんて」

どこか自嘲《じちょう》するような顔で言った千姫さんに、僕は言葉もなく、寺の庭に視線をやった。

呪殺島に流された呪術師の末裔。呪いに携わることで、自らも呪われた人々。

呪詛が執り行われていたのは昔のことだけど、今もなお呪いの残滓《ざんし》に苦しむ人たちがいることを、ここ一年の間に僕は嫌というほど思い知らされた。彼らにとって「呪い」とは過去のものではなく、今なお続く現実でしかない。呪術師の放った呪いは澱《おり》のように彼らのもとにたまり、凝り固まった呪詛はその命を歪ませる。身内を殺し、自らを殺し、そして新しく生まれた命もまた呪いに穢《けが》されていく……。

僕は彼らが実際にどんな呪詛を執り行っていたのか、言葉で聞くことはあっても直接この目で見たことはない。あるのは彼らが先祖のとばっちりをまともに受けて苦しんでいる、その現状だけだ。

その理不尽さにはやりきれないものを感じるし、とても可哀想《かわいそう》だと思う。だけど、だからって古陶里がいわれもない罪を着せられて良いはずがない。

「千姫さんは、古陶里や古陶里のお母さんのこと、どう思ってますか？」

ぱきり、と千姫さんの足元で、踏みしだかれた木の枝が音を立てた。

「……なに？　姉さんの次は三嶋家の人間の印象を聞くの？」

普通に考えれば、というか千姫さんの話しぶりからして、その答えはもう出ているようなものだった。だけどさっきから千姫さんの態度は……古陶里や古陶里のお母さんの話をする時の彼女は、どこか他人事《ひとごと》というか、当事者じゃないみたいな口ぶりだった。

少なくとも、僕にはそう感じられた。

もちろん、質問しても正直に答えてくれるとは限らない。そもそもこの人は……いくら「見張り」の意味があったのだとしても、僕に付き合って寺にまで来てくれた彼女には、出会った当初から摑《つか》みどころのなさを感じていた。姉の死に悲しみを示すのでもなく、古陶里に憎しみをぶつけるのでもなく……和亀くんのような分かりやすさがないのだ。

これは彼女の「失感情症」のせいなんだろうか？　そもそもこの疾患て、感情が抜け落ちるものなのか、それとも感情はあるけど表に出せないだけなのか。

そっと千姫さんを見る。壱六八家の人達は皆どことなく普通じゃない雰囲気を持っている気もするけど、千姫さんの言動には、どことなく優しさみたいなものを感じた。口では僕を見張る、みたいな事を言ってるけど、僕が倒れると心配して方丈まで連れて来てくれたり。

この人は、本当は古陶里の事をどう思ってるんだろう。亡くなった姉の事は、家族の事は？　今の状況をどんなふうに捉《とら》え、僕に対してどんな感情を抱いているのか……。

まったく読めない彼女の表情をじっと見続けていると、やがて彼女は軽く息を吐き、着物の袂《たもと》を引き寄せるようにして腕を組んで静かに言った。

「嫌いじゃなかったわよ。最初はね。古陶里が異母妹だと知るまでは、桜さんは優しい、お母さんみたいな人だった。お寺に遊びに来ていた理由のひとつはそれよ、みんな、あんな人が本当のお母さんだったらって……」

言いかけて、千姫さんが口ごもる。目を伏せ、眉間に皺《しわ》を寄せると、再び足を止めて僕を振り返る。

「私は万姫姉さんや和亀と違って、よほどのことがない限り壱六八家を継ぐことはない。

二番目だから。伊鶴もそうね。だけど壱六八家を背負う立場にある姉さんたちは……その分憎しみを強くしていても仕方ない」

「……そうですか。あの、」

　続けて僕が口を開いた時、不意に視界の隅に何か奇妙なものが映った気がした。

　枯れ木に囲まれた冬の庭はさびれていて、時折吹く強い風が、雪の名残のような冷気を運んでくる。その冷たさにふっと顔をしかめ、風の流れを追うように視線を送った僕は、大きな岩と枯れ木の並ぶ庭園の道の向こうに、ひっそりと小さな建物があることにようやく気付いたのだ。

　それは、外壁に囲まれた寺院の中にあって、本堂や方丈とはまったく違う雰囲気を醸《かも》し出していた。のっぺりとした土壁に囲まれた、小さな屋敷のような建物。一見すると蔵のようで、けれどそれにしては少し小さい気もする。

　これに似た造りのものを僕は見たことがある。

　……昨年訪れた千駒島の屋敷にあった、斎宮《いわいのみや》に続く通路を隠した蔵だ。中には島の歴史にまつわる文献がいくつも仕舞い込まれていた。ここも、そんな場所なんだろうか。

「蔵ですか、このお寺の」

　僕の視線と声に、千姫さんがちらりとその蔵に似た建物を見る。それから静かに言った。

「中には何もないと思うわ。蔵ではあるけれど、物をしまう場所ではないから」

「何も入っていない蔵、ですか？」

「昔はいたのよ。この中に、人が」

　言葉に、僕はすっと背中に冷たいものが伝うのを感じた。

「……人がいた、って、こんな小さな蔵の中に……」

「壱六八家の呪われた忌《い》み子は、普通に暮らすことを許されなかった。壱六八家の人々がそれを恐れたからよ。だから子供はわざわざ龍力寺に預けられ、この蔵の中で暮らしていたの。ここは忌み子が島を出るまで過ごしていた住まい……隔離部屋、というわけね」

　小さな蔵は、確かにちょっとした子供部屋くらいの大きさではあった。

だけど窓はひとつだけ、入り口には黒い頑丈な扉があり、南京錠《ナンキンじょう》がかけられている。

僕は土壁に手を寄せながら思わず唇を嚙《か》む。

「……この中に閉じ込めたんですか」

「大抵の忌み子は、こうして蔵で隔離されて暮らすのよ。誰とも会わさず、孤独の中で生きてゆく。だから桜さんは、子供を連れて島を出たんでしょう」

「子供を閉じ込めるなんて……」

息が詰まる。きゅうっと喉《のど》が締め付けられるような感覚に、僕は思わず喉元を押さえた。

「住職も、古陶里のお母さんも、黙ってこれを……」

それはどれだけ不安で心細い事だったろう。そこに存在するのに、いない者のように扱われるなんて。

込み上げてくるものがあり、僕はそれ以上何も言えずに無言で蔵の周りをぐるりと回る。そして、ちょうど目線の高さにある窓の前まで来て、足を止めた。

背伸びして中を覗《のぞ》き込むと、明かりのない、暗い古びた畳の部屋が見える。箪笥《たんす》と押し入れのようなものが見えるけど、本当に、それ以外には何もないがらんとした座敷だ。

ぐらりと眩暈《めまい》がして、僕は一瞬、後ろに倒れそうになった。けれどすぐに背中を支えられ、振り返ると千姫さんが、無表情で僕の背後に立っている。

「……こんなものを見ても意味がない。帰りましょう」

僕は無言で頷いた。

5

警察の事情聴取が続いていたので、僕と千姫さんは住職に簡単な挨拶だけをして、龍力寺を出た。庭にあった小さな蔵は、どうやら僕に、自分でも驚くほどの衝撃をもたらしたらしい。もやもやとしたものが込み上げ、それを言語化することも、整理して考えることもできないまま、僕はふらつく足取りで壱六八家への道を戻る。何かがフラッシュバックするような感覚に頭を押さえ、何度も立ち止まりながらも、先導する千姫さんの後を何とか見失わずに追いかけて、気が付いたら壱六八家に着いていた。

正直に言うと、この辺りの記憶はほとんどない。千姫さんが何度か話しかけてくれたような気もするんだけど、それが意味のある言葉だったのか、僕がどう返事をしたのかすら曖昧で、それでも無意識下できちんと反応できていたのだろう。不審がることも、心配することもなく、彼女は僕が荷物を置いているもといた座敷に入るのを見届けた後に出て行った。

……ひどくくたびれて、目の奥がちりちり痛む。それは耐え難い睡魔にも似ていて、僕は畳の上に倒れ込むように横になり、どうやらそのまま眠ってしまったらしい。眠る、というよりは失神するような感覚ではあったけれど、とにかく僕の記憶はそこでぷつりと途絶え、気が付いたときには、かなり夜も更《ふ》けた時間帯になっていた。

「……え……あれ？　今、何時だっけ……」

半身を起こし、変な姿勢で眠ったせいでぎしぎし痛む身体《からだ》に顔をしかめながら、近くに転がっていたスマホを手に取る。途端にスリープ状態から、画面に初期設定のままの時刻が表示された。相変わらず圏外だけど、時計代わりには使えるのだ。

「え……二十三時、って……午後十一時のこと？」

働かない頭で何とか答えを出す。それを口にした途端、ようやく眠る前の記憶がうっすらと甦《よみがえ》ってきた。

そうか。あのまま眠っちゃったんだ、僕。

室内を見渡せば、眠っている間に高梨さんが来たのだろうか、いつの間にか僕の身体には布団《ふとん》が掛けられていて、おまけに座敷の中央にある長机には、ラップに包まれた夕食が置かれていた。ぼんやりと明るいのは、部屋の奥で間接照明が灯《とも》っているからだ。

それをはっきりしないかすむ目で確認すると、僕は部屋の端に置いてあったリュックから飲み掛けのお茶のペットボトルを取り出し、蓋《ふた》を開けて一口飲んだ。

……うん。段々目が覚めて来た。

「にしても……ここに戻って来たのが確か十五時くらいだったから……僕、八時間も寝てたのか」

これじゃ普通の睡眠だ。自分でも呆《あき》れつつ、僕は掛布団をまくって畳の上であぐらをかいた。よくもまあ、古陶里もまだ見つかっていない、おまけに彼女の生家でいろんなものを見聞きしたあの後で、呑気《のんき》に眠りこけていられたものだと思う。我ながら。

だけど思えば古陶里が姿を消してから、僕の眠りはいつも浅く、島に来てからもずっと気を張ってばかりだったのだ。めまぐるしく状況が変わり、気が付けば殺人事件に巻き込まれて、これまで知らなかった古陶里の過去を知り、壱六八家という新たな呪殺島の一族とも関わることになり……古陶里の生家である人形供養の寺や、壱六八家の奇妙な風習について、理解する間もなく色んなことを見聞きした。全部いったんは受け止めたつもりだったけど、多分、こうしたことをうまく消化できていなかったみたいだ。

……いつもならこんな時は古陶里が傍にいて、案じるような顔で「お前は何をしているんだ」と叱《しか》ってくれるのに。

そう思いながら頭を振り、僕はようやく掛布団を丁寧に畳んで立ち上がった。そのまま天井からぶら下がる短い紐《ひも》を引いて部屋の電気をつけ、卓上を顧みる。

机の上に並ぶ料理は和食で、ラップの裏側についた水蒸気から察するに、温かいうちに持ってきてくれたらしい。食欲なんてないつもりだったのに、それを見た途端ぐうう……とお腹《なか》が急に鳴り、僕は机の前に座ると、ラップを剝《は》がして箸《はし》を取り、並んだ料理をもくもくと食べ始めた。

それはほとんど義務的な動きで、冷え切った料理からはさっぱり味を感じず、もしかしたら僕はまだ完全に目覚めていないのかもしれない、とふと思う。

（ここに来てから起きたこと全部、何もかもが夢みたいだ）

全部さらうことは出来なかったけれど、気が付けば僕は満腹になっていて、箸を動かす手も自然と止まっていた。八分ほどたいらげた料理の皿の上にくしゃくしゃになったラップを伸ばして張ると、僕はコップに入っていたお茶を飲み、一息つく。

二十三時といえば、東京にいた頃なら普通にテレビを見るか課題を片付けるか、スマホをいじっているか……くらいの時間だ。或《ある》いはバイトの夜のシフトに入っているか？　だけど島の夜は驚くほど静かで、耳を澄ましても、風がさわさわと庭の葉を揺らす音や、ししおどしのかこん、という音、どこからともなく届く自然の音しか聞こえない。

都会では滅多に感じられない本当の意味での静寂。ここには真夜中に高速を走る車の音も、近隣の喧騒《けんそう》も、テレビの音も、何もない。屋敷の人達が寝静まっているのかどうかは分からないけれど、少なくとも、人の気配は感じられなかった。

満腹感を覚えながらも僕の意識はまだ鮮明ではなく、だけど何となくぼうっとしているだけなのもおかしな気がして、無駄にしてしまった昼間の時間を取り戻すように僕は立ち上がる。ぎし、と音を立てて畳の部屋を横切ると、閉じられていた襖をそっと開けた。

……座敷の外は廊下になっていて、正面には同じような座敷の襖が並んでいる。人工の明かりのない廊下は真っ暗で、辺りからはやっぱり人の気配を感じない。

目が慣れていないせいで、廊下の奥は深淵《しんえん》の闇がわだかまっているようにしか見えず、かろうじて確認できるのは僕の周囲一メートルくらい。このままでは身動きが取れないと気付き、スマホのライトをつけて前にかざすと、ようやく、廊下の端にある曲がり角が浮かび上がった。

この時、僕がどうして部屋の外に出たのか、自分でも良く分からない。ただ、少しだけトイレに行きたいな、という意識があった気もする。切羽詰まったものではないけど、何となく程度の感覚で。だけど頭の中に霞《かすみ》がかかっているようでトイレの方向が分からず、ただ、目の前にある廊下をあてもなく進むようにして僕は歩いた。

そして、

「……古陶里の……」

声を聞いたのだ。ぼそぼそと、囁《ささや》くような話し声を。

「……姉さんは……本当なら……のはずだった」

「私にも…………確かに、あの時は」

誰だろう。どちらも男の声、だけれど、片方は渋みがきいていて、もう片方は若い。どこかの座敷に潜み、話をしているのだ。それだけを認識し、僕は反射的に息を潜めてその場にしゃがみ込んだ。ついでにスマホの明かりも消してしまう。

声はまだ続いていた。僕が近くにいることには気付いてもいないらしい。

「……知っているはずだよ。お前も、母さんに散々言い聞かされていたはず……」

「分かって……ですが……」

「分かってないよ」

不意に、声が鮮明になる。先ほどまでの何かを隠すような遠慮を捨て、声の主はどうやらひどく憤《いきどお》っているようだった。

「確かに古陶里は死んだはずだ。なのに何故《なぜ》、死体が入れ替わったんだ？」

ひゅっと喉の奥が鳴る。僕は慌てて口をおさえ、息を殺してどこかの座敷から聞こえる声にますます耳をそばだてた。

今、古陶里と言った。古陶里が死んだと。

信じられないその発言に驚き、知らぬ間にがくがくと身体が震え始める。けれどそんな僕の動揺とは裏腹に、声の主はますますあけすけに、淡々と言葉を続けた。

「確かに殺したはず……なのに、どうして？　壱六八の人間が死に絶える前に、僕らは先手を打たなくちゃいけないのに、三嶋古陶里が消えて、姉さんが死んだ。まさか、返り討ちにあった……なんてことじゃないよね？」

「……分かりません。私は確かに殺したと、そう伺いました」

「まあ、それもそうか。もし万姫姉さんが逆に殺されていたのだとしたら、さすがに誰かが気付くだろうし……千姫姉さんだってそうだ。だけど、お前に事が終わったと説明したのは間違いなく万姫姉さんと千姫姉さんだった？　お前はちゃんとそれを確認したうえで動いたの？」

「直接伺いました。三嶋古陶里の遺体の入った袋を車に乗せ、崖《がけ》まで運んで『入れ替えるように』と。いつものように万姫さまはお身体の具合が悪く、千姫さまを通してのお言葉でしたが……しかし、お姿もきちんと見せて下さいました」

「へぇ、だったら何で、その『お言葉を下さった』万姫姉さんの遺体があったんだろうね？　有り得ないことだよ、これは……お前、状況は分かってるんだよね？　これは、単に人が一人死んだってことだけじゃない、壱六八家の次代当主が死んだことを意味してるんだよ？」

「もちろん理解しております。ですが私は言われた通りに行動したのです。確かにあれは、三嶋古陶里の遺体だったはず」

「はず？　その目で確認はしてないんだよね？　だったら断定はできないはずだ……もしお前の言うことが本当なら、何故、万姫姉さんが崖からぶら下がってたんだよ。古陶里じゃなく」

　苛立ちを滲《にじ》ませた声には聴き覚えがあった。どこかまだ子供のような危なっかしさ、つたなさを残しているのに、なぜかその口調から神経質そうな響きと尊大な態度を覗かせる、いわば「選ばれた人間」の持つ声だ。

　最初は和亀くんかと思ったけど、この話し方は恐らく……座敷で話をした、お兄さんよりずっと穏やかな口調だった弟の方だろう。眼が見えない、という形で壱六八家の病体質を受け継いだ、壱六八伊鶴だ。

（だけど……なんで伊鶴くんがこんな話を）

壱六八家の人間が古陶里を殺して、だけど、知らぬ間に遺体が入れ替わった。そんな荒唐無《こうとうむ》稽《けい》な話を。

いや、そもそもどうしてこんなに平然と「殺した」なんて話ができるんだ？　壱六八家の人間にとって古陶里が疎《うと》ましい存在であったことは今日一日だけで嫌というほど理解できた。だけど、だからって「殺した」なんて。

「三嶋古陶里の生存は確認できないのか？」

「探してはいるのですが、島のどこにもそれらしき姿がなく……」

「……見つけられないじゃ済まないんだよ。あいつは僕らと同じように、殺すつもりで僕らの前から姿を消したのかもしれないんだ。だからこそ、僕らは三嶋古陶里を探して、今度こそ息の根を止めなきゃいけない。もし死んでいるのなら明確な証《あかし》を見つけないと、いつまでたっても壱六八家は落ち着かないんだからね。あの女が死んでようやく、僕らは本当の願いを果たすことができるんだ。それはお前だって重々承知しているはずだよ、昔から、母さんに散々言い聞かされていたんだもの」

「もちろん分かっています。そのために私はここに……この、壱六八家に」

「……忘れていないのなら良い」

ぽつりと言って、伊鶴くんらしき声の主は、何かを飲み込むように深く、深く息を吐いた。

「姉さんのことは可哀想だったけど、仕方ないよね。何があったのかは分からないけど、ああして死んじゃったってことは、きっと肝心なところで油断したんだろうな。あの人はいつでも自分の力を過信する人だったから」

その後もしばらくの間話し声は続き、やがて「先に戻ってて」という声を合図にお開きになったのか、年配らしき男性の返答と、襖《ふすま》を開けて外に出ていく物音が聞こえてきた。続いて、ちょうど二十数えてから、残っていたもう一人の気配……恐らくは伊鶴くんと思われる人物の気配も、すっと襖を開く音の直後に足音を残して消える。どうやら僕のいる廊下とは違う方向から出て行ったのか、運よく鉢合わせせずに済んだらしい。

だけど僕は……ただでさえ意識がぼんやりしているのに、とんでもない話を聞いてしまったせいか、しばらくの間そこから動けなかった。うずくまったまま、軽く息を吐いてスマホを握り締める。

これは……これは現実なんだろうか。今の話はどこまでが本当なんだ？

あの二人の話をまとめると、古陶里は壱六八家の人間……身内に殺され、袋に入れられた挙句、車に隠された。入れ替える、という言葉についてはもう少しよく考えてみる必要があるけれど、あの、崖から吊《つ》り下げられた遺体が身代わりになる「何か」であったのだとしたら……第一発見者がそれを目撃し、通報した後に「入れ替えた」という意味なのかもしれない。

けれどいつの間にか袋の中にあったはずの古陶里の遺体は、壱六八万姫その人に入れ替わってしまった。

古陶里はそれきり姿を消し、壱六八家の人間も未《いま》だ彼女を見つけられていない。古陶里は、行方不明のままなのだ。

情報はたったそれだけ。古陶里に直接手を下したのは誰なのか、そして、彼らが本当に古陶里の遺体をその目で見たのか、そして今の話を信じるのであれば、古陶里と壱六八万姫の遺体が入れ替わっていた理由も……今の状況では、何一つ分からない。

（失敗した。誰が話していたのか、確認すれば良かった）

へたり込んだまま、そう思う。話しこんでいたのは恐らく伊鶴くんと年配の男性、だと思うんだけど、顔を見ていないから確信がない。今の話からして古陶里に害を及ぼしたのは壱六八家の総意だったみたいだし、話していたのが誰であれ、壱六八家の親族全員が結託していた、と考えられるけど……。

だけど、だとしたら彼らは何故、僕をこの屋敷に引き込んだんだ？　もし本当に古陶里が殺されているのなら、関係者である僕が島にいるのは不都合だろうし、古陶里が来たこと自体を隠匿《いんとく》するのが普通だ。そもそもこの「壱六八島」は、高校生くらいの和亀くんが警察に偉そうにできるほど壱六八家の権力下にある島なんだし、すべてをなかったことにして、僕を島から追い出すことくらい朝飯前だろう。

だけど……ああ、そうか。僕が崖から吊るされた遺体を発見したから、黙って帰すことが出来なくなったのかもしれない。よそでそんな話をされたら外部の介入があるかもしれない、とすると、僕を島に閉じ込め、口封じを……。

(口封じ……いや、あいつらが本当に口封じしたいのは)

三嶋古陶里。古陶里だ。

だとしたら、皮肉なことに建前と思われた彼らの言葉は嘘《うそ》ではなかったのだ。三嶋古陶里について知りたいから、その友人である僕を屋敷に留め、身内の監視下に置く、ということか。

ぞくりとした。ここには僕の味方はいない。これまで呪殺島に関わり、二度も事件に巻き込まれてきたけれど、それでも島人全員が敵というわけではなかったし、何より僕のそばにはいつも古陶里がいた。

だけど今はその古陶里が消え、もしかしたら殺されたのかも知れなくて、だから……。

僕はふらりと立ち上がり、もと来た廊下を戻る。何とか座敷にたどり着くと、そのままゆっくりと襖をあけ、中の畳の間に足を踏み入れた。

否《いな》。踏み入れようとした。

瞬間、不意に腕を引かれ、襖がぱたんと閉められた。迅速に、けれど荒々しい音を立てない程度の力で。

「…………っ！」

中に引きこまれ、転びそうになったものの、誰かに支えられて僕はその場に踏みとどまった。誰かに抱きかかえられるようにして息を吐き、次の瞬間、鼻先に香ったものに目を見張る。

懐《なつ》かしい匂《にお》い。香水ではなく、彼女自身が持つ、嗅《か》ぎ慣れた香り。

僕は再び息を吸い込み、それから僕を抱きかかえるその腕から身を離した。顔を上げ、そこにある懐かしい顔にごくりと唾《つば》を呑《の》む。

良く分からない感情が胸をぎゅっと締め付けた。悲しみ、嬉《うれ》しさ、戸惑い、懐かしさ、疑念、夢を見ているのではないかという不安……。

だけど、だけど、僕はそれらを全部無理に飲み下し、口を開いた。まるで何年も声を出していなかったみたいなしわがれた声が出る。

「……古陶里……お前、今までどこにいたんだよ……！」

座敷の真ん中で、僕を抱き留め、畳に膝《ひざ》をつくようにして座っていたのは、ぱつんと眉《まゆ》の上で切りそろえられた前髪、長く伸びた黒髪に、日本人形のような和装姿の女性で。

間違いない。

それは僕がずっと会いたいと願い続けた幼馴染《おさななじ》み、三嶋古陶里だった。

第三章　三嶋古陶里

1

恐らく。わたしが壊れてしまったのは、あのころ、宝物のように大切に、大切にしていた世界が壊れた時だったように思う。

何故《なぜ》なら聖域を失ったわたしはもはやなにものでもなく、なににもなれず、割れた玻《は》璃《り》のようにそこに散っているだけだったからだ。

あの、おだやかで幸せな時間を思い出す。

わたしはたしかにそれを知っている。

それは青い夜。帳《とばり》の下りた世界は、けれど夜《よ》闇《やみ》に染まることなくただ青く青く彩《いろど》られている。

それは苦しみの朝。太陽の光と共に悲しみと苦しみが訪れる。そして取り残されたことを知る。

それは白銀《しろがね》の底。わたしが求め、愛し、ふるさとのように懐《なつ》かしく思う場所。

わたしはそれを知っている。

……けれど、世界が壊れてしまった以上。

わたしがそこにたどり着くことは、永遠にないのだ。


*****

もう一度逢《あ》えたら、言いたいと思っていることが山ほどあった。

何故、急に姿を消したのか。あの手紙は何なのか。何故これまで僕に、自分が呪殺島の出身であることを話してくれなかったのか。

だけど、だけど、久しぶりに再会した古陶里を前に、僕は何も言えなくなった。鼻の奥がツンとして、息苦しくなるくらい喉《のど》が痛い。

「……どうして島に来た」

古陶里も恐らく、様々な感情を飲み込んで口を開いたんだと思う。けれど彼女の久しぶりの第一声は、そんな冷たいものだった。

「お前はこの島に来てはいけなかった。そのために、私は」

「何だよそれ……もともとは古陶里がいなくなるからこうなったんだろ？　急に消えて、僕がどれだけ心配したと思ってるんだよ。何だってお前、」

　息が詰まって、僕は最後まで言葉を続けられなかった。責めるつもりはなかったけれど、どうしたって口調がそうなってしまうのは仕方ない。

「何で壱六八島のこと、黙ってたんだ。久保田女史がお前からの手紙を見せてくれなかったら、僕はずっと島のことに気付きもせずに、古陶里は失踪《しっそう》したんだって思い込んで……こうして探しに来ることもできなかったんだぞ」

「……あの女。手紙は万が一の時にと話して託したのに」

　やはり信用できなかったか、と悔しそうに呟《つぶや》き、古陶里は珍しくその人形のような白い顔に苛立《いらだ》ちを滲《にじ》ませた。

「とにかく、今すぐ島を出ろ。もし壱六八の人間が妨害するようなら、もう一度私の祖父に会って助けてもらうんだ。そうすれば」

「僕が龍力寺に行った事、知ってるのか？」

　驚いて言うと、古陶里は神妙な顔で目を伏せた。

「……そんなことはどうでも良い。お前を巻き込みたくない、だから」

「巻き込むっていうのは壱六八万姫さんが死んだこと？　あれは……古陶里がやったの？」

言葉を選びたいのに、すぐにでも問いたださなくては、古陶里はきっとどこかに行ってしまう。そんな気がして、僕は慌《あわ》てて古陶里の両肩を摑《つか》む。

「だとしても、僕は古陶里と一緒じゃなきゃ島を離れない。万が一、古陶里が何か犯罪に関わったのだとしても……まずは東京に戻ろう。それから全部話してくれたらいい」

「それはできない」

「何で!?」

「まだ終わっていないからだ」

古陶里の言葉は、やっぱり淡々としていて、僕は愕然《がくぜん》とした。

「……何が終わってないんだよ」

「私がここに戻って来なくてはいけなかった理由、果たすべきことが」

「果たすべきことって、壱六八家の言い伝えに関係してること？　古陶里は……壱六八家の人達を全員殺すつもり？」

「仮に私がそうせずとも、彼らは私を殺すだろう」

古陶里は、肯定も否定もしなかった。ただすべてが「仕方ないことなのだ」とでも言わんばかりの表情で、僕を見る。

「だから、お前は島を離れろ。これ以上は島にも、壱六八家の内情にも首を突っ込まず、大人しく消えてくれ。そうしないと私は……」

その時、背後で何か音が聞こえた気がした。僕ははっとして振り返り、けれどそこに誰もいないことを確認して安堵《あんど》した、次の瞬間。

僕は背後から……古陶里のいる方から思い切り頭を殴られた。痛みと衝撃に、僕は何の抵抗も出来ないまま畳の上に倒れ伏す。

「……すまない」

遠くなる意識の片隅で。古陶里の、そんな声が聞こえたような気がした。


*****

「……起きて……起きてください、秋津さん！」

ぐらぐらと。世界が揺れているような、頭に伝わる不自然な振動のようなものを感じて、僕はぼんやりと目を覚ます。

木造の天井の木組みが視界に入り、それが上下左右にがくんがくんと揺れている。首の据わらない子供のように頭が揺れ、その振動に思わずうめき声が洩《も》れて、くっつこうとする重たい瞼《まぶた》を何とかこじ開けて瞬《まばた》きすると、ようやく気持ちの悪い揺れがぴたりと止まった。

「ああ、良かった！　目が覚めましたね!?」

「え……と、あれ、誰……」

　どうやら僕は誰だか分からない女性に首元をつかまれ、そこから体をがんがん揺さぶられていたらしい。そういえばこの着物姿の女性の顔には見覚えがある……と思っていたら、年配のその女性はむっとしたように顔をしかめて、

「私は高梨です！　壱六八家で住み込みで働いている高梨！　昨日ご挨拶《あいさつ》いたしましたでしょ、まだ寝ぼけてらっしゃるんですか⁉」

「高梨……ああ」

　目の前で物凄《ものすご》い勢いでまくしたてられ、ようやく思い出す。そうだ、彼女は確か、壱六八家の使用人の女性だ。

　ということは……と連鎖的に記憶が甦《よみがえ》って、僕はくらくらする頭をおさえながら、糸のように細い記憶の端を強引に手繰り寄せる。そう、僕は古陶里を探すために壱六八島に来ていて……そこに住む呪術師《じゅじゅつし》の末裔《まつえい》である壱六八家の屋敷にお世話になってたんだ。お世話にっていうか、ほとんど強引に連行されて来たんだけど。それから、昨日は古陶里の生家である龍力寺に行って、その後はこの座敷で……。

「あ……あれ？　僕、なんで」

「昨日、龍力寺からお戻りになってすぐ、お疲れだったのか畳の上で眠ってしまわれたんですよ。それでお食事をご用意したんですけれど……一度起きてらっしゃったんです

か？　お皿のものが減っていたので、まあまあ随分とお腹《なか》を空《す》かせていたのだと……ああ、そんなことより！」

僕が思い出すより先にぺらぺらと喋《しゃべ》った高梨さんは、一人ボケ突込みくらいの勢いで自分の話に急ブレーキをかけると、なぜか真っ青な顔で僕ににじり寄った。

「昨日、お目覚めになったのなら、外に出たりはなさいませんでしたか？　何か不審なものを見たとか、聞いたとか」

「え？　不審なもの、って」

言われて思い出す。

そうだ。昨日の夜、僕は妙な話を盗み聞きして、その後で古陶里と再会した。屋敷の人間と思《おぼ》しき人達が「古陶里を殺した」なんて物騒な話をしているのを盗み聞きした直後に、殺されたはずの……噂《うわさ》の張本人である古陶里と会ったのだ。

だけど、ほとんど話をする間もなく意識がなくなって……そういえば後頭部がずきずき疼《うず》くけど、まさか僕、古陶里に頭を殴られたのか？　いや、古陶里に限ってそんな事……。

「あれは夢だったのか……」

「おい、遅いぞ！　秋津真白はまだ寝てるのか!?」

その時、不意に座敷の襖《ふすま》がすぱーんと小気味良い音を立てて開き、さっと中に陽光が差し込んできた。と同時に浴衣《ゆかた》姿の和亀くんが、鬼の形相で飛び込んでくる。

それだけじゃない。和亀くんの後ろには千姫さんがいて、なぜか僕の顔をまじまじと凝視している。何かを探るような眼だ。

「え、どうしたんですか、皆さんお揃《そろ》いで」

「どうしたもこうしたもあるか！　お前、昨日何をした？　三嶋古陶里に何か頼まれて手引きでもしたか、それとも最初からお前が……」

ひどく興奮した様子の和亀くんが、僕を忌々《いまいま》しそうに見降ろしてそう叫ぶ。それは「機嫌が悪い」だけでは済ませられないほどの態度で、違和感を覚えた僕は、恐る恐るその後ろにいる千姫さんを覗《のぞ》き見た。

「……何かあったんですか」

「ええ、あったわ。伊鶴が死んだ」

……は？

僕はぽかんとし、寝起きでまだうまく働かない頭を何とかフル回転させて千姫さんの言葉の意味を咀嚼《そしやく》する。伊鶴くんが死んだ。伊鶴くん……て、あの伊鶴くんだよな？和亀くんそっくりの双子の弟で、目が見えず、でもお兄さんの和亀くんより温和で人当たりが良くて、それからこの部屋で僕と話をした……いかにも末っ子、みたいな甘えた雰囲気の。

そして。その印象を覆《くつがえ》すように、昨日の夜に誰かと「古陶里の死」について、大胆に話していたと思しき、あの壱六八伊鶴？

「死んだって……どういうことですか」

「今朝、うちの使用人が庭園で伊鶴を見つけたのよ。あおむけに倒れていて、息をしていなかった。確認したいのならどうぞ。警察が来るまで遺体は動かせないけど、亡《な》くなっているのは確か」

淡々と答えた千姫さんの薄情な物言いに、僕は畳に両手をついてふらふらと立ち上がると、無言で僕を睨《にら》み付ける和亀くんの横を通って廊下に出た。目の前にある庭園を覗くと、そこに複数の人間が集まっているのが見えた。

全員こちらに背を向けて、何かを覗き込むように立っている。そのせいでここからじゃ彼らが見ているものが確認できず、あの、と声を掛けようとしたら、庭園にいる島人らしき男性が先にこっちに気付いて「おい」と周りに声をかけた。

途端に、その場にいる五人ほどの男性たちが僕を振り返る。その視線の寒々しさ、まるで罪人を見るような冷たさに、僕は思わず動きを止めた。

「……あの、そこに、何が」

「あんたの仕業か。それとも三嶋の孫がやったのか」

短く言われて、僕はごくりと生唾《なまつば》を呑《の》む。

さっき、和亀くんと千姫さんは「伊鶴が死んだ」と言っていた。それがもし本当なら、彼らが取り囲む真ん中にあるのは、伊鶴くんの……。

僕は多分、ひどい顔色をしていたんだと思う。男性の一人が「おい」と隣にいた人に声をかけ、それを合図に集まっていた人達がさっと道を開けた。その拍子に、彼らが見ていたものが僕の視界に飛び込んでくる。

それは……それは、庭園の岩に頭を乗せるようにして、あおむけに倒れている伊鶴くんの姿だった。そのそばに使用人らしき男性が跪《ひざまず》いて、呆然《ぼうぜん》と伊鶴くんを見下ろしている。彼の顔には見覚えがあり、確か、僕が崖《がけ》の遺体を発見した場所からこの壱六八家に来る際に車を運転してくれた男性だった。

(確か、秘書の……名前は吉川さん、だった……？)

だけどそれよりも、僕の目は倒れている伊鶴くんの姿に釘《くぎ》づけになった。

和亀くんたちの言う通り、庭にあおむけに倒れている伊鶴くんに生きた人間の気配はない。色のついた眼鏡をかけているから、目を開いているのか閉じているのかすら分からないものの、衣類から覗く肌の色が青白さを通り越して、真っ白なのだ。

おまけに……伊鶴くんの首は、庭の岩の上でありえない方向に曲がっていた。岩には薄く血が飛び散っていて、その色は時間を経たのか、どす黒く変色している。

「……伊鶴くん、ですよね。なんで……」

「お前か。お前が坊ちゃんを殺したのか」

その時、地を這《は》うような声が聞こえて、僕は思わず顔を上げた。見れば伊鶴くんを前に表情を失っていた吉川さんが、しゃがみ込んだまま、まるで地獄の鬼みたいな形相で僕を睨んでいる。

「だから私はこんなよそ者を家に入れるのは反対だったんです。こいつが、こいつが殺したのか、三嶋古陶里を手引きして招き入れたのか、坊ちゃんを殺すために」

「ち、違います！　僕は何もしてない、昨日は龍力寺から戻った後、眠ってて」

慌《あわ》てて言ったけど、信憑性《しんぴょうせい》がないのは明らかだった。だって僕が眠っていたことは一部の人しか知らないだろうし、実際にこの部屋にずっといたと証明してくれる人もいない。食事を配んでくれた高梨さんも、ずっと見てくれていた訳じゃないし。

ましてや僕は、昨夜一度、この部屋を抜け出しているのだ。

……そして「死んだはず」と言われていた古陶里にも会っている。もしあれが夢ではないのなら、古陶里は確かにこの屋敷にいたわけで……。

（だけど……なんで古陶里が伊鶴くんを）

昨日の夜、盗み聞きした話を思い出す。古陶里は彼らに殺されるところだった。どころか彼らは壱六八万姫さんを殺したのが古陶里ではないかと疑い、見つけ次第殺害しようとしていた。

だとしたら……身を守るために何かをして……その結果、伊鶴くんが。

（待て、落ち着け。僕まで古陶里を疑ってどうするんだよ）

僕は頭を押さえて視線をさまよわせる。思い出せ、昨日何があったのか、恐らくは伊鶴くんと思われた声の主が立ち去った後、古陶里が現れて……その後、どうなった？

だけどその答えを導き出す余裕はなかった。弾《はじ》かれたように立ち上がった吉川さんが、敷居を駆けあがり、廊下に立っていた僕に掴みかかってきたからだ。

「この、人殺し！　よくもお嬢様と坊ちゃんを……！」

「あわわっ……え、ぐっ、」

「吉川さん！」

首根っこを掴み上げられ、拳《こぶし》で喉がぎゅうっと締まるのが分かる。吉川さんはびっくりするくらい力が強くて、僕より少し背が高いだけなのに、がっしりした腕は悠々と僕を持ち上げた。

「や、やめ……」

誰かが制止する声も聞こえたし、庭に集まっていた男性陣が吉川さんをなだめようと身体《からだ》を掴んでいるのも見えたけど、ぷらぷらと足が宙に浮くくらい持ち上げられた僕の目にはそれらの景色は遠く、ばくばくと脈打つ心臓の音の方がよほど頭の中に大きく響いていた。

ああ、そういえば昔、やっぱりこんなふうに摑み上げられたことがあった。殺人犯だと疑われ、僕自身にも事件の前後の記憶がないという状況の中で。あれは確か、一番最初の呪殺島の事件の時で……。

「およしなさい、馬鹿者《ばかもの》が！」

走馬灯のようにかつての記憶が脳裏を横切り、もうほとんど意識を手放しそうになっていた僕の耳に、その時、叱咤《しった》するような鋭い声が響いた。途端に吉川さんの手から力が抜け、僕の身体は重力に逆らうことなくどさりと縁側の上に落ちる。

腰をぶつけて激痛が走ったけど、それよりも急に息が楽になったせいで、僕は大きく息を吸い込もうとして激しく咳《せ》き込んだ。涙目で顔を上げれば、僕の前に立っていたはずの吉川さんは、いつの間にかその場で平伏している。

え？　いや、急に土下座で謝られても。

何回か咳き込み、僕が何か言おうとしたら、今度は僕の真後ろから「愚か者が」と老いた声が響く。振り返ると、そこにはのっぺりとした白い面をつけた着物姿の女性が、陽の光のささない廊下の影の部分で仁王立ちしていた。

ああ、そうか。吉川さんは僕に謝ろうとして平伏したんじゃなく……。

「申し訳ありません、御津代様……」

そう。面をつけた女性とは、持病の皮膚疾患の為《ため》に陽光を避けて暮らしている現当主・壱六八御津代さんだったのだ。

「騒がしいと思って来てみれば、これは何だ。和亀、千姫、どうして私に何の報告もない」

「……報告なら今からするはずだったんだよ。だけど吉川がおかしくなって」

僕に飛びかかった吉川さんは壱六八家の秘書だと聞いていた。立場的には勿論《もちろん》、壱六八家当主に仕えているはずで、恐らくは何かが起きた時の報告も、身内か吉川さんが行うべきことなんだろう。

だけど彼は庭で倒れている伊鶴くんを見つけた途端、和亀くんが言うところの「おかしく」なってしまった。よくよく見ればここに集まった人達の中で……双子の兄や姉すら揃っているのに……伊鶴くんの死に衝撃を受け、動揺しているのは吉川さんだけのように見える。

和亀くんは御津代さんの登場に苛立ちを隠そうともせず、そっぽを向きながら色のついた眼鏡を指先でいじっている。千姫さんも顔こそ御津代さんに向けているものの、視線は斜めに逸《そ》らされていて、誰もが壱六八家当主の登場に気まずい空気を漂わせていた。

だけど、御津代さんて確か……色素性乾皮症とか何とかいう病気で、できるだけ紫外線を避けるために屋内で過ごしてるはずだったよね。こんなところに出てきて大丈夫なんだろうか？

そう思って喉を押さえながら御津代さんを見上げていたら、彼女はお面に開いたふたつの穴越しに僕を見て、それから庭に倒れている伊鶴くんに視線を送った。

吉川さんを止めようとしていた人達も、気まずそうに顔を見合わせながら御津代さんの動向を探っている。動いているのはただ一人、僕の正面で震えながら何度も頭を下げ続ける吉川さんだけだ。

「何があった。吉川、報告しなさい」

「……それが……今朝、まだ日が高くないうちに、庭に誰かが倒れていると高梨が報告に来まして……どうやら坊ちゃんらしいと聞き、私が確認に来たところ、伊鶴坊ちゃまが庭園の岩に頭をぶつけるような形で倒れておられて」

「伊鶴は死んだのかい」

「恐らくは。脈も振れませんし、そもそも……あの状態では」

吉川さんは震える声で顔を廊下に伏せたまま答える。くぐもった声は悲哀を帯び、まるで身内の死によって受けた衝撃と悲しみを押し殺しながら、無理やり報告しているような悲壮感があった。

「なるほど。確かにそんな状態じゃ、生きてはいまい。これは事故なのかね」

「そんなはずが！」

言って、ようやく吉川さんが勢いよく顔を上げた。

「伊鶴坊ちゃまは昨夜、部屋でお休みになっておられました。屋敷の中を自由に動き回ることはできますが、それでも人気のない明け方、足場の悪い庭園に一人で降りることはありません。伊鶴坊ちゃまは殺されたんです」

　吉川さんの目が真《ま》っ直《す》ぐ僕を射抜く。まだ廊下の上に後ろ手を突きながら倒れていた僕は、その憎悪《ぞうお》の眼差《まなざ》しにぞっとしながらも何とか立ち上がり、御津代さんを振り返った。

　恐らく、御津代さんには伝わっているはずだ。吉川さんの言葉に含まれた「誰が殺したのか」という答えが。

　だけど彼女は僕の視線にも吉川さんの意味深な報告にもほとんど反応せず、静かに、白い面をつけた顔を庭に向けたままで、言った。

「……それで、伊鶴は誰に殺されたんだい？」

「三嶋古陶里だよ。或《ある》いはそこにいる秋津真白か」

　てっきり吉川さんが言うだろうなと思っていた言葉を、けれど即座に口にしたのは、僕らから少し離れた場所に立っていた和亀くんだった。

「伊鶴を殺したい人間なんて他にいないだろ。何たってあいつは壱六八家の中で一番家督を継ぐ立場から遠い」

「成程ね。壱六八家の呪《のろ》いが、万姫に続いて伊鶴まで殺したという訳か。だが、そこまで言うからには証拠はあるんだろうね。この子はともかく、三嶋古陶里を見た者は？」

「……あの、すみません。私が昨夜、それらしき人影を見ました」

その時、庭に降りていた男性の一人が片手を上げて恐る恐るそう言った。

「小柄で、日本人形みたいな長い真っ直ぐな黒髪で着物姿の……あれは恐らく、三嶋家の孫娘です」

「本当に？」

ちらりと面越しの視線が再び僕に向かう。僕はごくりと生唾を呑みこんだ。

まずい。昨日、やっぱり古陶里は屋敷に来たのか。夢じゃなくて。

そして屋敷の人に目撃されたのであれば、少なくとも古陶里が生きていること、伊鶴くんを殺せたことが壱六八家の人達に伝わってしまう。

「あの……」

何とかごまかさなきゃいけない、と思った。それが果たして正解なのかは分からないけど、少なくとも古陶里を殺そうとしているのかも知れない人達に、古陶里が生きていることを知られたくない。何より、それが肯定されれば何の証拠もないまま古陶里は殺人犯にされるだろう。

そんなことはさせられない。だってまだ、古陶里が犯人だと決まったわけじゃないんだ。

……そんなぴりついた空気の中、不意に目の前にある御津代さんの身体がかすかにかしいだ。ぐらり、とまるでふらつく身体を強引にとどめたような不自然な動きで。

一瞬、僕の目の錯覚かと思った。急に起こされたり、首を絞められたりして意識がぼんやりしている気もしたし、だから視界がブレたんだと。

だけど……だけど、御津代さんの身体は再びぐらりと揺れ、それからゆっくりと背後に引っ張られるように倒れた。かすかな悲鳴を上げて、すぐそばにいた高梨さんが御津代さんの身体を慌てて抱きかかえる。

「御津代様！　まあ、何てこと」

「伯母さま」

「大変だ、医者を呼べ、御津代様が」

辺りが一気に騒然とする。高梨さんに抱きかかえられた御津代さんは、ぐったりとしていて見ただけで意識を失っているのが分かった。一瞬、するりと外れそうになったお面を千姫さんが押さえ、それから言った。

「伯母さまの奥の部屋に寝具の準備を。貴方《あなた》達、伯母さまをそこに運んでちょうだい！」

庭にいた男たちと吉川さんが慌てて御津代さんの周りに集まる。それから、御津代さんは吉川さんに抱き上げられ、奥の部屋へと消えて行った。

壱六八家の人間が、二日続けて命を落とし、加えて現当主の御津代さんまで倒れてしまった。

2

壱六八島の「主《あるじ》」である壱六八家の、その不穏すぎる情報は瞬《またた》く間に島内に広まり、すぐさま駆け付けた警察からまたしても事情聴取を受ける羽目になった僕たちも、ただただ予想だにしていなかった壱六八伊鶴くんの死に動揺していた。

伊鶴くんの遺体はすぐに警察に運ばれ、壱六八家の許可の後、万姫さんと同様に本土で司法解剖が行われることになった。当然ながらすぐに結果は出ないけど、遺体の状況からして恐らく死因は、後頭部の打撲・脳挫傷《のうざしょう》ではないか……というのが警察の検視による見解で、庭で倒れている伊鶴くんを見た僕達の意見も似たような物だった。問題は伊鶴くんが何故、そんな状態で亡くなったのかということで……周りの人達は「殺人だ」と騒ぎ立てていたけれど、足を滑らせて後ろに倒れ、後頭部を岩に打ちつけたという、いわば事故の可能性が高いと壱六八家に訪れた警官は説明した。

もともと伊鶴くんは目が見えず、故《ゆえ》に慣れた庭であっても不用意に出歩けば足を滑らせて転んでしまうこともあるだろう。あるいは夜中に目が覚め、一人でトイレに行こうとして庭の横の廊下を通り、そこで転んだのではないか……立ち入り禁止になった庭園で遺体発見現場を調べていた警察の人達はそう考えたようだったけど、もちろん壱六八家の人達がそんな説明で納得するはずもない。特に「事故死ではないか」という言葉を耳にした途端、烈火のごとく怒り狂った和亀くんに対し、彼らは二度と「伊鶴くんが転んだ可能性」について言及しなかった。少なくとも解剖の結果が出るまでは、長いものに巻かれて壱六八家の機嫌を取ることにしたらしい。

　だけど当然ながら「よそ者」の僕は例外だ。壱六八家の人達には遠慮がちになる島の警官たちは、僕にはやたらとしつこく状況の説明を求めた。

「成程ねぇ……それで貴方は、龍力寺から戻って来た後はずっと座敷で眠っていた、という訳ですね。それから今朝、騒ぎになって起こされるまではずっと眠っていた、と」

　質問内容は和亀くんと千姫さんにされたものと大差ない。だけど二人の時とは明らかに違う、猜疑《さいぎ》心《しん》に満ちた目で警察官たちは僕を見ていた。昨日、崖で遺体を発見した時に来た、例の二人組の警察官たちだ。

　座敷用の低いテーブルを挟んで座った僕達は、伊鶴くんが運ばれて行った後すぐに事情聴取を始めている。ちなみに警察官たちは二日続けて不審死を目の当《ま》たりにし、その現場に僕がいたことで、最初から僕を疑っていることを隠そうともしていない。

「本当にずっと座敷にいたんですか？　一度も目覚めずに？　それを証明する人は」

「……いませんけど、嘘《うそ》じゃないです」

「ふうん。しかし、おかしな話ですねぇ。貴方が島に来た途端に立て続けに人が死んでいる。しかもどちらも壱六八家の人達です。偶然とはいえ、何とも不思議な」

探るように僕を見た警察官に、僕は出来るだけ不自然に見えないように普段通りの呑《のん》気《き》な（と古陶里が良く言っていた）表情を貫く。

正直に言えば、僕のこの話は真実じゃない。何故なら僕は真夜中に一度目覚めて、座敷を出たからだ。

だけどその後、誰かの物騒な話を盗み聞きした事、古陶里と再会した事を正直に話すつもりはなかった。何故ならこの警察官たちは壱六八島の人間であり、壱六八家と密な関係性を築いているように見えたからだ。

もし、壱六八家の人が……恐らくは伊鶴くんではないかと思われた人物が漏らした「三嶋古陶里を殺す」といった話を正直に伝えたとして、それを信じてくれるか……否、信じたとしても、壱六八家の醜聞を消すために裏で何かをしかねない。

だとしたら、あえて説明しない方が良い。本当なら真っ先に助けを求めるべき人達を前に、僕は深々と溜息《ためいき》を吐《つ》いた。警察を信用できないなら、誰を頼ればいいんだろう。

「おや。溜息を吐くのは何か後ろ暗いところがあるからですか？　いけませんよ、警察に隠し事は」

「違います、畳の上で転がって寝てたから節々が痛くて……なのにしつこく同じ話を何度も聞かれるので」

「人が死んだのに、呑気な話ですな」

昨日、壱六八万姫さんの死について事情聴取を受けた時より当たりがキツく感じるのは、気のせいじゃないよなぁ……。

いずれにしてもはなから疑ってかかられちゃどうしようもない。僕はもう一度溜息を吐いて、同じ説明を繰り返した。

「とにかく、そういう訳ですから、これ以上の話は何もありません。眠っていたので誰が出入りしていたのかも分かりませんし」

「龍力寺に行った時、何か変わったことはありませんでしたか？」

今度は若い警官が聞いてきた。例えば、と付け加えて、

「三嶋古陶里さんらしき人を見かけたとか、住職から何か話を聞いたとか」

「見てません。お寺では千姫さんも一緒だったんですから、千姫さんに聞いてもらえたら分かるはずですよ。それに……住職さんからは古陶里の子供の頃の話を聞きましたが、それが何か事件に関係あるんですか？」

喧嘩《けんか》腰《ごし》になってしまった。案の定、年配の警官がむっとした表情になる。

「関係あるかどうかはこちらが判断しますよ。貴方はただ、正直に何が起きたのかを説

明すれば良いだけで」

「だからしてるじゃないですか、さっきからずっと！」

　こんな調子で事情聴取とは名ばかりの一方的な詰問《きつもん》は小一時間続き、ようやく彼らが座敷から出て行ったかと思ったら、今度は高梨さんがすすっと現れた。

「失礼します。昼餉《ひるげ》をお持ちしましたよ、お疲れ様です」

　言われて、少し前から部屋の隅のコンセントで充電していたスマホを取り、画面を見て驚く。なんと、もう十三時になっていた。

「いつの間に……」

「ばたばたしてましたからね。私も今日はうっかり昼の支度を忘れてしまうところでした」

　言って和食の載った盆をそっと卓上に置く高梨さんの表情は、この屋敷に来てから初めて見るどんよりと暗いものだった。

「なんだって坊ちゃんがあんなことに……お可哀想《かわいそう》に、まだ十六だったんです。誰にも迷惑をかけたこともない、優しい、可愛《かわい》らしい坊ちゃんに、どうしてあんなひどいことができるんでしょう」

「高梨さんは、あれは事故ではなく殺人だと思ってるんですね」

「当たり前です！　事故なもんですか、坊ちゃんは確かに目が見えませんでしたけど、本当は屋敷の中でしたらどこにでも自由に行き来することができたんです。危ないからって私や屋敷の者がついておりましたけれど、私に内緒でどこかに行くことだって珍しくはありませんでした。なのに、岩に頭をぶつけて死ぬなんて」

ぶるりと身体を震わせ、高梨さんは自分の身をかき抱く。

「このお屋敷はどうしちゃったんでしょうね。昨日は万姫お嬢様、今日は伊鶴坊ちゃま……どうしてこんなに悲しい事ばかり続くんでしょう。これじゃあまるで、」

言いかけて、口ごもる。その言葉の先を僕は知っている気がした。

まるで、壱六八家にかけられた呪いみたいじゃないか。

それは僕の気持ちでもあった。壱六八家に生まれる「病を持たない」子供。双子ではなく、一人子として生まれた子はやがて、壱六八家の人間を殺していく……。

これまでに何度かあった事件。今もなお壱六八家の血が続いているのは、血族全員が殺されたわけではないからだろう。だけどもし、次に起きる事件で壱六八家の人間全員が死んでしまったら？

……壱六八家の血は完全に途絶えてしまう。

（いや、古陶里がいる。古陶里は壱六八家の血を継いでいる）

古陶里は死なない。壱六八家の人達が死に絶えたとしても、僕が絶対に古陶里を殺させたりなんかしない。だから壱六八家の血は途絶えない。

「そういえば、御津代さんの体調はいかがですか？」

高梨さんが沈んだ表情で盆の料理を並べる中、僕が何気なく聞くと、

「ああ、そうでした！ すっかり忘れてましたよ、御津代さまから言付かっていたことがあったんです。昼食後に部屋に来てほしい、と」

「御津代さんが？」

あの時。突如倒れた御津代さんは、自室に運ばれた後しばらくして、無事に意識を取り戻したらしい。記憶も意識もはっきりしていて、慌てて飛んできた医者も「差し迫った状況ではありません、しばらくは安静に」と告げただけだったと。

だけど倒れたのは事実で、次々と身内が亡くなり心労が重なったのか、あるいは持病が悪化したのか……と心配していたので、高梨さんの言葉はむしろ有難かった。

「分かりました。食事を終えたら伺います。ええと、部屋は……」

「食事が終わる頃にまた私がこちらに来ます。それまでお待ちください」

はい、と頷《うなず》くと、料理の皿を並べ終えた高梨さんは、せわしなく座敷を出て行った。

真夜中に食べた料理とは違い、まだ温かい作り立ての料理を前に、僕は正座した姿勢で静かに手を合わせる。それから箸《はし》を取り、もくもくとごはんを口に運び始めた。

……また、整理しなくちゃいけない。

昨日の夜の事を再度思い返す。今朝、目覚めた直後は曖昧《あいまい》だった記憶も、こうして落

ち着いて考えると、ただの夢ではなく、現実としてあったことだと思えるようになっていた。

あの時。座敷を抜け出し、廊下に出た時に偶然耳にしたあやしい会話は、僕の推理では恐らく、伊鶴くんと屋敷の使用人のものではなかったかと思う。伊鶴くんに関しては、和亀くんも双子なだけあって声は似てるんだけど、密談していた人物の話し方や声の出し方なんかが和亀くんの居丈高な話し方と全然違っていたからだ。

そして、伊鶴くんは壱六八家では（古陶里を除くと）四番目の子供であり、跡取りを「長男・長女」に定めているお家柄からして、姉弟の中でも一番立場は弱い。その伊鶴くんが遠慮なく話していた態度を思い返すと、昨夜の話し相手は身内ではなく、使用人の誰かだろう……という推理が成り立つわけだ。まあ、こんなの推理というほどのものでもないんだけど。

とすると昨日、伊鶴くんは屋敷の使用人と「古陶里を殺した」という話をし、それが壱六八家の総意であった……と洩らしていたことになる。つまり、古陶里は壱六八家の人間を殺そうとしたどころか、逆に壱六八家から命を狙《ねら》われていたのだ。

何とも信じがたいことだけど、その理由は恐らく、古陶里が「婚外子」であり「呪われた一人子」かつ、伝承によるところの「いずれ身内を殺す」存在であるからだろう。そんな不吉な未来を避けるために、彼らは血のつながりのある古陶里を殺そうとしたのだ。

　けれど古陶里は死なず、代わりに加害者であるはずの壱六八万姫が死んでいた。彼らはその犯人が古陶里であると断定し、このままでは何らかの方法で逃げ出した彼女が、次々と壱六八家の人間を殺していくのではないかと考えている。

（どんな怪奇小説の世界だよ、って言いたいけど、現実なんだよなぁ……これ）

　被害者であるはずの古陶里が犯人扱いされているのは納得できないし、もし仮に古陶里が万姫さんの死に関わっていたのだとしても、状況によっては「正当防衛」が成り立つのではないか、とすら思う。殺されそうになったから、身を守ろうとして相手を殺してしまった、というふうに。

　だけど、だとしたら彼らが「殺したはずだ」と言っていた状況から一転して、死体が万姫さんに入れ替わっていた理由は気になる。遺体を運んだのは壱六八家の人みたいだし、古陶里の協力者が屋敷にいるのだとしても、彼らの計画を逆手にとって壱六八万姫を崖から吊《つ》るす、なんて真似《まね》が簡単にできるものだろうか。

（もしかして、本当に壱六八家内部に古陶里の協力者がいて、その人が万姫さんや伊鶴くんを殺した、とか）

　……勿論、普通に考えれば、壱六八家の人間を害する動機があるのは古陶里だろう。この島で壱六八家と敵対し、そのうちの一人を殺すだけの理由を持つ人間なんて多分、他にはいない。

でも、もし僕の知らない何かがあって、古陶里の他に「壱六八家の人間を殺したい」と願う人物がいるのだとしたら……？

実際に古陶里と万姫さんを入れ替えるなんてことは、内部にいる人間にしかできないことだ。つまりその人物は、個人的に壱六八家に恨みを持っている者か、古陶里に協力することで何らかの利益を得ることが出来る者、ということになる。

「呪い」というワードを取り除いて考えれば……人が人を殺すのは愛憎か利益か……身内で何らかのトラブルがあったのか、或いは壱六八家次代当主だった壱六八万姫さんが死ぬことで得をする人間がいたのか……。

「確か万姫さんは『女王様タイプ』だったって言っていたよね。伊鶴くんや千姫さんが」

一人の証言ならともかく、家族として生まれてからほとんどの時間を共にしてきた妹弟が揃って言うのだから、多分そうなんだろう。

気位が高く感情的だったという万姫さんは恐らく、その言動から敵を作ることも多かったんじゃないだろうか。だとしたら、島の誰もが知る「壱六八家の婚外子」である古陶里が帰郷したのをきっかけに、彼女に罪を押し付けるつもりで事件を仕組んだ人物がいた、というふうにも考えられる。

待てよ。何もそこまで難しく考える必要はないんじゃないか？　壱六八家は裕福で事業を行っているみたいだし、壱六八家の遺産を巡って骨肉の争いが起きている可能性だってあるだろう。いや、家族じゃなくとも誰か別の人間が家督を継ぐことで利益を得る人もいるはず。だとしたらやっぱりその人物は、古陶里が島に戻って来たことを利用して、彼女に罪を着せるつもりで……。

そこまで考えて、僕は頭を抱えて「うわあああ」と言葉にならない声をあげる。

そうなのだ。部屋の中で一人色々考えたところで、結局は全部僕の想像にすぎないんだ。そもそも万姫さんと会ったこともないのに、女王様タイプだった、なんて話だけ聞いて決めつけるのも危険だろう。万が一、千姫さんと伊鶴くんが示し合わせて嘘をついていたとしたら？

だけど身内がわざわざ殺された姉を貶《おとし》めるような事を言うもんかな。そもそも僕はこの家について、ほとんど何も知らないのだ。

かたん、と箸を置き、僕はごちそうさまを言って座布団《ざぶとん》から立ち上がる。座敷の端で、相変わらず充電中だったスマホを取ると、ようやくコードを抜いて片付ける。途端に背後の襖ががらりと開いた。

「あら、早いのね。食事はもう終わり？」

驚いたことに、廊下に立っていたのは千姫さんだった。高梨さんが迎えに来ると聞いていたし、直前まで「壱六八家内部にいる古陶里の共犯者」について考えていたもんだから、僕は思わず喉をくぇっと鳴らしてしまった。

「え、あっ、な、何かあったんですか？」

「伯母が貴方に会いたいと言っているから、迎えに来たんだけど」

言って、千姫さんは人形みたいにのっぺりとした顔に笑みを浮かべた。

「ひどく慌てているようね、何か後ろめたいことでもあるの？」

「な、ないですよ。急に来たからびっくりして」

相変わらず何を考えているのか分かりにくい、整ってはいるけれど、日本人形のように白く感情のない顔で、千姫さんは口元を三日月の形にだけして笑いを表現する。そこには姉の万姫さんが亡くなった時同様、弟の死を気にしたり、悲しんだりする様子は微《み》塵《じん》もない。

「千姫さんは……僕が伊鶴くんを殺したと思いますか？」

どうしてそんなことを聞いてしまったのかは分からない。

ただ、得体が知れないほど崩れない彼女の表情を何とかしたくて、僕は咄嗟《とっさ》にそう聞いた。龍力寺の時と同じように、僕の突拍子もない失言に、けれど彼女はかすかに眉《まゆ》を動かしただけだった。

「……少なくとも、和亀はそう思い込んでるわね。屋敷の人達も」

「貴女は？　昨日は龍力寺からこの座敷に入るまで、僕は貴女と一緒にいましたよね。その後、隙《すき》をついて伊鶴くんを殺したと思います？」

「どうかしら。そもそも貴方に伊鶴を殺す理由はないけれど、三嶋古陶里が屋敷に来て、彼女を逃がすために馬鹿なことをした……という可能性もあるわけだし」

　どうでもよさそうな口調だった。とてもじゃないけど身内を殺された人間の発言とは思えない。

　伊鶴くんは千姫さんのことを、独特の世界観で生きている……それから空気が読めない人だとも言っていたけど、こうしてみると、何となくその意味が分かる気がする。千姫さんは多分、自分にも周りにも、あまり興味がない人なのだ。

「だけど、もし本当にあなたが伊鶴を殺したのだとしたら……人を殺したその後に、犯行現場のすぐそばの座敷で眠ってしまうなんて豪胆よね。あるいは、とてつもない愚か者か、自信家のどちらかかしら？　残念だけど貴方はとてもそんなふうな人には見えないし、だからって私は貴方のことをそれほど良く知っているわけでもないけれど……だから、私の答えは『どうかしら』でしかないのよ。これで良い？」

　次の言葉を紡《つむ》げずにいた僕に、千姫さんは淡々と、けれどびっくりするくらい丁寧に自分の真意を解説して、やがて僕に立ち上がるよう促した。

「つまらない話は後にしましょう。すぐに高梨さんも来るから、食事の後片付けは任せれば良いわ。来て、あまり伯母さまを待たせないで」

3

　壱六八家現当主である御津代さんは、色素性乾皮症という疾患を抱えている。

　壱六八家の人々はそれ自体が呪いであるかのように全員が何かしらの病を持っているという話を聞き、そして、御津代さんのその聞き慣れない疾患名を耳にした後、実は客間に来てすぐ、失礼を承知で高梨さんに聞いてみた。御津代さんから簡単に「陽光で皮膚がただれてしまう疾患」ということは説明されたけど、それだけではいまいちピンと来なかったからだ。

　そして分かったのは、それが遺伝病の一種で、紫外線に当たると皮膚が火傷《やけど》状態になってしまうこと、それにより損傷を受けた遺伝子が修復されずに皮膚がんになる確率が高いこと、神経症状を伴う場合もあり、その場合は若年のうちに死亡する可能性が高い、ということ。そして完治させる方法は見つかっていないことも。

　御津代さんは五十代らしいから、恐らくは神経症状を伴わない疾患なのだろうか。いずれにしても紫外線を浴びることが命に関わる、という認識は変わらず、だから二度目に案内された奥の薄暗い部屋に入った時、僕は冷気の漂う座敷で横になる御津代さんが、お面をつけたままだということにもう驚きはしなかった。紫外線は太陽光以外にも含まれている……と聞いたことがあるし、きっとお面は、彼女の「命を守る盾」なのだ。

「ああ……来たね、客人」

布団に横になる御津代さんのかたわらには医者らしき白衣の年配の男性がいて、話しかけて良いものか迷っていたら、その戸惑いを察知したらしい。御津代さんは医者に座敷から出るように促し、代わりに僕らを布団の横に座らせた。

「まったく、困ったものだ。こんな時に私の身体ときたら、役に立たない」

「あんな時間に、紫外線の強い縁側近くに出るなんて自殺行為です」

「知ってるさ。だけど、伊鶴まで殺されたと聞いてはね」

言って、くつくつと笑った御津代さんの声は低くひび割れていて、お面のせいでひどくくぐもって響いた。

さっき縁側に出たせいで、もしかしたら皮膚疾患の症状が出たのだろうか……着物から覗いていた手や首元には包帯が巻かれている。思えば僕はここに来て彼女の顔をまともに見たことがなかったのだけれど、それでもお面の下の顔はきっと千姫さんたちみたいに整っているのだろう……広々とした座敷に低く反響する御津代さんの声は、そう思わせるほど千姫さんたちのものに似ている気がした。

「先程は助けてくださって、本当に有難うございました」

天井に顔を向けたまま、訥々《とつとつ》と語る御津代さんに、僕は慌《あわ》ててそう告げる。

御津代さんがいなかったら、僕はきっと壱六八家秘書の吉川さんに失神するまで首を絞められていただろう。そう思いながら頭を下げると、彼女は僕の方を見ず、ただ再びくつくつと笑った。

「謝るのはこちらの方だよ、客人。吉川は姫菜の代から仕えている忠誠心の強い男だから、伊鶴の死を目の当たりにしておかしくなったんだろう。もともと万姫が死んでからも、ずっと様子がおかしかったからねぇ」

「ああ……確か、姫菜さんの幼馴染《おさななじ》みだったって」

昨日伊鶴くんから聞いたばかりの話を思い出しながらそう言うと、僕の横に座っていた千姫さんが、ちょっと驚いた顔で「知っていたの？」と呟《つぶや》いた。

「吉川さんは仕事の出来る人で、島の外で就職することもできたのに、母のために壱六八家に入ったと聞いたことがあるわ。母を支えるために……母がおかしくなってからもずっとそばにいて、時間の許す限り母を守ろうとしてくれていた。だからでしょうね、母の子供である私達のことも大切にしてくれているのは」

「……そうだったんだ」

思い出す。万姫さんの遺体を前に誰より動揺していた吉川さん。昨夜、伊鶴くんと密談していた相手の声はくぐもっていて聞き取りにくかったけれど、あれはもしかしたら彼のものではなかったろうか。

　僕を摑《つか》み上げながら吉川さんが声を上げた時、昨夜聞いたものと同じだと気付かなかったのも、彼の声が怒りのあまり割れ、別人のように響いたからなのかもしれない。

「吉川さんは、壱六八家への忠誠心が特に高い、ということですね」

「そうだよ。姫菜が自死した後も屋敷に残って子供たちを見守っていた。幼馴染みの忘れ形見を守りたかったんだろう」

　御津代さんの声は静かで、やっぱり千姫さんと話し方がとてもよく似ている。

「あれには今日一日休むように伝えたが、興奮していて何をするか分からないから、客人は少しの間気を付けた方が良いだろうね。何かあっても、次もまた止められるとは限らない」

「……勘弁してほしいです」

「だろうねぇ。だけど、仕方ないよ。あの男は一途《いちず》で真面目《まじめ》で融通が利《き》かない」

「体調は大丈夫なんですか」

　横になったままとはいえ、よどみなく語り続ける御津代さんの声には疲労が滲《にじ》む。休んだ方が良いんじゃないかと思って言ったら、彼女はようやく、天井に向けていた視線を僕に移した。

「良くはないが、構わないよ。どのみち私はもうそれほど長くはないだろうからね。時折息が詰まって、呼吸が出来なくなる。島に新しい子供が生まれても、今の私では人形を作るのは難しいだろう」

「……病気のせい、ですよね」

　壱六八家の当主は、島で生まれた人間を模した人形を作る。先祖が呪詛《じゅそ》の為に人形を作っていた技術を引き継いで。それは今なお当主としての大切な役割なのだろう。

　だけど確かに今の御津代さんではそれは難しい。僕は確認するように尋ねたものの、御津代さんはそれに答えず、ただ軽く、何度か苦しそうに咳き込んだ。

「私が客人を呼んだのは、他でもない。三嶋古陶里の友人だというお前さんに、話しておきたいことがあったからだよ」

「僕に、ですか」

「ああ。お前はもうとっくにこの家の厄介事に巻き込まれている。だとしたら、知っておいたほうが良いだろうし、何も知らないまま殺されそうになるのも理不尽だろうからね」

　古陶里を、そしてその友人である僕を厭《いと》うているのは壱六八家の人間のはずだ。その代表であり当主である御津代さんの奇妙な気遣いに、僕は何となくおかしくなった。

「理不尽だとおっしゃるんですか、この僕に。古陶里の友達で、彼女を探すために島に来た僕に。もしかしたら……古陶里と一緒になって壱六八家の人たちを殺そうとしているのかもしれないのに？」

僕の言葉に、なぜか横にいた千姫さんがぎょっとしたように身を震わせたのが伝わってきた。彼女はそれくらい僕の近くに座っていたのだ。

「客人は、自分を信じるなというのかい？」

「そうじゃありません。ただ、どうして御津代さんは、僕を心配してくれるんだろうかと不思議で」

そもそも……さすがにそこまでは口に出さないけれど、御津代さんが本当に僕を信じてくれているのかも疑わしい、と思う。こんなふうに言ってくれるのも、信用してくれているからではなく、何か別の思惑があってのことかもしれないのだ。

すると彼女は仮面に空いた二つの穴の向こうからじっと僕を見つめ……その瞳《ひとみ》がぎょろりと動き、思わず僕が肩を震わせた途端、御津代さんは重たそうに腕をあげて僕を手招いた。

「近くに」

……いいんだろうか、と思いながら千姫さんを見ると、彼女は難しい顔をして僕ではなく御津代さんを睨んでいた。真意はわからないけれど、それでも千姫さんは伯母を止めるつもりはないみたいで……そもそもこの屋敷の主である御津代さんには逆らえない、という絶対的な法でもあるみたいに、ぴくりとも動かない。

だから僕は、少しだけ迷いながらも膝《ひざ》を立てて、御津代さんににじり寄った。それから半身を折り曲げるようにして御津代さんのお面に耳を近付ける。

「ひとつだけ教えてやろう」

そして。お面の中から聞こえたくぐもった声は、僕に確かにこう言った。

「先代の壱六八家当主、私の弟の真人は持病の悪化で亡くなったことになっているが、本当はそうじゃない。弟は殺されたんだよ。壱六八家の子供たち……自分の娘や息子たちにね」

*****

先代の壱六八家当主は殺された。それも、自分の子供たちに。

けれど衝撃的な告白を耳にしたその直後、外に出ていた医者が再び座敷に入ってきて、すぐに出ていくように言った。今聞いたばかりのとんでもない告白の真意を確かめたかった僕は、何とかその場にとどまろうとしたものの、

「ご当主を休ませてください」

と医者に懇願されてはさすがに我儘《わがまま》も言えず、結局は千姫さんと一緒に部屋を出ていくことになった。御津代さんは、正直なところまだ客と面談できるような状態ではない

のだと言う。

　確かに仮面の奥から聞こえた苦しそうな息づかいは、御津代さんに休養が必要であることの何よりの証明で。この対面が叶《かな》ったのは、あくまで御津代さんが「どうしても」と僕を呼んだからだったのだと、医者は重ねがさね言った。

　……御津代さんの座敷を出た僕と千姫さんは、そのまま大人しく僕の荷物の置いてある和室に戻ることにした。用件は済んだものの、何とも釈然としない気持ちの悪さがもやのように胸の奥に漂っている。

　彼女が無理を押してまで僕を呼んだのは、自分の弟である先代当主の死の真相を僕に伝えたかったからだろうか。だが、何のために？

　先代当主であり、古陶里や千姫さんたちのお父さんである壱六八真人さんは、今年の夏に病死したという。壱六八家の人々は生まれつき疾患を抱えていて、それが原因で大半が夭折《ようせつ》する……誰もはっきりとは言わなかったけれど、その死は当然のことながら壱六八家が抱えている呪いによるものだろう。

　確か昨日、御津代さんの部屋に初めてお邪魔した際に、真人さんには弟が、御津代さんには姉がいた……というような話を聞いたように思う。

『一族には、長らく一人子は生まれていなかった。伯母も父も、今は亡《な》くなってしまったけれど、双子の姉と弟を持って生まれて来た』

一度聞いただけだったけど、確かにそう話していた。事実、双子のうちの長子を跡取りに定める壱六八家で、御津代さんの弟である真人さんが跡取りになるためには「御津代さんが双子の妹」であり「真人さんが双子の兄」でなければ成立しないのだ。

そして、御津代さんの双子の姉、真人さんの双子の弟も早逝《そうせい》した。だからこそ真人さんが今年の夏に亡くなったという話にも、僕は違和感を覚えなかった……壱六八家と死の呪いは、他の呪殺島の一族より生々しく身近にあるものだったから。

けれど、違った。彼は呪いによる「病」によって死んだのではなく、殺された。それも、万姫さんや千姫さん、和亀くんや伊鶴くん達の手によって……否《いな》、彼女の言う子供の範疇《はんちゅう》には、もしかしたら古陶里も入っていたのか？

彼女がなぜそれを僕に告げたのか、残念ながらその真意を問いただすことはできなかった。実際に僕の目から見ても彼女は疲れていたし、聞いたところで本当のことを話してくれたかどうかもわからない。

だけど……このタイミングで僕にそれを告げた、というのは、必ず何らかの理由があるはずなのだ。

僕はちらりとすぐそばを歩く千姫さんを見る。奇妙なことに、彼女は何とも言えないような難しい表情をしてはいたものの、御津代さんのいる座敷を出てから一度も僕に話しかけてこなかった。

だけど、彼女もまた父親殺しに関わっているのだとしたら……その理由は何だ？　子供たちが父親を殺さなくてはいけない理由。単純な跡目相続争い？　いや、だとしたら今、当主代理を御津代さんが務めている理由が分からない。そもそも手を下さずとも、いずれ真人さんは病によって命を落としたはずで、あえて子供たちが親殺しをする必要もない。

……何故《なぜ》、真人さんは殺された？　それはもしかして、古陶里が島に来たことに関係があるのか。

そういえば、とふと思い出す。今年に入って古陶里の様子がおかしくなった時期があった。やたらと僕を心配して、バイトを休むように言ったり、情緒不安定になったり。あれもまた、夏だった。だとしたら、古陶里は自分の父親が殺されたことを知り、精神的に参っていて……それが理由だとしたら……。

（自分の父親が、仲が良いとは言えない姉弟たちに殺されたのだとしたら）

古陶里は……それをどうとらえたのだろうか。

彼女が父親について語ったことはないし、そもそも父親がいることすら僕は知らなかった。だから古陶里と父親の関係がどんなものであったのかは分からないし、実際にあの夏、僕が知らない所で何が起きていたのか、僕には想像もつかない。

だけど、古陶里が島に来たのも、壱六八家の子供たちが殺された事件も、すべてはそこに……壱六八真人さんが殺されたことに起因するのだとしたら……。

僕が島に来てすぐ遺体が見つかった、次代当主の壱六八万姫。そしてつい数時間前に遺体で発見された壱六八伊鶴。二人が殺されて、今現在生きている壱六八家の子供たちは、ここにいる千姫さん、そして「長子」を跡取りに選ぶというしきたりに従い次代当主となるであろう和亀くんの二人……否、三嶋古陶里の三人だけ。

もしかしたら御津代さんは、この三人に気を付けろ、と告げたかったんだろうか。だけど殺されたのは子供たちの方で、気を付けるべきは彼らなのに。

（一体、何が起きてるんだ。この島で）

誰が犯人で、誰が被害者で、誰が狙われていて、その原因は何なのか。

御津代さんは恐らくそれを知っている。万姫さんが殺され、伊鶴くんが死んだ理由も、犯人も、すべて知っていて、静観している……？

そこまで考えた時、不意に僕の胸にひらめくものがあった。

「千姫さん」

荷物を置いている座敷につくなり、僕はずっとそばにいた千姫さんに話しかけた。

「お願いがあるんです。あの、日本人形がたくさん並んでいた部屋に連れて行ってもらえませんか」

「……人形の部屋に？」

「はい。いけませんか」

立入禁止だと言われたら仕方がないし、もしかしたら、千姫さんはもう気付いているかもしれない。だけど僕にはどうしても確認したいことがあった。

「別に構わないわ。もっと早く言えば良いのに、人形部屋は伯母の部屋の近くにあるから」

とうの昔に通り過ぎた、もう一度同じ廊下を通るのは面倒だと千姫さんは言いたいのだろう。けれどその声には、言葉通りじゃない、僕の真意を探るような響きがあった。

気のせいかも知れないけれど。

4

壱六八家の祖先はかつて、人形を使って人を呪い、操った呪術者《じゅじゅつしゃ》の一族だったという。人でありながら魂を扱い、人ならざる世界に関与した罰と、長年の呪術のせいで凝り固まった業《ごう》を負い、今の世に生き延びた。

そして、その呪物として存在していた日本人形を、彼らは今なお作り続けている。壱六八島に暮らす人々はみな自らの分身のような日本人形を持ち、それらはすべて壱六八家の一室に納められている……。

昨日、初めてその部屋に足を踏み入れた時は、本物の人間が死人のように表情を失《な》くして並んでいるような光景に驚き、ひっくり返ってしまったけど、さすがに二度目は大丈夫だろう。

そう覚悟を決めていたのに、昼でも足元の照明だけが頼りのぐるぐるとした迷路のように奥へと続く廊下を進み、その座敷の前にたどり着いた時、僕は背筋にひやりとするものを感じた。

……紫外線を避けて暮らす必要がある御津代さんの部屋は、庭に面していない窓すらない場所にある。日本人形が並ぶ座敷はそのすぐそばにあるから、陽の射《さ》さないその場所は、ただでさえ真冬の凍えるような季節の中で氷室《ひむろ》のように冷えている。靴下を履いていても、まるで床が氷で出来ているんじゃないかと感じるくらいに。

「どうぞ」

そう言って千姫さんが硝子戸《ガラス》を開けると、僕は白い息を吐きながら座敷に一歩踏み入る。廊下でも十分に寒かったのに、座敷の中には濃密でむせ返るような闇《やみ》が満ちていて、僕らの吐く息は唯一《ゆいいつ》の生の証《あかし》のように可視化された。ふわりと白い息を浮かせて、千姫さんはそっと背後の硝子戸を閉める。

「昨日来た時に気付いたでしょうけど、この部屋に明かりはないの。だから昼でも暗いわ」

最初に来た時、僕はここに本能的な拒否感を覚えた。ここにいてはいけない、というような、絶対的な感覚だ。

だけど今はそこまでの恐れは感じない。ここに何があるのか、何の部屋なのかを知っているからだろう。

それでも背筋がゾクゾクする感覚は同じで、僕は身震いしながら一歩踏み出すと、座敷の奥にぼんやりと見える大小さまざまな人の形をしたものに視線を向けた。

「これが、島の人達の人形……」

部屋の壁にもたれかかるように並ぶ人形たちに、更に重ねて置かれた人形たち。それらがまるで身を寄せ合うようにして壁にぎっしりともたれているのは、いずれも人間のようにしっかりとした四肢を持っているからだ。一メートルもない人間よりも少し小さなものばかりだけれど、その全員が着物を身にまとっているのが時代錯誤な印象だった。千姫さんの言葉を信じるなら、ここには島人全員を模した人形が並んでいるはずなんだけど、近代的な衣装を身に着けている人形がひとつもないのは、もしかしたら古くからのしきたりか何かなのだろうか。

彼らの人形が成長のどの段階で作られるのかは分からないものの、よくよく見るとその顔は年齢を感じさせないものばかりだ。つやつやとした黒髪をつければ若々しく、白髪をかぶせれば老人に見える。人形特有の、そんな顔立ち。

今の壱六八家当主は、いちからではなく土台となる人形の型があり、それを利用して新しく人形を作る……と話していたのを思い出した。微妙な顔の違いこそが「当主が手を加え、命を吹き込む」部分なのかもしれない。

それにしても、さほど大差のない顔立ちの人形を見て、島の人達はどれが自分の顔を模したものか見分けがつくんだろうか。そう思いながら近付くと、中でもひときわ大きく、等身大サイズの人形が複数並んでいるのが視界に入った。

壱六八家の人形だ。

「何を調べたいの？」

黙って人形を見つめる僕に、まだ座敷に入ってすぐの硝子戸の前にいた千姫さんが言った。声は単調で、彼女が何を考えているのか相変わらず匂《にお》わせない。

「用があってここに来たんでしょう」

「ここにある人形は、形を模した本人が亡くなると燃やされるんですよね」

「ええ。龍力寺でお焚《た》き上げされるわ。それがどうかした？」

「だとしたら、壱六八万姫さんと伊鶴くんの人形も、もうお寺に運ばれたんですか」

尋ねると、千姫さんは少しのあいだ沈黙し、それから「いいえ」と首を振る。

「姉も伊鶴も、遺体が戻ってくるまでは葬儀が出来ない。だからそれまで人形のお焚き上げも出来ず、この座敷に安置されたままよ」

「……古陶里の人形はあるんですか？」

再び、千姫さんが沈黙する。僕は重ねて言った。

「僕がこの島に来た直後、崖《がけ》から遺体が吊り下げられていた時に、古陶里は死んだと思われていた。だけど葬儀が行われていないのなら、古陶里の人形はそのままここにあるはずです」

「…………」

千姫さんは何も言わない。ただ、黙って僕を見つめている。

暗闇の中で光る彼女の双眸《そうぼう》は、まるで僕を射抜くかのようだった。けれどその輝きの中に、一抹の不安、動揺が混じっていることを僕は感じ取る。

「探しても良いですか？　それとも古陶里は……壱六八家に嫌われた一人子だから、人形を作ってもらっていなかった。なんてことはないですよね？」

「…………」

千姫さんは答えない。そこに、僕の中でもやもやと形にならなかったものが集約され、凝固していくような感覚を覚えた。

多分、千姫さんはこれ以上何を言っても答えない。そう確信して壱六八家の人達を模した人形を見る。性別も年齢も感じさせない人形ながら、それぞれ微妙に特徴があり、違っている人形の顔を。

長い黒髪を伸ばした女性の人形。これは多分、壱六八万姫さんだろう、昨日千姫さんが「姉の人形」と言っていたものだ。

そして、似てはいるものの黒髪を短くぱっつりと切り揃《そろ》えた人形。こちらは千姫さんだろう、姉と区別するために自分は短く切っているのだと、千姫さんが話していたことを思い出した。

そして、その隣にあるのが二体の男子の人形。これは和亀くんと伊鶴くんのもの、どちらも色眼鏡のような硝子の丸眼鏡をかけていた。

長い黒髪をぴっちりと後ろでまとめた人形は、恐らくは御津代さんのもの。これで、僕が知る壱六八家の人々の人形はすべて確認できた。だが、肝心の古陶里の人形がない。いくら関係性が複雑であっても、古陶里は壱六八家の人間のはずだから、大きさも置かれている場所も、そこまで違っているとは思えないんだけど……。

「あれ？」

しばらく人形たちの間を探っていたからだろうか。最初こそ不気味でびくびくしながら見ていたのに、そのうち暗がりにも人形にも目が慣れてきた。遠慮なく人形を横にどけて、奥にある、壱六八家の人達とは違う小柄な人形を見ていたら、彼らが背にしていた座敷の壁につきあたった。

よくよく見ると、それは壁ではなく、しっとりとした木製の箪笥《たんす》だった。一番下が引き戸になっていて、閉じられた戸の隙間から、何か、布のようなものがはみ出している。

何だろう、と思って手を伸ばし、引き戸を開ける。中には大きな風呂敷《ふろしき》包みが二つあって、そのどちらもごつごつとした大きなものを包んであった。

「え？」

ずるり、と手前にある包みを引っ張り出すと、僕は遠慮なく風呂敷を開く。すると厳重に包まれていたその中から、変形した日本人形がごろりと出て来た。

……それは、島の人たちと同様に少し小さめに作られた日本人形で、さらさらの黒髪に、可愛い梅柄の着物を着ていた。ぱっちりとした目は愛らしく、これまで見て来た人形とさほど顔立ちは変わらないはずなのに、僕にはそれが誰なのかすぐに見当がついた。

「これ……」

「三嶋古陶里の人形よ。貴方が探していた」

不意に聞こえた背後からの声に、僕はビクッと振り返る。部屋の入り口に立っていたはずの千姫さんが、いつの間にか僕の真後ろに立っていた。

「あったでしょう？　彼女の人形も」

「なんで壊れてるんですか」

取り出して、おかしな方向に歪《ゆが》んだ四肢と首をもとの位置に戻そうとする。けれどそれは緩んでしまっているのか、すぐに力を失って不自然に曲がった状態になってしまう。

「それに、いつからこんなところに仕舞い込んで……」

「分からない？　三嶋古陶里は島の人間だから、もちろん人形は作ってあるけれど、壱六八家の人間があの子をどう見ているのか……それを考えればすぐに理解できるでしょう」

「……壱六八家にとって、人形は形代《かたしろ》と同じような物なんですよね」

　僕はもともと呪術なんかには詳しくなかったけれど、呪術マニアでもあった古陶里の影響で普通の人より少しは呪《のろ》いについて知っている。

　形代とは、紙を人の形に切り抜いて生きた者の「身代わり」にするものだ。人の代わりに呪いを受けたりもするし、同時に形代に何かあればそれを作った呪術師や本体の人間に悪い影響があると聞いたことがある。

　壱六八家にとっての日本人形は「形代」であり、古陶里の人形を壊そうとしたという事はつまり……その理由は容易に想像できて、僕は思わず人形を抱きかかえたまま背後の千姫さんを睨《にら》んだ。

「ただの人形じゃないことが分かっていてこんなことをするのは、古陶里に害意があるからですか。だから貴方《あなた》達は古陶里を殺そうと……」

「殺す？　誰がそんなことを言ったの？」

　ひやりとした声だった。感情を一切なくしたような冷たい眼差《まなざ》し、その迫力に、僕は思わず言葉を失う。

「和亀？　それとも伊鶴かしら。そんな馬鹿《ばか》げたことを貴方に吹き込んだのは」

「……古陶里はいつか壱六八家の人間を殺すかもしれない、壱六八家の一人子だと考えているんですよね。そして事実、壱六八家の人間が二人も亡くなり、その犯人は古陶里じゃないかって疑ってる。だとしたら殺してやろうと思ってもおかしくないんじゃないかと」

　千姫さんの態度にようやく我に返った。本当に僕は大馬鹿だ、こんなことを彼女に言って何の意味があるんだろう。事実であれば僕自身が危なくなるし、偽りなら闇雲に不快感を与えるだけ、これ以上悪い印象を持たれたって得なことなんて何一つないのだ。

　古陶里の人形が雑な扱いを受けていることは確かにショックだったけど、こんなふうに感情をぶつけるべきじゃない。何一つ得がない。僕はごくりと生唾《なまつば》を呑《の》み、千姫さんを見た。

「僕が言っても何の意味もないかもしれないけど、古陶里は本当に、人を殺すような人間じゃない。友達のために自ら危険だと分かっている場所に行き、どんな状況でも友達を信じられる子なんです。確かに万姫さんや伊鶴くんは何者かによって殺された、けど古陶里は犯人じゃないし、いくら壱六八家の人に嫌われてたって……」

　ずきん、と頭のどこかに鋭い痛みが走った。針で刺すような痛み。

何だろう、僕は眉をひそめながら抱き寄せるように膝の上に乗せた古陶里の人形をじっと見下ろす。

人を殺すような……そんな人間じゃない。古陶里は、確かにそうだ。誰も信じなくたって僕は知ってる。万姫さんや伊鶴くんを殺した犯人は他にいて、古陶里が姿を現さないのには何か別の理由がある。

『まだ終わっていないからだ。私がここに戻って来なくてはいけなかった理由、果たすべきことが』

あの時。古陶里はそう言った。時間にして数時間前、けれどもっと昔のような気もする、壱六八家の屋敷で再会した真夜中に。

『古陶里は……壱六八家の人達を全員殺すつもり？』

『仮に私がそうせずとも、彼らは私を殺すだろう』

耳鳴りがする。古陶里は何を隠している？　母親が自分を連れて島を離れ、壱六八家との関わりを断ち切ろうとしたのに、なぜ今このタイミングで命を狙われていることを承知しながら島に戻ったのか。

夏に父親が殺されたから？　そこで古陶里が「島に戻る」大きな理由が発生したのか。古陶里が父親の事をどう考えていたのかは知らないけど……復讐《ふくしゅう》ではないと信じたい。そんな理由でわざわざ自分が事件の発端になっただなんて。だって古陶里は僕が記憶喪失になって殺人の疑いを掛けられた時も、人を黄泉返《よみがえ》らせる不気味な秘術を執り行う島にいた時も、彼女は変わらず僕の味方であり続けた。真白が殺された時だって、復讐ではなく犯人の真意を探るために赤江島に渡った。そういう子だ。

　なのにどうして僕に何も言わず、再会した僕に頼ろうともせずに「島を離れろ」と言ったんだろう。どうして古陶里は……。

　僕は本当に、古陶里のことを何も知らないのか？　古陶里の行動の理由を知るすべを持たないのか？

『呪いや伝承の為《ため》に、子供が不幸になるなんて』

　記憶の中で、黙ったままじっと僕を見つめる古陶里の姿に何かが重なる。古陶里とは違う、柔らかな栗色《くりいろ》の髪をゆるく結んだ、優しい顔立ちの女性。

『島にいたら、貴方はきっと殺されていた。だからこれが正しいのよ。貴方はここで生きるの、誰よりも幸せになるのよ』

　女性の顔は、すぐに幼かった頃の古陶里へと姿を変える。子供の頃から聡明《そうめい》で、歳《とし》にそぐわずしっかりとしていた日本人形のような少女に。

『約束だ。私はずっと、お前のそばにいる』

　……くらりと視界が揺れる。まただ。昨日島に来てから、時々起きる眩暈《めまい》。まるで畳に引きつけられるみたいに僕の身体《からだ》が傾き、倒れる、というよりは自らその場に横になる。余りにも強い力に縫いとめられたように、僕はそのまま動けなくなった。

僕を見下ろしていた千姫さんが、ゆっくりと僕の前に跪《ひざまず》き、膝の上にあった古陶里の人形を取る。そしてまた、風呂敷に人形を包むと、もとあった棚の奥へと仕舞い込んだ。

「な……に、を」

「三嶋古陶里は貴方に島の事を話さなかったでしょう」

千姫さんが言った。

「だったら、島に関わってはいけなかったのよ。三嶋古陶里のためにもね」

「……何の、話」

視界がどんどん暗くなる。人形を戻した後、千姫さんが横たわる僕に手を伸ばすのが見えた。その白い手は真《ま》っ直《す》ぐに僕の首元に伸ばされ、そして……、

「誰か、誰かぁぁっ！」

鋭い悲鳴のような声が響き渡ったのは、その時だった。

「ご当主さまが、御津代さまが……！」

廊下から聞こえる声に、僕の意識は風船が割れるように覚醒《かくせい》し、千姫さんもはっとした顔で背後を振り返る。

咄嗟に立ち上がった千姫さんが硝子戸を開けると、同時に高梨さんらしき女性の、悲鳴のような声が再び聞こえた。

「息をしておられません、誰か、誰か来てーーっ！」

それは、御津代さんが息を引き取ったという報《しら》せだった。

5

現当主である壱六八御津代さんが亡くなった。僕らが部屋を辞した後しばらくして、乞《こ》われた高梨さんが御津代さんの身体を綺麗《きれい》に拭《ふ》いている最中のことだった。医者が席を外している時に突然苦しみ出して意識を失い、そのまま息を引き取ってしまったのだという。

壱六八万姫、伊鶴に続いて三人目の壱六八家の人間の死……それも現当主という立場にある人物の急死に、ただでさえ騒然としていた屋敷の中は混乱した。先に死んだ二人は他殺の可能性があることから司法解剖に回されたものの、事件性のない当主の死にはその必要がなく、だから壱六八家の人々は先送りになっていた葬儀の準備にすぐさま追われることになった。

「あまりにも急なことで、私、何もできなくて……」

医者を呼んだときには手遅れだったと高梨さんは言った。昨日から続く不吉な死に動揺し、混乱していた矢先の出来事に、あっけらかんとして明るかったはずの彼女はすっかり物静かになり、僕の給仕に現れた時も、真っ赤に腫《は》れた目で必要最低限のことしか話さなかった。

最後に会った時、御津代さんは既に自分の死期が近いことを察していた。けれど彼女は遺言状を残しておらず、漏れ聞いた使用人たちの話では「次代当主は決まり通り和亀坊ちゃんになるだろう」ということだった。

千姫さんの姿は、高梨さんの叫びを聞いて僕と御津代さんの部屋に駆けつけた後から見ていない。駆けつけた、と言っても、お医者さんと千姫さんが人工呼吸を行ったり、御津代さんの名前を呼んだりする中、邪魔にならないよう部屋に戻れと言われてすぐに客間に戻ったんだけど……飛び出して行った高梨さんが使用人たちを呼び集める中、僕が見たのは布団に横たわる御津代さんの胸元だけで、恐らくはお面を外しているだろう彼女の顔は最後まで見ることが叶わなかった。

しばらくは使用人たちが廊下を走り回る音や、大きな声で何か騒いでいるのが聞こえていたけど、僕は部屋を出ることが出来ずにいた。自らの意思じゃなく、高梨さんに「部屋の外に出るなと、坊ちゃんからの言いつけです」と言われていたからだ。

恐らくはまた、警察が来て色々と話を聞かれるだろう。こんなに続けて人が亡くなったんだから、いくら島の有力者とはいえ、警察が本格的に事件に介入し始めてもおかしくはない状況なのだ。だとしたら、部外者の僕が色々言われそうだし……だけど、古陶里が見つかるまではあくまで「家を離れるな」と壱六八家に保護されたままになるんだろうか。

　状況が分からないのがもどかしい。見張りはいないけど、使用人か身内が屋敷の中をしょっちゅう行き来しているし、何より高梨さんが定期的に様子を見に来るから、バレずに出ていくのも難しかった。僕は悶々《もんもん》とした気持ちで部屋に座り、久しぶりに久保田女史から預かった古陶里の手紙を読み返す事にする。

　何となく、僕はとても重要なことを忘れてしまっている気がする。

　島に来てから何度となく甦《よみがえ》る、子供だった頃の記憶。古陶里の母親である三嶋桜さんと古陶里、二人の顔や声がぼんやりと浮かぶのに、僕自身に当時の確かな記憶はない。肝心な部分は何も覚えていないのだ。

　そもそも僕は古陶里の母親の顔なんて一度も見たことがないと思っていた。だけど、恐らくは彼女が古陶里を施設に連れて来た時、僕と会っている。それだけじゃない、何か大切なことを頼まれた気がする……。

「まさかとは思うけど、これ、記憶障害ってヤツ？」

　去年の夏、僕は初めて足を踏み入れた赤江島で後頭部を殴打《おうだ》され、一時的に記憶喪失になった。目の前で女性が亡くなり、その凶器を持ったまま気を失っているところを発見されたものの、何故そんな状況に陥っていたのか……自分が彼女を殺したのかどうかすら思い出せなかったのだ。

幸いなことに赤江島で過ごすうちに記憶は戻り、僕は僕を取り戻した。秋津真白は亡くなった親友の名前であり、彼の為に島に渡ったこと、三嶋古陶里もまた同じ目的をもって島を訪れた親友であること……全部を思い出し、そこで起きた事件の犯人を特定し、ようやく日常が戻って来たのだと思っていた。実際にはその後も別の呪殺島で事件に巻き込まれることになるんだけど。

……それでも、自分がまだ何かを忘れたままだなんて思ってもいなかった。そもそも最近の記憶に問題はなく、思い出せないのは恐らく、幼少期の……古陶里や僕自身が施設に預けられた当時のものだけだったから。

幼い頃の記憶だし、記憶障害だなんて大げさかもしれない。幼少期の記憶をなくしている大人なんていくらでもいるだろう。

だけど、この心の奥に残るしこりのようなもの、時折頭のどこかがずきんと痛むこの感覚は、失った大切な記憶を僕自身が「早く思い出せ」と急《せ》かしているようで。

「何を忘れてるんだ、僕は」

古陶里が僕に黙って島を訪れた理由、再会しても事情すら話さず「帰れ」と突き放した事情、そこには僕が失った記憶が深く関わっているんじゃないだろうか。

僕が忘れてしまっているからこそ、古陶里は「巻き込みたくない」と判断して、母親と一緒に逃げ出した故郷の島に戻った。そんな可能性もあるんじゃないのか？

「くっそ、しっかりしてくれよ、僕のポンコツ頭――っ」

がんがん、と両方の拳《こぶし》で頭を叩《たた》いていたら、不意に「失礼します」と廊下から声が掛かった。僕は咄嗟に古陶里の手紙をリュックに突っ込み、何事もなかったように座布団に戻って正座する。

「秋津さん、いらっしゃいますか」

「はい、ええと」

声は高梨さんのものじゃなかった。男性の……もっと、低い声。

僕がそう気付く前に、襖《ふすま》ががらっと開いて男性が入って来た。思わずひゅっと息を呑む。そこにいたのは、今朝、僕の首を絞め上げた危険人物、壱六八家秘書の吉川さんだったのだ。

「今朝は大変失礼しました」

怯《おび》える僕に、吉川さんは座敷に踏み入るなりすぐに土下座してきた。まだ葬儀の準備中のはずだけど、既に真っ黒なスーツに身を包んでいる。

その潔《いさぎよ》いほどの謝りっぷりに、僕は逆に焦《あせ》り、あ、いや、あの、とへどもどしてしまう。

「あ、頭を上げてください。もう大丈夫ですから」

「……壱六八家に仕えるものとして、客人に手を上げるとは、考えられないほど失礼なことをしてしまいました。本当に、申し訳なく」

「し、仕方ないです、家の人が急に二人も亡くなって……あの時は吉川さんも動揺してたんですよね？」

　自分より年上でしっかりとした社会人男性が、僕みたいな大学生に本気で頭を下げている姿は気まずいし、何より怖い。だから必死になってそう言うと、彼はようやく顔だけ上げて、もう一度深々と頭を下げた。

「ありがとうございます。確かに私は、動揺していました」

「千姫さんから聞きました。先代の奥さんのお友達だったって。だとしたら万姫さんや伊鶴くんのことも、大切に思ってらっしゃったんだろうなと」

「…………」

　再び頭を上げた吉川さんの顔は、能面のように固まっている。千姫さんとは別の意味で何を考えているのか分からない表情だった。

「あの、それで、どういったご用件で……もしかして、また事情聴取とかですか？」

「いえ。御津代様が亡くなった事は、まだ警察に連絡していません。代理とはいえ当主が亡くなったのです、これ以上、壱六八家の内情を調べられたくない、というのが和亀坊ちゃんのお考えです。それもあって屋敷の中が慌《あわ》ただしく、夕食の支度が少し遅れると高梨から言付かりまして……時間が空くので、もしご希望があれば湯殿の準備ができています、とのことですが」

「お風呂《ふろ》ですか」

咄嗟《とっさ》にスマホの時間を確認すると、時刻はちょうど午後五時。

そういえば、昨日この島に来てからシャワーすら浴びてない。寒いから汗だくになることはないけど、山道をうろついたり、色んな事が重なったせいもあって、もしお風呂を借りられるなら物凄《ものすご》く有難い。何より体もあったまるし。

「入れるならすごく嬉《うれ》しいです。でもこんな時に、お言葉に甘えても良いんですかね。皆さんお忙しいのに」

「もちろん。私がご案内しますので、お支度をどうぞ」

言われて、僕は慌ててリュックの中の下着や歯ブラシ等が入っている袋を取り出す。タオル類は風呂場に用意してある、と吉川さんが教えてくれたので、僕の準備はそれだけで十分だった。

……座敷を出て、てっきり案内されるのは壱六八家の玄関に近い、いわゆるリフォームした区域かと思ったんだけど、どうやら屋敷の奥にも昔ながらの風呂場があるらしく、僕に用意されたのはそこらしい。

吉川さんがどんどんリフォーム前の屋敷の奥へと歩き出した時、正直、嫌だなぁと思ってしまった。もちろんそこは避けてぐるりと廊下を回りはしたけれど、その付近には亡くなった御津代さんの座敷や、あの日本人形が安置されている部屋があったからだ。

何より、相変わらず感じるこの重い空気……御津代さんという「主」が亡くなった後だからだろうか、当初からあったどんよりとした空気がますます澱《よど》み、肌から伝わって体全体に染《し》みわたるような気がした。こうなってくるともう、毒素みたいだ。

無言で廊下を先導する吉川さんの背中からは、話しかけにくい「圧」みたいなものが漂っていて、まるで森の奥に誘《いざな》う物《もの》の怪《け》みたいな不気味さがある。こう言っては失礼だけど、やっぱり一度襲われた恐怖と言うか、先入観って消えないもんだよなぁ……親切で案内してくれているはずなのに、処刑場に連れて行かれる囚人になった気分。

時々、忙しそうに走り回る人とすれ違う事があって、吉川さんに聞くと、葬儀の準備のために島の人達に来てもらっている、ということだった。僕が壱六八家に来て紹介されたのは、高梨さんと吉川さんだけ。他に二人ほど使用人らしき女性を見たけど、さすがにこのところの事件続きで、急遽《きゅうきょ》人手が必要になったらしい。こんな時は島の人達が来てくれるのだと、吉川さんはぼそぼそと言った。

やがて、僕は座敷の一角に作られた風呂場に到着した。辺りに座敷はなく、旅館の風呂場みたいに広い作りになっている。入り口に着替えのためのスペースがあり、引き戸を開けると古い五右衛門《ごえもん》風呂みたいな浴槽が現れた。

「あれ？」

着替えの前にちょっと浴室を覗《のぞ》いたつもりが、僕は嫌なことに気付いた。

さっき吉川さんは、風呂の準備は出来ている、みたいなことを言っていた。だけど不思議なことに、狭い浴室の中は冷え切っていて湯気一つなく、風呂場特有の熱気も伝わってこないのだ。

「吉川さん、お風呂の準備ってまだ……」

言った瞬間、不意にどん、と突き飛ばされた。靴下のままよろけて浴室に入った僕は、すべりそうになって慌てて浴槽のふちに手を突き、何とか転倒を免れる。

だけど安堵《あんど》してる場合じゃなかった。僕を突き飛ばした吉川さんが、自らも浴室に入って来たからだ。

「え？」

「……お前は壱六八家を壊す不吉の象徴だ。お前のせいで、御津代様まで死んだ。万姫お嬢様も、伊鶴坊ちゃんも……」

低く、呪詛のように紡《つむ》がれた言葉に、僕は瞠目《どうもく》する。俯《うつむ》き、ゆっくりと僕に近付いてきた吉川さんの目は、ほの暗く光っていた。

「よ、吉川さん？」

「姫菜さまはよぉくご存知だった。お前や三嶋古陶里がいずれ壱六八家を壊す、と。最初にそう仰《おっしゃ》られた時、真人さまは笑っておられたが、私には分かっていた。あの方は知っていらしたのだ。この恐ろしい壱六八家に嫁ぎ、それでもなお子供たちを守ろうとした。それなのに、私は、私は……」

「え、と、吉川さん？　落ち着いてください、あの」

「へええ、面白いことになってるな」

吉川さんの様子が尋常じゃない。御津代さんの「客人は少しの間気を付けた方が良いだろう」という言葉を思い出し、無意識のうちに震える声で何とか制止しようとしていたら、吉川さんの背後から声が聞こえた。若いのに尊大で、人を見下すような話し方。

はっとして見ると、浴室の入口に腕組みしながら和亀くんが立っていた。色眼鏡の向こう側にある眼差しは細められ、どこかこの状況を嘲笑《あざわら》うように僕らを見ている。

「か、和亀くん」

「吉川。お前の言う通りだ。そいつや三嶋古陶里のせいで、万姫姉も伊鶴も死んだ。このままじゃ、俺や千姫姉も殺されるぞ」

「ちょっと！」

助けを求めようとしたのに、和亀くんはむしろ、吉川さんをあおるように言い放った。

吉川さんは一瞬だけ驚いたように和亀くんを振り返ったけど、すぐに僕に向き直ると、じり、とこちらに近付いてくる。

「仕方ないよなぁ。三嶋古陶里やお前が島に来てから何もかもがおかしくなったんだ。お前たちさえいなければ……万姫姉も伊鶴も死なずに済んだ。お前さえ消えてくれれば」

「そ、そんな馬鹿な、僕は誰も殺してないし、古陶里だって」

「これは壱六八家当主たる俺の言葉だ。吉川、そいつを始末してやれ」

言うなり、和亀くんは一歩下がると浴室のドアをぴしゃんと閉めた。そのまま戸越しに見える彼の影がゆっくりと遠ざかって行く。

僕は愕然《がくぜん》とし、目の前に立つ吉川さんを見上げた。冗談だろ？　いくら古陶里が憎いからって、まさか知り合いだって理由だけで僕を殺すのか？　否、殺すように命令するのか？

和亀くんも吉川さんも正気じゃない。狭い浴室の中、逃げ場がないながらも僕は吉川さんの視線から逃れるように後退した。けれど吉川さんは完全に正気を失った顔で僕を睨み付け、瞬《まばた》きもせずに僕を狙《ねら》って……、

「ま、待って！」

咄嗟に僕は叫んだ。このまま殺されるわけにはいかない。

「本気で僕を殺すつもりですか？　やっぱり貴方だったんですね、昨日の真夜中、伊鶴くんと二人で話し合っていたのは。古陶里を殺そうとしたけど、万姫さんの遺体と入れ

替わっていたとか、古陶里を探し出して始末しろとか……物騒な話をしていた、あれは本当だったんだ」

「聞いていたのか」

　ようやく吉川さんの表情が変わる。正気を取り戻したみたいに真顔になり、けれど、それはすぐに再び憤怒《ふんぬ》の表情に切り替わった。

「……そうか。だからお前は伊鶴坊ちゃんを殺したんだな。あの話を聞いていたから……なぜ、なぜ坊ちゃんを狙った！　どうせなら私を殺せば良いものを、お前は」

「え？　いや、ちがっ、僕は伊鶴くんを殺してなんか」

　慌てて否定したけど、吉川さんはまったく聞いていなかった。もはや完全に我を失った悪鬼のような表情で飛びかかり、僕の首を両手でつかむ。今度は絞め上げるんじゃなく、完全に喉《のど》をつぶすような勢いだった。

「うっ……ぐ、」

「最初に殺しておけば……三嶋の娘もお前も、壱六八家に災いをもたらす鬼だ。知っていたのに、私が迷ったせいで三人も亡くなった。お前を殺して償わなくては」

　駄目だ。本気でこの人おかしくなってる。

　ぐうっと喉が鳴り、急速に両手で首を絞められて目の前が次第に暗くなってきた。覆《おお》いかぶさってくる吉川さんを咄嗟に足で蹴《け》ったものの、ほとんど力が入らず、むしろ自分の身体を支えきれなくなっただけだった。

急速に死が近付くのを感じながら意識が遠のき、吉川さんの太腿《ふともも》を蹴ったせいでぐらりと足場のバランスが崩れる。膝がくっと崩れ、僕は浴槽の中に背中から倒れ込む……拍子に、一緒に体勢を崩した吉川さんが浴槽の縁に半身をぶつけて「ぐっ」と呻《うめ》いた。

同時に僕の首を絞めつけていた両手から、かすかに力が抜ける。

それはもう、ほとんど本能だった。これを逃せば助からない、そう身体が反応して、僕は吉川さんを浴槽に押しつけるようにして身体ごとのしかかり、その衝撃で完全に手を離した吉川さんが反撃する前に、浴槽の縁に手を突きながらふらふらと身を起こし、必死で浴室の外に出る。

「ぐっ……げほっ、ごほっ……」

そのまま入口に跪いたけど、背後で吉川さんがくぐもった声を出しながら立ち上がるのが見えて、慌てて立ち上がる。まだくらくらして全身に力は入らないものの、僕はそのまま廊下に出て、一番近くにある庭園へとまろび出る。

どこから外に出ればよいのか分からない。血流が止まっていたせいか、頭が真っ白でうまく働かないし、ただただ死にたくない、という気持ちで庭園を取り囲む塀まで走った。それから初めて歩く庭園の端に立ち、塀の隙間《すきま》を探す。

……どうやって逃げたのか、その後の記憶はほとんどない。恐らくは裏庭の出口を探り当てたと思うんだけど、気付けば僕は屋敷の外に出て、見覚えのある森の中を歩いていた。龍力寺に向かう際に千姫さんと歩いた、あの森だ。

足取りはふらつき、浅い息しかつけないからまともに走れなかったけど、僕はとにかく逃げた。壱六八家から、吉川さんから。今にも追いつかれそうで足を止めることは出来ず、まともに道も分からないのにただただ少しでも開けた木々の隙間を縫うようにして進む。

ふと、ずきずき痛む喉がようやくまともに酸素を取り込み出したことに気付いて、僕は足を止めた。森の木々の幹に手を突き、後ろを振り返った時、遠くから歩いてくる人影が見えてぎょっとした。吉川さんだ。

まずい、追いつかれる。そう思って前に進もうとしたら、急にぐいっと腕を引かれた。

「……っ！」

「落ち着け、私だ！」

咄嗟に振り払おうとした僕は、聞き覚えのある声に叱咤《しった》されてはっとした。恐る恐る見ると、木の陰に隠れるようにして立ち、僕の腕をしっかりと摑《つか》んでいたのは古陶里だった。

古陶里だったのだ。

「こ……とり」

「だから島を離れろと言ったのに。お前は、本当に言う事を聞かない」

「勝手な事……お前、あの時、僕の頭を殴ったのか？」

「……そんなことより、私が足止めをするからこっちに逃げろ」

冬の日暮れは早い。既に辺りは暗くなり始めていた。言いたい事が沢山あって、でも混乱して言葉につまっていると、古陶里は僕の腕を掴んだまま吉川さんの姿を確認し、言った。

「ここから真っ直ぐ進めば龍力寺がある。私の祖父はもしかしたら不在かもしれないが、中に入れれば隠れる場所もあるはずだ。そこに行け」

「足止めって、何するつもりだよ。あ、相手はプッツンして火事場の馬鹿力発揮してるおじさんなんだぞ!?」

僕より華奢《きゃしゃ》で力も弱い古陶里に対抗できるわけがない。それなら僕も一緒に、と言おうとしたら、古陶里はばしっと僕の腕を振り払うように離した。

「そんなふらふらしている癖に、足手まといになるだけだ。あいつが本気なことは承知している、その上で言ってるんだ。こちらにも考えがある」

「考え？　なんだよ、そんなものがあるなら僕も一緒に」

「何度も言わせるな、足手まといだ！　いいから行け！」

　思いのほか大きな古陶里の声が辺りに響き渡り、こちらに近付いてくる吉川さんが、はっと気付いたように駆け寄ってくる速度を上げるのが見えた。もう時間がない、と言って古陶里が僕を突き飛ばし、再び叫んだ。

「行け！」

……森の中、一度しか通っていない道なんて分からないし、龍力寺がどこにあるのか見当もつかない。けれど古陶里が指さした方向に向かって僕は力の限り走った。時折背後を振り返り、夕闇に沈み始めた森の中に古陶里と吉川さんの姿を探したものの、それらしきものは何も見えず……だから僕は、今の自分がいかに役に立たないかを自覚しながら前に進むしかなかった。

　そうして枯れた草木に足を取られながら歩いて行くと、やがて、前方に一度見た事のある石の階段がぼんやりと浮かび上がってきた。『龍力寺』と書かれた碑《いしぶみ》があり、階段の上には山門も見える。

　たどり着いたのだ、龍力寺に。

　全身の力が抜けるような気がした。

6

息も絶え絶えになりながら、僕は何とか階段を登り、仁王像の守る山門をくぐる。門は開いていて、驚くほど簡単に中に入ることが出来た。

ひどく寒いのに、乱れる息と共に幾筋も額から汗が流れていく。そういえばお風呂に入るつもりだったからダウンを着ておらず、寒がりの僕にはかなりつらい状況であるのにもかかわらず、僕はそれまで自分がどんな状態なのかすら気付いていなかった。

「……住職、は」

いないかもしれない、と古陶里は言った。でも出来れば古陶里を助けるために協力してもらいたい。この島の警察がまともかどうかは分からないけれど、もし可能なら連絡して、救助を求めたい……無駄だろうか？　だけど、とにかく僕は助けを求めたい一心で寺の中をずんずん進んだ。

けれど残念ながら寺の中に人の気配はなく、僕は寺の庭をぐるぐる歩くことしか出来なかった。

どうしよう。方丈に入れたら、中に電話があるとは思うんだけど、不法侵入はまずい。だけど急を要する事態だし、何より危険な目に遭っているのは住職の孫である古陶里なのだ。きっと後から説明すれば分かってもらえるはず……。

そう思いながら歩いていたら、ふと、岩と枯れ木で造られた庭園の向こう側に、土壁の建物が浮かび上がっていることに気が付いた。

……ここは、確か千姫さんに案内してもらった時に見た……蔵だ。

「古陶里が閉じ込められていたところ、だよな」

壱六八家の呪われた一人子。家族に疎《うと》まれ、屋敷に暮らすことも許されず、わざわざ龍力寺の蔵の中に閉じ込められた古陶里。壱六八家の目がなければ普通に暮らせたはずの子供が、同じ家に住む住職や母親の意思に反して監禁生活のような毎日を送っていた、という……。

前にここに来た時、ひどく胸がむかむかした。非道な扱いを受けた古陶里のことを思い、それが当たり前だった島の状況を思い、やるせなかったし古陶里の気持ちを考えると憂鬱《ゆううつ》だった。それを知らなかった自分自身も許せなかった。

けれど、今は違う。

最近、幼かった頃の記憶が断片的に甦るたびにちりちりと痛む頭。今もまた、同じように突き刺すような疼痛《とうつう》がある。

……何かの予兆だろうか。僕はまた、消えていた記憶を取り戻そうとしているのか？

土塗の壁に手を突き、ぐるりと一周回るように歩く。すると、蔵の黒光りする頑丈そうな扉が、わずかに開いていることに気付いた。

開いている？

何故《なぜ》、と驚きながらも手で押すと、ぎぃ……ときしむ音と共に扉が内側に開く。途端に、古い箪笥と押し入れ、隅には折り畳まれた布団だけが置かれている真四角の畳の部屋が現れた。

まるで独房のような空間だった。唯一の彩りは、長らく使われていないように見えるのに、何故か箪笥の上にひとつきり飾られた花瓶と花だけ。昨日見た時と同じ、窓がひとつあるきりだった。明かりがないので薄暗く湿気た空気だけが感じられて、家具は見えるものの、影が落ちた小さな部屋はその端々が見えなくなるほどの闇に沈んでいる。

小さな明かりとりはほとんどその役割を果たしておらず、恐らくは昼間であってもこの蔵の中は暗いのだろう。何より夏は暑く、冬は寒いから、とてもじゃないけど人の暮らす空間ではなかった。

そこまで考えて、はっとする。

夏は暑く、冬は寒い？　なんで僕はそんなこと知ってるんだ。

どくん、と心臓が一度跳ねた気がした。僕は靴を履いたまま蔵の中に一歩踏み入り

……そうして、気付いた。

僕はこの場所を知っている。確かに、知っているのだと。

だけど何故？　僕は昨日初めてこの島に来たはずだし、島の人達にも初めて出会い、龍力寺についてはその存在すらこれまで知らなかった。古陶里がこの島で生まれ、壱六八家という呪われた一族の血を引き、やがて彼らを殺す一人子としてこの蔵の座敷に閉じ込められていたことも初めて知って、胸が苦しくなるような、痛むような感覚を味わった。

なのにどうして僕はこんなに既視感を覚えるんだろう。僕は、僕は一体……。

「思い出すな」

蔵の真ん中で立ち尽くしていたら、声が聞こえた。振り返るまでもなく、それは僕の良く知る……大切な親友、幼馴染《おさななじ》み、そしていつも僕の傍にいてくれた女の子のもので。

「古陶里」

「どうして島に来た。お前は絶対にこの島に足を踏み入れてはいけなかったのに」

いつの間にここに来ていたのだろう。吉川さんはどうなったんだ？

そんな疑問も浮かんだし、彼女がここにいることにわずかな違和感もあったものの、僕は一番近くにいて誰より理解していると思い込んでいた幼馴染みの顔を、改めてじっと見た。

……どうしてだろう。もともと日本人形みたいに無機質で整った顔立ちだけど、今日は一段と色を失って、感情が消えているように見える。

古陶里が東京を離れて数日。壱六八島という故郷が、まるで古陶里を作り変えてしまったような違和感を覚えながら、僕は恐る恐る、噛《か》み締めるように聞いた。

「古陶里。なんで僕は島に来ちゃいけなかったんだ？　お前の友達だから、そうと知られたら必ず事件に巻き込まれると、そう思ったから……」

「ここに来てはいけなかった。ここを見てはいけなかった。お前が島にさえ来なければ、母との約束も、あの人との願いも、叶《かな》える事が出来たのに」

　まるで僕の声が聞こえていないみたいに、古陶里が淡々と言った。操り人形のように、決められた台本を棒読みするみたいに。

「古陶里……？」

「どうしても止めたかったのに、結局は、呪殺島の呪いは変えられなかったのか」

　外気より冷たく硬質な声に、僕は何故かぞっとした。ただでさえ冷え切っていた身体が震え、小さな座敷の中、畳の上を後ずさる。

「呪殺島の呪いなんて……そんなの、ないよな？　だって古陶里は家族を殺したいなんて思ってないんだろ、何か理由があって島に来て……僕を巻き込みたくないから何も教えてくれないんだよな？　だけど、僕だって古陶里を助けたくてここに来たんだ。せめて、古陶里が何を考えているのか、何のために島に来たのかだけでも教えてほしい。それなら僕も」

「教えない。お前には」

短く、古陶里が言った。

「だってあの時も、何もできなかったじゃないか」

「……え？」

視界が歪んだ気がした。薄暗い蔵の中で、古陶里の顔がぐにゃりとひずむ。

「あの時って、なに。僕は一体、何を忘れてるんだ？」

もう疑う余地はなかった。やっぱり僕は、古陶里にまつわる大切な記憶を失っている。

あの時、赤江島で頭を殴打された際に欠けてしまった……すべて思い出した、記憶障害は完治したと思い込んでいたのに、違ったのだ。

「教えてくれよ。僕は、古陶里の何を、」

「…………」

古陶里が何かを言った。その音は調律し損ねた楽器のように歪《いびつ》に響き、きちんとした形を取らずに僕の耳に届く。

「え？」

再び古陶里の唇が動いたけど、彼女の声は、音は、今度は僕の耳になにひとつ届かなかった。

無音だ。視界には確かに言葉を発する古陶里の顔が見えるのに、真っ赤な唇が見えているのに、何も聞こえない。彼女が何を言っているのか……どうしても知りたいはずのそれを、僕自身が拒んでいる。知りたくない、思い出したくないのだと。

だって、それは……。

僕は、僕は浅い呼吸をしながらその場に膝《ひざ》をつく。みしりと音がして、古びた畳が僅《わず》かにへこむ感触があった。ただ、ひたすらに寒くて孤独で、絶望的な空虚感があった。ぽっかりと心の中に穴があき、自分が不要な人間だという事実を突き付けられ、そして、失われた記憶の断片がぽつりぽつりと甦る。

「古陶里。僕は」

『お前のせいで』

呪詛《じゅそ》のように呟《つぶや》かれた、黒い憎しみと悲しみとに染まった女の言葉。

『お前さえいなければ、わたしは……』

ああ、いやだ。思い出したくない。多分あの時、彼女は泣いていたと思う。暗い場所で追い詰められ、声も出せずに震えていた僕の耳に届いた声は、ほとんど祈りのようだった。

『仕方がないの。こうしなくては、他にどうしようもないのよ』

彼女の手には斧《おの》があった。古びて錆《さ》びた、どこから持って来たのか分からない重そうなそれを、骨と皮だけになった細い彼女の腕がしっかりと掴んでいるのが不思議だった。

『……ゆるして』

釜が振り上げられる。目の前が赤く染まり、僕は悲鳴を上げる。

そうして。

……気が付けば、さっきまで畳の上にへたり込んでいたはずの僕は、立ち上がり、呆《ぼう》然《ぜん》としたままそこにいた。座敷の中は相変わらず暗く、狭いのに、そこだけが唯一《ゆいいつ》の広い世界のように感じられた。

どれだけ時間が経過したのか、さっきまでわずかに明るかった窓の外は完全に夜となり、辺りは震えあがるほど寒くなっている。薄着の僕の口から吐かれる息は白く、辺りの景色はあまりにも冷えすぎて色を失っているようにすら見えた。

僕は、僕は、ただ息をしていた。自分がそれまで何をしていたのかまったく分からないのに、どうしてか絶望的な感覚だけが胸に満ちている。認めたくない現実が、目の前にあった。

「古陶里」

さっき座敷の中の唯一の彩りだと感じた、簞笥の上にあった花瓶が倒れている。花は畳の上に散らばり、中に入っていた水も畳の上に流れて染みを作っていた。

そして……そして、そこに古陶里がいた。

投げ出された手足、ありえない方向へと捻《ね》じ曲げられた白い顔。見開かれたままの瞳《ひとみ》だけが強い意志を持って、何もない部屋の角を睨《にら》み付けている。

艶《つや》やかで美しい彼女の黒髪は、畳の目を這《は》うようにまとまりなく広がり、それがまるで、後頭部から流れ出た血のようだ。それは生気を失った白磁のような顔と相まって、本当の作り物……命のない人形のように見えた。

古陶里、と呼んでも、答えはない。震える声で再び呼べば、固まっていたはずの古陶里の身体がかくんと僅かに揺れたものの、その後はもう、ぴくりとも動かなかった。

「古陶里」

僕は、呆然とした。

何が起きたのかは分からないけれど、目の前にある光景だけが全《すべ》てだ。

そう。すべての答えはここにあったのに。

古陶里は壊れてしまった。僕のせいで。

僕が、三嶋古陶里を殺した。あの日、あの時、あの瞬間に。

彼女は死んでしまったのだ。

第四章　壱六八家の一族

1

わたしの大切な箱庭の世界が壊れてしまった、あの日。

わたしには、いくつもの選択肢があった。壊れた箱庭をもとに戻す努力をするか。あるいは、いつかまた、あの清らかな聖域がここに生まれるように、欠片《かけら》となって飛び散ったものたちをかき集め、守るか。

わたしは……わたしは、そのどちらも選べなかった。心のよすがとなっていた世界が壊れ、野蛮な血で汚された時、わたしのひよわな心もまた壊れてしまったからだ。

けれど救いはあった。

子供たちは島を去り、壊れた箱庭だけがそこに残された。からっぽになった場所はそれ以上のなにものでもなかったけれど、大切に守り続けていれば、きっともういちどわたしの大切な場所、わたしの心をおだやかに清らかにしてくれる世界が再構築されるのだ。

……わたしはきっと待つだろう。

いつの日か、その願いがかなうのを。もう、もとの形そのままではなかったとしても、ふたたびわたしの大切なものたちが此処《ここ》に戻ってくることを。

それまでわたしの心は壊れたままだけれど、その時がきたら、わたしはすべてをなげうってでもあの世界を取り戻したい。

からっぽのまま、壊れたまま、島に残ってその時を待つ。

だってわたしは、そのほかには、何ももっていないのだから。

*****

それは歴史にも記されていない、隠された古《いにしえ》の日本の史実。

陰陽道《おんみょうどう》の名家として知られていた壱六八家には、かつて陰陽ふたつの顔があったという。

あらゆる呪術《じゅじゅつ》から皇族を守り、病を治癒させる強い呪力を持つ「表」の顔。

そしてもうひとつが、皇族に仇《あだ》成す存在や目障《めざわ》りな一族を滅する「裏」の顔だ。

　彼らは独自の呪力で作り上げた人形を使い、そこに標的とする人間の魂を移して思うままに操った。時には命をも奪い、一族郎党謎《なぞ》の奇病を患《わずら》って亡《な》くなったと噂《うわさ》される者たちもあった……すべては歴史に埋もれた、あるいは揉《も》み消された事実である。

「そうやって沢山の人を苦しめたから、壱六八家はみんなが病を患って生まれてくることになったの。だけど貴方《あなた》は違うでしょう？　他の人達とは違って、健康な体を持って生まれて来た。それがどうして壱六八家の呪《のろ》いになるのかしら。元気に生まれた子供だから、双子ではなかったから、いずれは身内を殺す鬼になるだなんて……そんなことを実の親が信じるなんて、おかしなことよ」

　だから貴方は何も悪くないの。と、彼女は子供の小さな肩をなだめるようにさすりながら言った。優しく、慈《いつく》しむように。

　その子供は、物心ついた時から疎《うと》まれ続けていた。子供に向けられる目はいつも冷やかで、時に憎悪《ぞうお》すら混じっていた。誰よりその気配が濃かったのは、他でもない、子供の血の繋《つな》がった家族たちだった。

　やがて子供は小さな蔵に閉じ込められ、そこで暮らすようになった。呪われた子供だから、周りに害を成す前に隔離すべきだ。という考えはあまりにも極端で、だから反対する者も少なくはなかったけれど、狂乱する当主の妻の存在がそれを促した。彼女の手から子供を守るために、という名目で。

だから実際のところ、子供が特殊な環境で暮らさねばならなかったのは「疎まれた」からではない。むしろ成長した子供がいつか壱六八家の人間たちを殺す前に、と息巻く一部の人間たちが正気を保てるように、人々は子供を蔵の中に隠したのだ。

……それが不幸なことであるのか、あるいは幸いだったのか。

子供には分からなかった。気が付けば世界は小さな蔵の中で、数少ない楽しみは食事を運んでくれる女性と、時折姿を見せて遊んでくれる友達の存在だけ。子供の世界はそれだけで構成され、普通という物差しが存在しなかったからこそ、不幸を感じる余地がなかったのだ。

静けさと、穏やかさと、単調さと。箱庭のような世界でほとんど変化のない毎日を送りながら、子供は少しずつ変わっていく季節を指折り数えながら過ごした。

春は桜。青空の下、白く見えた儚《はかな》く美しい花弁は、夜になるとその色を濃くして闇《やみ》の中に薄桃色に浮かび上がる。時折はらはらと舞い降る花弁が窓から入り込んで、やわらかな春の風がふわりと蔵の空気をなごませた。

夏は虫の音。うだるような暑さに負けじと鳴き続ける蟬《せみ》の声は生命力に溢《あふ》れ、姿も見えないのに不思議と傍にいる友のように感じられた。夕暮れになると聞こえるヒグラシの奏《かな》でる音色に目を閉じ、秋が近付けば次第にもの悲しい旋律になる虫たちの合唱が何より季節の変化を感じさせるもので。

秋は金木犀《きんもくせい》。近くに花はないはずなのに、どこからともなく香ってくるその匂《にお》いと、過ごしやすくなる気温と時の流れの穏やかさにほっと一息つき、窓から見える月の美しさにやわらかな気持ちになる。

冬は雪。白い積雪に囲まれた窓から覗《のぞ》く景色は、冴《さ》え冴《ざ》えと冷えて澄んだ空気のもとで、どの季節よりもはっきりと美しく形作られていた。

……蔵の小さな窓からは、小さく切り取られた四季折々の景色が見え、子供はそこから僅《わず》かに覗く変化だけで時の流れと季節の移り変わりを知った。小窓は唯一《ゆいいつ》、子供と外の世界を繋ぐ場所だったのだ。

代わり映えのない毎日の中、箱庭のような世界の扉が開くのは日に三度の食事と、友達が遊びに来てくれた時だけ。

食事を運んでくれる女性は、いつもひどく申し訳なさそうで、繰り返し繰り返し、足りないものはないか、辛《つら》い事はないかと聞いてくれた。その目には案じるような色があり、だから子供はいつも、何もないよ、と答えるのだけれど、そうすると女性はますます悲しそうに瞳《ひとみ》を潤《うる》ませた。そうして言うのだ。貴方は何も悪くない、悪いのは貴方をここに閉じ込める大人たちなのだと。子供には女性の言葉の意味は理解できなかったけれど、それでも彼女が自分を優しく抱きしめてくれる瞬間だけは満ち足りて幸せだった。

……けれど本当のことを言うと、子供が一番幸せだったのは、大人しか開けられないはずの扉をそっと押し開き、友達が姿を見せてくれた時。

　彼女はいつも周りを気にしながら蔵に現れ、一人ぼっちでいる子供に色んなものを見せてくれた。おもちゃや絵本、ゲーム、お菓子や学校の教科書、時には島内の写真を集めたアルバムをこっそり持ち込んできて、外の世界がどんな場所であるのかを教えてくれたりもした。次第に子供は、なぜ他の人達が自由に外の世界で生きているのに、自分だけがここに閉じ込められているのだろうかという疑念を抱き始めた。

「呪いってなに？」

「呪い？」

「ここに閉じ込められるのは、呪いのせいなんだって。だけど、呪いがなくなったらここから出してもらえるのかな」

「……出たいの？」

　少女の問いかけに、うん、と子供は頷《うなず》いた。切り取られた世界だけで満足していたのに、彼女が持ち込み、教えてくれた世界の広がりを知ってから、子供は少しずつ欲深くなっていった。自分の眼でもっとたくさんのものを見たい、と願うほどに。

　それがどれだけ残酷な願いなのか、すべてを壊すきっかけとなることなど、何も知らずに。

　世界が壊れたのは、ぞっとするほど寒い、真冬の朝だった。

いつものようにこっそり姿を見せた少女は、意を決したような顔で言った。外に出よう。少しだけ、ほんの少しだけなら分からないから、一緒に外に遊びに行こう。

子供は嬉《うれ》しくて、うん、と言った。畳の匂いと、どこかすえたような臭《にお》いのする蔵から一歩外に踏み出す時はさすがに震えたけれど、友達が持ってきてくれた草履をはいて雪の積もった地面の上に降り立った瞬間は、全身に触れる外気に何もかも忘れるほど驚いた。

だけど、それが間違いだった。

子供は外に出てはいけなかったのだ。

2

……いつの間にか、僕は蔵の壁に体を預けるようにして倒れていた。

どうやら気を失っていたらしい。どれくらいの間そうしていたのか分からないけれど、明かりのない屋内も、狭い蔵の上部にある四角い窓の外も真っ暗で、ただでさえ凍えるほどの外気が夜の気配をまとってますます身体の芯《しん》まで冷やしている気がした。

ポケットに入れていたスマホの画面を確認すると、十二時半。外の様子を見るに昼ではなさそうだから、これは恐らく、日付が変わったくらいの時間という意味だろう。

くらくらする頭を振りながら、僕は冷えて固くなった節々を無理やり動かすようにして身を起こす。立ち上がろうとして、室内に散らばっていた「古陶里」に気付き、息を呑《の》む。

そこにあったのは、壱六八家の座敷の奥、島人達の人形が安置されているという場所で見つけた古陶里の人形だった。意識を失ったように転がった顔はもともと日本人形のように整った古陶里に良く似ていて、着物の裾《すそ》から覗くあちこちおかしな方向にねじれた四肢が、やけに不気味に……まるで古陶里そのものが壊れてしまったように夜の闇の中に浮かび上がる。そう、僕はさっき、これを見て古陶里だと勘違いしたのだ。

……いや。ただの勘違いだろうか。僕はこの場所で確かに「古陶里の死」を目撃した気がする。それは見間違いでも誤解でもなく、歴然とした事実、確かな記憶として僕の中にしっかりと根付いている。その時に感じた恐怖と絶望、世界が壊れてしまうような虚無感と共に。

「なん、で」

座敷の中にはもういられなかった。ここにいるだけで、このすえたような古びた臭いを嗅《か》ぐだけで吐き気がする。僕はふらつきながら小さな蔵の扉に手をかけ、外に転がり出た。

入口にある段を下りようとしたら躓《つまず》いて、そのままうっすらと雪の積もった地面の上に倒れ込む。どしんと大きな音がしたけれど、不思議と痛みはなく、ただすべての感覚が鈍く遠く現実のものではないように感じられるだけだった。

僕はまだ夢を見ているのだろうか。けれど、さっきの夢は？　あれは何だったんだ？

島で暮らしていた幼い頃、古陶里はこの座敷の中に閉じ込められて暮らしていたという。そう話してくれたのは千姫さんで、それなのに僕は、まるで自身が古陶里になったみたいに蔵の中で過ごした時間を回想していた。大人たちに隠れながら遊びに来てくれた少女はまるで古陶里みたいで、何もかもが逆転したような奇妙な感覚だけが残っている。

「どうなって……るんだ……？」

頭を抱えながら立ち上がって気付いた。そういえば、僕を追いかけてきた吉川さんはどうなったんだろう。そして僕を逃がすために森の中に残った古陶里は？

「そうだよ……古陶里は死んでない……生きてるはずだ。だって、」

声に出して呟《つぶや》いたら、声がかすれて咳《せ》き込んでしまった。

だけど、そうだ。古陶里は生きている。だってさっき僕を助けてくれた。それだけじゃない、僕は東京の施設で古陶里と出会い、親しくなった。同じ時間を過ごし、成長し、同じ大学に通いながら同じアパートで暮らしている。

だとしたら、さっきの幻視は何だ？　どうして僕は古陶里が死んだと思い込んでいたんだろう、あんな人形が転がっていただけで。

「……誰でしょうかな、そこにいるのは……」

その時、いぶかしむような声が聞こえて、僕は膝《ひざ》に手を突いて俯《うつむ》いていた顔を何とか上げた。途端に夜の暗がりの中、貫くほどの強い光が視界に入って目を閉じる。

「もしかして、秋津さん……かな？」

あまりの眩《まぶ》しさに腕で顔を隠していたら、光源からもう一度声が聞こえた。聞き覚えがある。これは龍力寺の住職で、古陶里の祖父でもある月心さんの声だ。

「住職さん、ですか」

「まさかこんな所に……本当にここに隠れて……」

住職は動揺した声で何かぼそぼそと言っていたものの、すぐにこちらに向けていた光を横に逸《そ》らし、僕に近付いてきた。そのままぐいっと身体《からだ》を起こされる。

「とにかく、ここにいては危ない。中に入りましょう」

言うと、住職は片手で僕を支え、もう一方の手で先程から僕を照らしていた光源……懐中電灯を掲げ、歩き出した。

たどりついたのは昨日僕が倒れた際に運ばれた方丈で、木戸をあけて中に入ると、住職は何故《なぜ》かひどく外を気にしながら戸を閉め、鍵《かぎ》をかけた。それから玄関でしゃがみ込んでいた僕の顔を覗き込み、大丈夫ですかな、と声をかける。

「中に布団《ふとん》を敷いております。さあ、どうぞ」

……僕が龍力寺の小さな蔵にいたことは今この時まで知らなかったはずなのに、何故か住職は既に座敷の一室に寝具の支度を整えてくれていた。だけど座敷に入った僕は、そこに横たわることなく僕を運び終えてどこかに行こうとする住職の着物の裾を引く。

「どこに行くんですか」

「貴方がここにいるのであれば、恐らく、この近くに吉川さんがいるのでしょう。孫たちがそこまで愚かだとは思いたくないが、万が一の事もありますので、調べに行くのです」

「待って……住職は、僕があそこにいたって知っていたんですか？　それに吉川さんの事まで……古陶里から聞いたんですか、僕が吉川さんに襲われたって」

「ええ。まさかとは思いましたが、あの子たちならやりかねない、と案じて探してみればこの通りです。まさか貴方があの蔵の中に隠れていたとは」

震える声で言う住職に、僕はごくりと生唾《なまつば》を呑む。あの子たち。住職は確かにそう言った。それが指し示すのは古陶里と……それから、誰の事だ？

「一体何が起きてるんですか？　僕が狙《ねら》われたのは古陶里の友人だから、そうじゃないんですか？　古陶里は貴方に何を言ったんです」

「貴方は」

ひどく驚いた顔で、住職は言った。

「まだ思い出しておられんのですか」

「思い出す……」

「あの蔵に隠れておるのは、てっきり全《すべ》て思い出したからだとばかり。孫もそれを案じて貴方を守るようにと私に言付けたのでしょう、しかし」

「僕は何を忘れてるんですか？　あの蔵に閉じ込められていたのは古陶里なんですよね、住職の娘さんと壱六八家の前当主の間に生まれた子供として……壱六八家に生まれた一人子として疎まれ、あの中に閉じ込められて過ごしていた。そういうことですよね？」

住職は言葉を失い、僕をじっと見た。その眼差《まなざ》しが誰かの瞳の色に重なった気がして、僕は再び鈍い痛みに襲われた頭を右手で押さえ込む。

「あの時……蔵の中で、僕は古陶里の記憶を見た気がした。蔵には子供が遊びに来ていて、それが古陶里にそっくりで……だけどあれは、千姫さんだったんじゃないかって」

そうなのだ。

蔵の中での回想は、まるで僕の中に古陶里の記憶が潜り込んだような不思議なものだったけれど、何より奇妙だったのは蔵の中にいた子供に会いに来ていた少女の存在だった。幼かったからはっきりと断定はできなかったものの、それは古陶里に良く似ていて、だとしたら蔵の中にいた子供は誰なんだろう、と疑念を抱いたんだけど。

僕はすっかり忘れていたのだ。あの子供が古陶里に似ていたからと言って、古陶里本人であるという確証はない。そして何より、この島には彼女に良く似た人が他にもいたことを。

古陶里と父親を同じくする、壱六八万姫と壱六八千姫。そして機敏に動いて蔵に忍び込んでいた子供が、疾患を抱えて自由に動き回ることができなかった万姫さんのわけがないから、おのずとそれは千姫さんではなかったか、ということになる。

蔵に閉じ込められた古陶里のもとに、千姫さんが通って遊び相手になっていた。今では疎遠《そえん》になったものの、幼かった頃は壱六八家の子供たちは古陶里の正体を知らず、だから龍力寺にもしょっちゅう遊びに来ていた……と話してくれたのは千姫さんだったじゃないか。

だとしたら、やっぱりあの少女は千姫さんで、中に閉じ込められていた子供は古陶里だったのではないか。僕はそう推理したのだ。

すると住職はひどく狼狽《ろうばい》した様子で目を伏せ、少し考えた後、分かりました、と短く頷いた。

「私が説明するより先に、孫が持って来た物をお見せした方が早いでしょう。あの子達はもしかしたら貴方が記憶を取り戻すことを良しとはしないかも知れませんが……いつまでもこんな状況が続いて良いわけがない。それに、」

住職は、僕の両肩を摑《つか》むと、まるで乞《こ》うように囁《ささや》いた。

「貴方になら、あの子たちを止めることが出来るのかもしれません」

3

「そもそも、最初に娘の行動を戒めることが出来なかった私にすべての責任があるのです」

懺悔《ざんげ》するように言って、住職は別室から持って来た大きな木箱を僕に差し出した。

「この中を見てください。孫が先の当主、壱六八真人さんとやりとりしていた手紙が入っています」

「……真人さんと？」

古陶里にとって父親である人。そして、古陶里が母親と共に島を出た後も呼び寄せることなく放置していた壱六八家当主が、古陶里と手紙のやりとりをしていた、って？

「そんなこと、あいつ一言も」

「貴方には話せなかったのでしょう。娘は子供を連れて島を離れ、事故で亡くなった。しかし孫に今後の事をきちんと言い聞かせていたようなのです。だからこそ、時が来て落ち着いた頃……孫が中学に上がる頃でしたか、壱六八家当主宛《あ》てに手紙を書いたのです。そうして東京での暮らしについて伝え、当主は逆に、島の様子を伝えた。貴方は知らなかったでしょうが、孫はずっと、東京で暮らすようになってからもずっと、この壱六八島と繋がっていたのですよ」

それは、青天の霹靂《へきれき》だった。

古陶里が壱六八島の出身であること、呪殺島に流された呪詛《じゅそ》を生業《なりわい》としていた一族の生まれであることすら僕はつい先日知ったところなのに、彼女は僕の知らないところでずっと故郷の父親と連絡を取り合っていたのだ。それも中学に上がった頃から、ずっと。

どうして僕に話してくれなかったのか、同じ呪殺島の生まれである真白だってそばにいたのに、相談すらしてくれなかったのか……というどんよりとした思いが胸に満ちる。何でも知っている家族同然の幼馴染《おさななじ》みが、まるで初めて会う赤の他人のようなよそよそしさをまとい、急に僕の前に現れたみたいな不快感があった。

……僕は、本当に、古陶里のことを何も知らなかった。

「真人さんは、壱六八家の人なのに、一人子の呪いについて気に病んではいなかったんですか？　だからこうしてやりとりしていたんでしょうか」

「ええ、もちろんですとも。子供が島を離れ、別々に暮らすことになった後も、当主は施設に資金援助していたと聞いておりますからな。あのお方もまた、我が子を案じていたのでしょう。こうしたやりとりは、壱六八家の子でありながら一人子として生まれた子供が、島に戻ればどんな目に遭うか……できれば島に戻ることなく、呪いとは無縁の生活を送って欲しいと願って行われていたものでした」

「手紙、読ませてもらっても良いですか」

持ち主がいないところで手紙を勝手に読むのは失礼に当たる。だけど今はそんなこと言ってる状況じゃなくて、何より住職がそれを望んでいる事をひしひしと感じて……僕は住職が頷くのを確認した後、古陶里が隠していた真実へと続くその箱の蓋《ふた》を厳かに開き、中に入っている物を見た。

それは住職の言葉通り、手紙の山だった。古びて色褪《あ》せた封筒から真新しいものまで、数十通の手紙が箱の中にみっちりと詰まっている。

中でもかなり古そうな封筒を手に取ると、僕はその表と裏を確認した。そこに記されていたのは、恐らくは壱六八家のものと思われる住所と「壱六八真人」の文字。

リターンアドレスはなかったものの、封筒の中から数枚の便箋《びんせん》を取り出し、かさりと開くと、見覚えのある古陶里の几帳面《きちょうめん》な文字が現れた。

『三月十日。児童養護施設で出来た友人とは親しい関係性を築いている。島にいた頃は痩《や》せており、蔵で限られた物を食べて過ごしていた影響か、少し偏食の気がある。』

『七月十八日。風邪で体調を崩し、一週間ほど寝込んだ。しかし完治ののちは特に問題なし。』

淡々とした文面が続く。それはまるで、日記のような、報告のような内容で。

続けて、別に分けてまとめてある封筒を手に取ると、そこには僕や古陶里がかつてお世話になっていた施設の住所と古陶里の名前が記されていた。つまり、これが壱六八真人さんの書いた手紙なのだ。

『四月二十一日。子供たちが気付いたようだ。島を出て桜と共に事故で死んだと思っていた子供が、実は東京で生きて暮らしているという事実に動揺している。動揺だけで済めば良いのだが』

『五月二日。あの子たちは、母親の影響を受けて「一人子の呪い」を信じている。島から離れてもらったことも、このままでは無意味になってしまうのではないか。万が一の時にはこのやりとりも止《や》め、縁を断ち切る必要があるのかもしれない』

………古陶里の手紙も、真人さんの手紙も、どことなくよそよそしく義務的で、けれど真人さんのそれには切羽詰まった焦《あせ》りのようなものが感じられた。その文面に目を走らせながら、僕はふと思い出す。

真人さんが亡くなったのは今年の夏だと聞いた。ちょうど古陶里の様子がおかしくなり、僕にやたらとバイトを休むように、どこにも出掛けないようにと頼み込んで来た頃だ。

やっぱりあれは、真人さんが死んだと知ったからこそ起きた異変だったのか。父親の死に不審を抱き、自分の存在が壱六八家の子供たちに知られたことに不安を抱いて……。

　さほど長い文面ではない、報告書のような二人のやりとりが記された手紙に手を伸ばし、黙々と読み続けていると、やがて一通だけひどく傷《いた》んだ、けれど新しい封筒が出て来た。

　恐らくは他の手紙と違い、これだけ何度も便箋を出して読み返したのだろう。その行動の意味を考え、僕はふと気付いて住職に問うた。

「もしかして、この手紙が最後ですか」

「……そうです。孫がこの手紙を受け取った数日後、当主は亡くなった。壱六八家の子供たちが殺したのだと、孫は言っておりました」

『八月一日。昨年より体調を崩すことが多くなった。食事に手をつけるのが恐ろしい。恐らく、私はもうすぐ死ぬだろう』

「食事に……」

　意味深な文面は、それまでの古陶里に良く似た几帳面な文字と違ってかすかに歪《ゆが》み、まるで震えを無理に止めながら書いたように見えた。

「先代当主は持病の悪化で亡くなった、ということになっていましたよね。殺されたという明確な証拠はあるんでしょうか」

「……真人さんは持病だった遺伝性腎炎《じんえん》の悪化で亡くなったと言われておりますが、あれほど急に亡くなるのはおかしいと島の誰もが思っておりました。しかし、誰一人としてそれを指摘できなかったのは、親族である壱六八家の子供たちが粛々と葬儀を執り行い、早々に真人さんの姉である御津代さんに当主代理を任せたからです」

「でも、だからって警察の目もあるし、いくら何でもなかったことになんて」

「よそであればそうでしょうな。しかし、ここは壱六八島です」

　重々しく、住職は言った。短い言葉なのに、そこには妙な説得力があった。

　事実この島で殺人事件が起きた時、現れた警察はどんな対応をしていただろうか。それを思い出し、僕はうんざりして溜息《ためいき》を吐《つ》く。

　……そう。ここは呪殺島、まだ学生の和亀くんがどれだけぞんざいに警官に接していたのかを思い出せば、分かることじゃないか。

「だけど周りがそうだからって、誰もが知らないふりをしたわけじゃないんですよね？　そうだ、御津代さんは……あの人なら」

「証拠がなければ何もできない。それに、御津代さんもまた、真人さんが亡くなった後にわざわざ一人事を荒立てて立場を危うくするつもりはなかったのでしょう。家を出る事さえ叶《かな》わぬ疾患を抱えたあの方には、そんな事をしても何の利もない。それに真人さんの事業を手伝い、詳細を良くご存知だったあの方は、事件の真相を暴《あば》くよりも急死した当主によって家業に問題が起きることを案じたようです。事業そのものに執着はなくとも、抱えた従業員の生活は何とかしなくてはいけませんからね。

そんな御津代さんが当主代理として立つことに反対する者は誰一人としていませんでしたが、実際には引き継ぎが済み次第、長女である万姫さんが正式に跡目を継ぐことになっていました。つまり、真人さんがいなくなった後、壱六八家には表向き一人子を忌《い》む人間しかいなくなっていたのです」

住職はかすかに息を吐き、僕の手元にある真人さんの最後の手紙をじっと見つめた。

「孫はそれを何より恐れていました。だからこそ、真人さんの死が他殺である証拠を摑むために動き、それを確かなものにするために島を訪れたのです」

「古陶里は証拠を手に入れたんですか」

「次男の伊鶴くんのパソコンに、ネットを使って毒物を手に入れた履歴が残されていたと。私は詳しくはありませんが、そうした情報は削除してもどこかに何かが残るそうで」

「伊鶴くんが……」

古陶里は命を懸けて島に戻り、父親が殺された証拠を摑んだ。だとしたらすぐに島を離れるべきなのに、そうしなかったのはどうしてだろう。実際、島に残ったことで古陶里は危険な状況に置かれている。

もしかしたら古陶里は、自分と交流を続け、親として子供を守ろうとした真人さんが亡くなった後、自分が壱六八家の子供たちに命を狙われる可能性を考慮し、それを打ち消すために島に残ったのだろうか。あるいは……やはり、父親の敵を討つために？

　そこまで考えて、ふと、気になったことを口にする。

「さっき住職は、僕を見つけた時に言っていましたね。孫たちがそこまで愚かだとは思いたくない、と。それに今の話、古陶里がたった一人で真人さんが殺された証拠を掴んだとは思いにくい……恐らく、古陶里が壱六八家に潜入できたのは正面から挨拶《あいさつ》に行った時くらいで、その日に伊鶴くんの部屋に侵入してパソコンを探った、なんてことが一人で出来たとは思えない」

　不可能ではないかもしれない。けれど壱六八家の人々は古陶里の存在に戦々恐々とし、何より真人さんを殺した証拠を第三者に掴まれることにも用心していたはずだ。そんな中で古陶里が無茶な賭《か》けに出、運よくそれに成功した。なんてうまい話があるとは思えない。

　それに。

　さっき蔵の中で古陶里と見間違えた、恐らくは古陶里を模して作られた日本人形……あれは何故、あんな場所に転がっていたのだろう？

　あの人形は確か、壱六八家の人形部屋の奥の箪笥の中に風呂敷《ふろしき》に包まれて隠してあったもののはずだ。僕はそれを見て「意図的に壊されている」と感じ、まるで藁人形《わらにんぎょう》に釘《くぎ》を打つような行為に思えてショックを受けた。古陶里はそこまで嫌われているのかと。

　それが何故か龍力寺に持ち込まれ、蔵の中に転がっていた。誰かが持ち出し、ここまで運んだんだろうけど、それだって古陶里一人で出来た事とは思えない。誰にも見つからずに屋敷に忍び込み、自分の人形を持って龍力寺に置いた……危険を冒してまでそんなことをした理由だってわからないんだけど。

「壱六八家には内通者がいるんですか？　つまり……真人さん以外にも、古陶里の協力者が」

　今、島で何が起きているのか、僕には正確なところが分からない。分かるのは僕の命が狙われたこと、古陶里の身が危険であることくらいだけど、何か事を起こそうとしているのは、古陶里だけじゃない。さっき住職が「孫たち」と言ったのはつまり、誰か他に協力者がいる、ということなんじゃないか？

　僕の言葉に、住職は黙ったままその場から動かなかった。重い沈黙が冬の夜の冷え切った空気の中に溶け、住職はひとつ白い息を吐くと立ち上がり、部屋の襖《ふすま》を開けて押し入れの中から電気ストーブを取り出した。その時初めて僕は、この座敷の中が信じられないくらい寒く凍りつくようで、自分の身体もまた、冷え切ってかすかに震えていることに気付いた。

　住職はストーブのコンセントを差して電源を入れながら、貴方は、と僕を振り返りもせずに言う。

「どう思われますかな。壱六八家に孫の協力者がいるとしたら、誰だろうと」

「……普通に考えるなら、壱六八家の人達であるはずがない。彼らは古陶里を、一人子の存在を誰より嫌っているはずだから。そうなると壱六八家の使用人の誰か、高梨さんとかじゃないかと考えますが」

一息ついて、僕は言った。

「壱六八千姫さんじゃないでしょうか」

……それは僕の中にずっとありつづけた違和感で。

千姫さんは壱六八家の人間でありながら、比較的僕に親切だったように思う。見張っているという口実はあったけれど、この龍力寺まで案内してくれたり、倒れた僕を介抱してくれたりもしたし、何より、壱六八家の子供達が昔は龍力寺に出入りしていた事、古陶里が妾腹の子だと分かった後の事なんかを包み隠さず親切に話してくれもした。それに昨日、僕がこの龍力寺に来た際の住職との会話も奇妙だった。

『……貴方達は、自分のやろうとしていることが正しいと思っておるんでしょうな。だからこんな愚かなことになる。しかし、私の娘はそれをやめさせるために……』

『私たちにそれを言うのは筋違いだと思うわ。先に始めたのは向こうの方だもの』

住職が言った「自分のやろうとしていること」、そして「先に始めたのは向こうの方」

という千姫さんの言葉……あれは、事の発端が先代の壱六八真人さんの死にある、という意味ではなかっただろうか？

　それに何より、僕が蔵の中で見た幻覚。古陶里の記憶であるはずのその中にいた、古陶里であるはずがない「蔵に遊びに来ていた子供」の姿……日本人形のようなそれが、千姫さんに思えてならなかった。

　理由としてはあまりにも根拠のないもので、僕の思い込みや先入観が影響しすぎているけれど。でも千姫さんが古陶里の協力者であったのなら、色々なことの辻褄《つじつま》が合うのだ。

　だけど、もしそうなのだとしたら……千姫さんはなぜ姉弟たちを裏切ってまで、古陶里の味方をしてくれたのだろう。それは古陶里が蔵に閉じ込められていた頃、親しくしていたから、という理由だけなのだろうか？

　僕の言葉に、住職は何も言わずにストーブの炎を調節すると、静かにその場から立ち上がった。それから襖を開け、外の様子を眺めてから、

「そこまで気付いておられるのに、まだ、思い出されんか……」

「え？」

「……いや、何でもありません。それよりも、孫からは貴方が吉川さんに命を狙われたと聞いております。そして寺に逃げ込んでいるはずだから、匿《かくま》って欲しいと……」

「だから僕を見つけた時、そんなに驚いてなかったんですね」

「そうです。だが、その後の事がどうしても気にかかりますので、私は一度、外の様子を見てまいります。すぐに戻りますから、どうかこちらでお休みを」

「あ、待ってください、それなら僕も」

行きます、と言いかけた。実際の所、すべてを古陶里に任せて逃げてしまった後、彼女がどうなったのか気がかりだったのだ。

けれど住職はゆっくりと首を横に振り、

「今は休んだ方が良いでしょう。恐らく貴方はご自身が思う以上に心身ともに疲れているはず。ここにいれば大丈夫だとは思いますが、万が一のことも有りますので、私が戻るまでは外に出ないようにしてください。そして、そこにある手紙を良く読んでいただければ……おのずと貴方が知りたい事実が浮かび上がってくるのではないかと思います」

4

住職が出て行った後、僕は木箱に入った手紙を一枚ずつ開いて読み、古い順に並べた。

手紙を最初に出したのは、住職の説明通り中学時代の古陶里からで、以降、手紙は何か特別に知らせるべきことがある時以外、数か月おきに送られていた。

住職は「手紙を読めば、知りたい事実が浮かび上がる」と言った。その言葉通り、記されていたやりとりは次第に二人の文通の中に隠された真実を暴き、曖昧《あいまい》になっていた事実も明らかになっていった。

最初にその符合を見つけた時、僕は不思議に思って、言葉の意味を理解しようとした。何かがおかしく、最初に認識した事実と食い違っているように思えたのだ。けれど手紙を読み進めていくとそれはハッキリと理解できるものになり、やがて、僕は古陶里のお母さんと古陶里、そして真人さんが守ろうとしていたものの正体を知った。

……息を呑み、頭を抱え、それから島に来たあの日から起きた幾つかの事件と照らし合わせ、壱六八家の人々の言葉の意味を吟味し、そして……、

「そういうことか」

正直、それを本当の意味で理解したとは言い難い。それでも僕は真実の欠片を手に入れた。あまりにも信じがたく、受け入れるのに時間のかかることではあったけれど。

「だから古陶里は、一人で島に来た……」

まるで一晩中、手紙を読み続けていたような気分だった。手紙の中に残る歴史、時間が僕の中に確かな概念として生まれ、その中で僕は、沢山の記憶を覗き見た。できれば古陶里自身の口から聞きたかったそれらを飲み込むのにはまだ時間がかかりそうだった

けど、それでも…………また、島にきてから何度目かの眩暈《めまい》を覚えて我に返ると、僕は手紙を丁寧に木箱に仕舞い、蓋をして、スマホに表示された時刻を確認する。

午前一時半。

かすかな音を立てる電気ストーブで、座敷の中はすっかりぬくもっていた。まだ手足の先は冷たかったものの、さっきまでの寒さの震えはなくなって、むしろ頭がぼーっとするほど暖かい。

そういえば住職はまだ戻って来ていないのだろうか。ふと不審に思い、僕は視線を襖に移した。もし戻って来たのなら、さすがに僕に声をかけてくれるはずだ。

……本当にここにいていいんだろうか。

不意にそんな疑念が浮かび、僕は木箱を部屋の隅に押しやり、立ち上がった。そもそも襲われたのは僕で、住職は古陶里に後の事を頼まれただけだ。それに……、急に何かがぱちんとはじけたような感覚があって、僕は気付いた。

古陶里の無事を確認しなきゃいけないんじゃないか？

吉川さんに襲われてからあまりにも色々なことが急激に起きて、いや、それは島に来てからずっとなんだけど、すべてのことに現実味がなさ過ぎて感覚がおかしくなっていた。そうだ、僕は古陶里を探す為《ため》に壱六八島に来たんじゃないか。そして、古陶里が島に戻った理由を今、先代の壱六八家当主と古陶里との手紙のやりとりを見て知り、すべての答えがもうすぐ目の前まで迫っている。

「古陶里に会わなきゃ」

命を狙われているというのなら、どこにいたって同じだろう。幸いなことに住職がつけてくれた電気ストーブのお陰で冷え切っていた身体は温まったし、蔵で倒れていた時から続く何もかもが曖昧ではっきりしない、夢の中にいるみたいな感覚は薄らぎつつある。

戻って来ない住職のことが心配でもある。僕は彼の最後の言葉をあえて意識の片隅に追いやり、座敷を出た。

……廊下は真っ暗で、明かりのついた座敷の中で過ごしていた僕の目には、ぼんやりと浮かぶ月明かりくらいじゃほとんど何も見えないほどの闇に沈んでいた。

目を瞬《まばた》きさせ、強制的に暗闇に慣れさせると、暗い廊下を通って方丈の入口に向かう。そこで、住職がしてくれたんだろう、丁寧に揃《そろ》えられた靴を履き、鍵のかかっていない玄関から外に出る。

「はあっ……」

廊下に出た時とは違う、冬の夜の凍《い》てつく寒さに包まれて、きゅうっと気道が狭まる気がする。僕は思わず嘆息した。白い息がぼわりと浮かんで消え、天空に浮かぶ満月がうっすら雪の積もった龍力寺の庭園を照らしている。

歩くとサクッと軽い音がして、ここに来た時より雪が深い気がする。方丈にいる間に降っていたんだろうか。ぼんやりと浮かび上がるだけの庭園は足場も悪くて不安だったけど、少し進むとようやく本格的に目が慣れ、辺りの闇の濃淡がしっかり見えるようになってきた。

石段を下りて森に踏み出すと、うっそうとした森の木々が、まるで僕を覆《おお》うように頭上に黒くわだかまっていた。方角が分からなくて、失敗した、と焦ったものの、それでも僕は足元に気を付けながら前に踏み出す。

夜の森、しかも真冬の雪の積もる中で遭難したらどうなるのか。そんなことは容易に想像できたけど、崖《がけ》から吊《つ》るされた遺体や庭で死んでいる子供の遺体を見たり、男性に首を絞められたり追いかけられたりした後では、さほど恐ろしいと感じないからむしろそれが怖い。

だけど僕は、吉川さんから逃げる際に覚えていないはずの道を通ってこの龍力寺にたどり着いた。けもの道のような荒い足場であっても道らしきものは存在するのだ。そこを進めば壱六八家への方向が分かるし、吉川さんから逃れようとして古陶里に助けられた地点も通ることが出来るはず。

とは言えこの暗がりじゃさすがにまずい。電池が心配なのでぎりぎりまで温存しておこうと思っていたスマホを取り出すと、僕はライトをつけて辺りを照らした。こうしていると僕の居場所を報《しら》せて回っているようなものだけど、遭難するよりはずっとましだ。

幸い、何となく方向は分かる気がした。多分……こっちだよな。思った以上に道が荒れてる気がするけど、龍力寺は森の斜面の上にあるから、下って行けばそこまで迷わずにたどり着くはず。

何度か雪と木の根に足を取られて転びそうになりながらも山道を下り、ちょっと違う道に入っている気がしないでもなかったけれど、地図がある訳でもないので自分の勘を信じて進み、ふと、木の根のそばに何か白い物が落ちているのに気付いた。

拾い上げると、それは折り畳まれたハンカチで。

ここにこれが落ちているという事は、少なくとも人が歩く道を進んではいるんだろう。誰が落としたものかは分からないけれど……。

そう安堵《あんど》し、再び斜面を下って行くと、少し離れた場所にまた何か白い物がぼんやり浮かび上がっているのが見えた。

あえて確認しに行くかどうか迷った。人の落し物ばかり拾い集めたところで、今の僕に何か利がある訳でもない。だけど……だけど、あれがもし吉川さん、そして古陶里を探す手がかりになるものだったら？　或《ある》いは住職が落とした物だったら……考えると放ってはおけない気がして、僕はわざわざほんの少し斜面を登って横に移動し、その白い物に近付いた。

……最初は、白い木の棒のようなものが地面から生えているのだと思った。周りの土がやけに荒れていて、木の根が一部飛び出している。まるで誰かがその付近の土を掘り返した後みたいに。

「……掘り返した？」

思わず呟き、ぞっとして立ち止まる。嫌な予感がしたけど、ここまでくると無視はできない。僕は恐る恐るそれに近付き、スマホのライトで確認するように照らし出した。

「え？」

土から出ている白い何か。ライトの明かりのもとハッキリと浮かび上がったそれに、僕は一瞬、自分の目を疑った。

瞬きしてもう一度見て、それが見間違いではなく、確かにそうなのだと気付いて……呆然《ぼうぜん》と呟く。

「人の、手？」

そう。地面から突き出していたのは、小枝でも棒でもなく、人間の手だったのだ。何かを摑もうとするように五本の指が開かれた手が、木の根の間から「生えている」。

「ひっ……」

あまりにも非現実的すぎて実感がわかず、ただそれを見つめていたら、ようやくそれがどういうことなのかを理解した。僕はしゃくりあげるような声を漏らし、じりじりと後ずさる。

目の前にある現実を認められず、そのまま後ろを向いてこの場から逃げ出そうとしたものの、すぐに「確かめなくてはいけない」という思いに突き動かされて足を止める。ごくりと生唾を呑み、それから突き出した手の前にへたり込む。

これが、一体誰なのか。僕はきちんと確認しなくちゃいけない。

誰かが殺されて、埋められている。それはもしかしたら……古陶里なのかもしれない、そう思ったら、僕は脊髄《せきずい》反射くらいの勢いで素手で地面を掻《か》き始めた。かたく冷たい地面は、一度掘り返されていても凍りそうなほど冷えていて掘りにくい。爪《つめ》の間に小さな砂利が入り込み、手のどこかが固い石の先に当たって裂けたような感触もあったけど、それでも僕は掘り続けた。痛みも寒さも感じず、ただひたすらに土を掘る。

雪まみれの土は泥のように重く、穴の周りに投げ捨てても、それほど遠くに飛ばない。同じ動作の繰り返しに息が乱れ、二の腕が痛くなった頃、ようやくそれは僕の前に姿を現した。

僕はふらつきながらその場に立ち上がる。埋められた手のすぐ横に、目を見開いたままの人の顔があったのだ。指先に触れた感触は冷たく、当然のことながらそれはもう息をしていない……僕はふらつき、背後にあった木の幹にどすんと背を預ける。

吉川さんだった。苦悶《くもん》の表情で目を開き、息絶えて地面に埋められていたのは、壱六八家の秘書、僕を追いかけて殺そうとした、吉川さんその人で。

彼の首には紐《ひも》のようなものが絡《から》まっていて、それが何なのか、暗がりでは分かりにくかったものの、随分としっかりしているのが触れた感触で分かった。絞殺《こうさつ》、だろうか。

恐らく、慌《あわ》てて穴を掘り、埋めたのだろう。彼の遺体は僕が素手で少し掘ったくらいですぐに表面が出てくるほど浅い場所に埋められていて、そういえば突き出た腕だって古陶里のものと比べると明らかに太くがっしりしているのに、そんなことにも気付かなかった自分に驚いた。ただひたすら、古陶里ではなかったという事実にほっとしている自分の、その非常識さにも。

人が死んでいるのに、ほっとするなんて。

何より、誰が吉川さんを殺し、ここに埋めたのか。それを改めて考えれば、もちろん安心している場合じゃないことは確かだった。何故なら僕は、彼に追いかけられた後、古陶里と彼を二人きりにして逃げてしまったのだから。

「古陶里が……殺したのか？」

分からない。仮にそうだとしても、あの時の吉川さんの状態を考えれば「正当防衛」だったことも充分に考えられる。殺すつもりではなく、揉《も》みあいになって、それで。

いや、そもそも住職はどうしたんだろう。様子を見に行くと言って出たきり、これに気付かずに壱六八家に向かったのだろうか？　僕はたまたまこれを見つけただけ？

もしかしたら、住職が遺体を発見し、ここに埋めた可能性だって……。

……だけど今の僕にはそれを確認する術《すべ》はない。だからもう一度土をかぶせ、泥で汚れた手を振り払いながら、いつの間にか地面の上に落としていたスマホを拾い上げた。

古陶里に会わなくてはいけない。

そして、僕は確かな証《あかし》を掴むために、壱六八家に向かって再び歩き出した。

5

ふらつき、乱れた息を白く吐きこぼしながらも、僕は何とか壱六八家の敷地内に戻って来た。

時刻は既に午前二時半を過ぎていた。正面玄関から入るのは時間的にも状況的にもはばかられるけど、だからと言って中に入る方法が他にない。

周りを見渡し、見つかったら警察を呼ばれるのを覚悟の上で、僕が吉川さんから逃げる際に使った庭から続く裏口を通ろうかと思ったものの、さすがに誰にも気付かれずに奥座敷まで行くのは難しいだろう。何しろ今夜は、御津代さんが亡《な》くなった最初の夜なのだ。

島の人たちが集まっているかもしれない。そこまで考えて、いや、それはむしろ僕にとって好条件なんじゃないかと気付く。僕は勝手に壱六八家を抜け出し、今の泥にまみれた状態についてうまく説明できるとも思えなかったけど……ここには吉川さんをけしかけた和亀くんがいるはずなのだ。親族が亡くなり、次代当主となる立場で葬儀の準備が必要な夜に、どこかに行っているはずがない……とすると、人目があった方が僕自身の身が安全かもしれない。

そこまで考え、僕は迷った挙句、鍵がかかっていて中に入れなかったらどうしよう、と躊躇《ためら》いながら、明かりの落ちた真っ暗な玄関のチャイムを押した。

辺りに人の気配はない。もちろん、時間的にも全員就寝していておかしくない。だけど当主代理が亡くなるという異常事態が起きたその日、誰かが起きている可能性は高い。

そんなことを考えつつ、迷惑を承知で再びチャイムを鳴らすと、不意に玄関に明かりがついて誰かが鍵を開ける音がした。

すぐに、玄関の戸が開く。

「……まあ、秋津さま？　貴方《あなた》、突然いらっしゃらなくなって、皆でどうしたのかと……何ですか、その恰好《かっこう》！」

現れたのは高梨さんだった。僕の泥だらけの姿を見るなり悲鳴のような声を上げる、そのまともな反応にほっとして、僕は「すみません」と頭を下げる。

「事情があって、少し、外に……でも戻ってきました。中に入っても良いですか」

「もちろんです。どうしましょう、手も怪《け》我《が》をされてるんじゃありませんか？　泥だらけでよく見えませんけど……まあまあ、ただでさえ忙しいときに、もう」

「待ってください」

　お風呂の支度をしなくては、あるいは治療が先か、と慌ただしく屋内に戻って行こうとする高梨さんを、僕は慌てて引き留めた。

「千姫さんと和亀くんは、どこにいるんですか」

「お休みになっておられます。明日は早朝から御津代さまの葬儀が執り行われますので、今日は早めにお休みを」

「だとしたら、僕が戻って来たことは内緒にしてください。騒がしくして起こしてしまったら困りますし、僕は朝まで部屋で大人しくしていますから」

「……でも……まあ、仕方ないですね……こんな大変な時に吉川さんもどこかに行ってしまって、私ばっかりバタバタしなくちゃいけないんですからね、もう、もう」

　憤《いきどお》りながらも、どうやら僕の言い分を理解してくれたらしい。玄関で泥を払うように言われ、中に入る前に代わりの着替えを持って来ます、と屋内に戻って行く高梨さんを見送った僕は、彼女の言葉通り衣類や手足についた泥を払った。それから、少しでも中を汚さないように、と泥だらけの靴と靴下を脱ぎ、中に入る。

高梨さんを待つつもりも、お風呂に入るつもりもない。

今はそんな状況じゃないし、かと言って高梨さんに、吉川さんに襲われたことや龍力寺に逃げ込んだこと、その後で遺体を発見したことなんかを伝えるつもりもさらさらなかった。

僕はただ、確認したかったのだ。先代当主の真人さんと古陶里とのやりとり、手紙に記されていたことが事実であるのか……否《いな》、あれは偽りではないとは思いつつ、確かな証拠となる物を確認し、それから……それから、古陶里の人形が本当に龍力寺に運ばれたのかを調べたかった。

人の気配のある入り口付近のリフォーム区域を抜けて奥座敷に続く廊下に入ると、僕は迷うことなく真《ま》っ直《す》ぐ人形の安置された部屋に向かう。途中、まだ起きて葬儀の準備をしていたらしい着物姿の使用人とすれ違い、ぎょっとされたけれど、当然のようにすたすたと歩いていくと、特に呼び止められることもなかった。人形部屋の方向には僕にあてがわれた座敷があるからだろう。

だけど、それを通り過ぎて重苦しい、濃密な空気の漂う奥の座敷に入ると、人の気配がすっと途絶えた。僕はごくりと唾を飲み、それから記憶を辿って御津代さんの部屋に近い人形座敷の前に立つ。

……そこに入るのには、少し勇気が必要だった。これまでも不気味でどんよりとした重苦しい空気が漂う座敷だという認識があって、千姫さんに案内されたときですら、中に踏み入るのが怖かったのだが……今回はそれとは違う、別の種類の恐怖があった。

　この部屋の中に、僕がようやく摑みかけた真実の鍵がある。

分からないことだらけのまま島に渡り、古陶里が消えた理由を知りたいと思い、彼女との再会を願い、事件に巻き込まれ……それでも島に来たことを後悔はしていなかった。けれど今は、古陶里がなぜ僕に「来るな」と言ったのか、その理由が少しずつ分かり始めている。起きてしまった事件、死んでしまった人たち、罪を犯した人たち……彼らの行動の原因、発端は、僕にあるのだと。

　そんな事実を認めるのには多少どころではない覚悟が必要だ。冷たい土を掻いて傷だらけの両手をぎゅっとこぶしにして、僕は目を閉じる。深く息を吐き、再び目を開けた時にはもう戸惑いや迷いは消え失《う》せていた。

　がらりと襖を開けると、そこは最後に入った時と同じように真っ暗で、庭から入る月明かりの届かない奥は、漆黒を塗り込んだような深淵《しんえん》の闇《やみ》だった。何も見えない。けれどその奥にたてかけられたいくつもの島人達の人形の存在を僕は知っているし、ここに立っているだけで、生きていないはずの人形たちの「気配」がじわじわと伝わって来るような気さえした。

　一歩踏み出すと、畳がぎしりとかすかな音を立てる。僕はもう躊躇わなかった。真っ直ぐに進み、闇に慣れたはずの目ですら何も捉《とら》えることのできない人形たちの並ぶ壁側を、ポケットに入れていたスマホの明かりで照らし出す。

並んでいる人形たちは、真っ白な顔をじっとりと僕に向けて、そこにいた。大きな人形は壱六八家の人々のもの。それよりも小さなものは島人のもの……ひとつだけ違っているのは、御津代さんのものと思われた人形だけが消えていた点で、恐らくは葬儀のために持ち出されたのだろうと思われた。

僕は人形たちと向き合い、見つめ合い、そのまま真下にしゃがみ込む。

そして人形の足元に潜り込むと、人形が背にしている木製の箪笥《たんす》……その一番下にある小さな引き戸を開けた。

ここは、僕が二度目に千姫さんの案内で訪れた時に見つけた場所だ。奥には風呂敷に包まれた古陶里の「少し壊れた」人形が隠されていた。

だけど、それはもうここにあるはずがないのだ。何故なら僕は、龍力寺にある小さな牢屋《ろうや》、蔵の中でそれを見たから。ぐったりと力を失い遺体のように転がった古陶里の人形を。

案の定、引き戸の中には古陶里の人形を包んだ風呂敷は入っていなかった。これは僕の想定通りだ。問題は、その奥にある。

……昨日。僕が古陶里の人形の入った包みを見つけた時、その奥にもうひとつ風呂敷包みが入っていたのだった。その時は先に取り出した古陶里の人形が変形し、壊れていたことにショックを受けて気にも留めなかったんだけど、今にして思えば、風呂敷包みは何故二つあったのか？

箪笥の引き戸の向こうには意図的に古陶里の人形が隠されていたわけだから、無造作に不要な物を入れていた、というわけではないだろう。とすれば、あの風呂敷包みは古陶里の人形と同等の価値のある物が包まれていたことになるのではないか。

……それが何なのか、あの時は想像もしていなかったけれど、今なら分かる。

それこそが真実を知るための鍵、古陶里の人形以上に、僕が本当に見なくてはならなかった物だったのだと。

「あった」

それは、僕が見つけた時より更に奥に押し込まれていた。

手を伸ばして何とか引っ張り出すと、僕はようやくかがんでいた状態から身を起こす。

風呂敷包みにはやっぱりごつごつした何かが包まれていて、古陶里の人形の時以上にしっかりと厳重に封印されていた。

そう。この箪笥の下の小さな引き戸の中には、あの時、ふたつの物が隠されていた。

ひとつは、三嶋古陶里の人形。

そしてもうひとつは……。

「……生きてたのか、お前」

　その時だった。背後から聞こえてきた声に、僕の動きはぴたりと止まった。はっと驚いて振り返ろうとした瞬間、僕のすぐ横に、何かが思い切り振り下ろされる。思わずその場にへたり込んだ。つい今しがたまで僕がいた場所に、包丁が突き刺さっていたのだ。

「よくもぬけぬけと屋敷に戻ってきたな、おい」

蔑《さげす》むような、馬鹿《ばか》にするような声。畳の上にくずおれた僕を見下ろしながら、ゆっくりと畳から包丁を引き抜いたその人物は、壱六八和亀くんだったのだ。

「てっきり吉川に始末されたとばかり思っていたのに、悪運が強いと言うか、往生際《おうじょうぎわ》が悪いと言うか……それもお前らしいと言えばお前らしいが、まさか、三嶋古陶里に助けてもらったのか？」

「……かず、き、くん……」

　僕はごくりと生唾を呑んで彼を見る。色眼鏡の奥の瞳《ひとみ》は相変わらず感情が窺《うかが》えず、けれど歪んだ口元を見ているだけで、彼が僕にどんな感情を抱いているのかが分かる気がした。何より和亀くんは、吉川さんが僕を襲った際、けしかけるように声をかけて助けも呼んでくれなかったのだ。

　もちろん、彼には殺意がある。自分の手を下すまでもない、と思っていたのかもしれないし、吉川さんが僕を殺したと信じていたんだろう。まさか、その吉川さんが亡くなって森に埋められているとは想像もせずに。

「吉川が戻って来ないのは、お前の遺体が見つからないように処理しているからだと思っていたのに、まさか、あいつより先にお前が屋敷に戻って来るなんてな。その恰好、必死になって吉川から逃げて来たのか？　それとも……」

　お前、吉川を殺したのか？

　不意に和亀くんが顔を寄せ、囁くように僕の耳元に不穏な言葉を告げる。ひゅっと息を呑《の》んだ僕は、慌てて両手をつき、その場に起き上がろうとした。

　だけど、僕の動きを見た和亀くんが、すぐに僕の頭を真上から踏みつける。

　がんっと再び畳に頭をぶつけ、僕は低く呻《うめ》き声を上げた。

「お前ならやりかねないな。どうせ万姫姉や伊鶴を殺したのもお前なんだろ？　御津代伯母さんがなんでお前を庇《かば》ったのか理解できないが、これ以上、壱六八家をめちゃくちゃにされるわけにはいかないんだよ！」

「……めちゃくちゃなんて……僕は、」

「おいおい、自分でも気付いてるんだろ？　お前が島に来てからどれだけの人間が死んだのか……お前だよ。お前のせいでみんな殺されたんだよ！」

「……ちが、う！」

これにはさすがにカッとなった。和亀くんがそれを言うのか？　痛みで目を閉じれば、すぐに生々しく甦《よみがえ》る崖から吊るされた遺体……それが古陶里だと最初に思った時、どれだけ驚き、ショックを受けたのかを思い出し、僕は声を絞り出した。

「最初に……自分の父親を殺したのは、君たちじゃないか！」

「は？」

僕の言葉に、和亀くんの足に込められた力が抜ける。ようやく意識がはっきりしてきた僕は、その隙《すき》を見逃さず、彼の足を押しのけて身を起こした。

和亀くんは少しよろめいたものの、転ぶことなく背後に退き、起き上がった僕を呆然と見ていた。色眼鏡越しでも分かる、それは明らかな狼狽《ろうばい》だった。

「何言ってんだ、お前。父さんは……病気で」

「本当にそうだったのか？　先代当主は古陶里を憎んではいなかった。それどころかずっと、島を離れた子供の心配をしてくれていた。君たちはずっと、子供の頃から自分達を殺そうとする『一人子』の伝承を信じ、母親と同様に恐れていたのに、真人さんはそうじゃなく……むしろ子供が島を離れ、そこでひっそりと生きて行けるように見守っていた。それに気付いたから、真人さんを殺したんじゃないのか？」

声を振り絞りながら立ち上がる。咄嗟に後ろに倒れそうになり、背後にあった壱六八家の人々の人形にぶつかって、幾つかの人形が畳の上に倒れる音がした。けれど、和亀くんも僕もそれどころじゃなく、ただお互いを睨《にら》み付けるように対峙《たいじ》している。

　壱六八家に生まれた人間の性《さが》として、真人さんが患《わずら》っていた病の為にそれほど長生きできなかったのは事実だろう。もしかしたら、病気が悪化して近く亡くなる可能性はゼロではなかったはず。

　だけど龍力寺の住職は、真人さんが実の子供たちに殺された証拠を摑んでいたと言っていた。僕はそれを目にしていないし、本当の事かは分からないけれど、古陶里と真人さんの手紙のやりとりを見て「そうなってもおかしくない状況だった」ことだけは理解している。何より真人さん自身もそれを案じ、自分が病ではなく、実の子供たちに殺される可能性を示唆《しさ》していた。

　そうまでして実の父親を殺さなければならなかった理由……彼らはもしかしたら、島を離れた自分の身内、一人子として生まれた存在を、いずれ抹消するつもりでいたのではないだろうか。自分達を殺すかもしれない身内の存在に怯《おび》えて過ごすくらいなら、いっそのこと……そう考え、それに反対する真人さんを殺そうとしたのかもしれない。

　……将来起こるかもしれない悲劇の為に、火種となる存在を消す。普通に考えたらまずありえないことだけど、呪詛《じゅそ》や伝承に縛られたこの島では、そんなことが当たり前に行われてきたのだ。

「お前、何でそれを知っている。父さんとは会ったこともないくせに……」

「古陶里とやりとりしていた手紙を見たからだよ。真人さんが亡くなる直前まで続いていた文通、僕はそれを読んだ。この目で」

「……なんだと？　どうやって、父さんの部屋の手紙なんて」

呟《つぶや》き、はっと何かに気付いたように和亀くんが表情を強張《こわば》らせた。

「まさか、三嶋古陶里が持ち出したのか？　俺達が探してもどこにもなかったのに」

「探した、ってことは、古陶里と真人さんが連絡を取り合っていたことは知ってたんだ」

　語るに落ちるとはこのことだ。僕の言葉に和亀くんが慌てて口をつぐんだけど、もう遅い。僕はすっと息を吸い込み、前に一歩踏み出した。

「それだけじゃないよな。君たちは、久し振りに島に戻って来た古陶里まで殺そうとした。あの夜、古陶里がいなくなった、なんて嘘《うそ》だ。もともと古陶里を殺し、不安の芽を摘むつもりでいたんだろう」

　彼らが父親を殺した疑惑については、僕自身の手には何の証拠もなく、今すぐに証明しろと言われても不可能だ。

だけど彼らが古陶里を殺そうとしたという点については、真夜中の伊鶴くんと吉川さんらしき人物の会話が証明してくれている。

　何故ならあの時、伊鶴くんはハッキリと言っていたからだ。真夜中、僕が盗み聞きしていることに気付きもせずに。

『確かに殺したはず……なのに、どうして？　三嶋古陶里が消えて、姉さんが死んだ』

『三嶋古陶里の遺体の入った袋を車に乗せ、崖まで運んで「入れ替えるように」と』

『なら、何故、万姫姉さんが崖からぶら下がってたんだよ。古陶里じゃなく』

　あれは、あの会話は、崖から吊り下げられた遺体が本当は古陶里であるはずだったこと、けれど何らかの食い違いが生じて、それを仕掛けたはずの万姫さんの遺体に入れ替わっていた、と説明していた。言葉通り、恐らく古陶里は、壱六八家を訪れたその日のうちに「殺される」はずだったのだ。

「……お前、さっきから何言ってるんだ？　俺達が父さんや三嶋古陶里を殺そうとしただって？　いい加減にしろよ、お前らは加害者だろ。殺されたのは万姫姉や伊鶴の方だ、責任転嫁するな！」

「責任転嫁じゃないさ。この部屋には古陶里の人形が隠されていたけど、何故か他の人形とは違い、壊れていて、しかも風呂敷に包まれて奥の箪笥の中に隠されていた。僕はそれが、古陶里が『忌むべきもの』として壱六八家に嫌われていたからだと思っていたけど、そうじゃない……これは人形を使ったトリックだったんだ」

　……あの日。島を訪れた僕が見たのは、崖から吊り下げられた人らしきものだった。遺体は崖の中央にぶら下げられていて、遠目では「古陶里に良く似ている」と認識することしかできず、第一発見者の島の人も、見たままの状況を壱六八家に連絡したのだろう。

結果、僕は遺体の正体を確認するために島の人たちと共に崖にのぼり、遺体を下ろすべくロープを切った。その間、僕らの目は遺体から離れていて……恐らく彼らは、この隙間をぬって犯行を成立させたかったのだ。

計画は恐らく、前日の夜から始まっていた。

そのいち。夜のうちに、屋敷から持ち出した「古陶里の人形」を崖から吊るす。

そのに。屋敷を訪れた古陶里を殺す。

そのさん。遺体を袋に入れて自家用車のトランクに詰め、朝になって崖付近を歩く島人に吊るされた人形を発見させ、壱六八家に通報させる……。

島人たちからの報せを受けた壱六八家側は、古陶里の遺体の入った袋と共に崖に移動し、皆が崖の上に移動した隙に吉川さんが車のトランクから運んだ古陶里の遺体を人形と入れ替える……恐らくは、そのつもりだったのだろう。

だが、袋に入っていたのは古陶里ではなく、屋敷で待っているはずの万姫さんの遺体だった。

「古陶里が屋敷を訪れ、島人達も参加した宴の間中ずっと屋敷にいたのであれば、君たちのアリバイが成立する。古陶里が行方不明になって崖に吊るされるまでの間、君たちは確かに屋敷にいた。そう証明されるわけだから。だけど」

だけど、そのトリックを逆手に取られた。最初に殺されたのは、この事件を目論《もくろ》んだ当事者である壱六八万姫だったのだ。

「遺体として崖から落とされた古陶里の人形は破損していた。だけどこのトリックを見破られないようにするために、君たちは人形を隠すしかなかった。僕と島の人達が崖から降りてくるまでの間に、袋に入っていた万姫さんを崖の下に置き、代わりに人形を袋に入れてどこかに隠し……あの時はずっと吉川さんが現場にいて袋を車に運ぶ時間はなかっただろうから、もしかしたら崖の近くに置き去りにしたのかも知れないね。最終的には吉川さんか誰かが袋を回収し、壊れてしまった不自然な状態であるのを隠すために風呂敷に包み、この箪笥の奥に隠した。

何とか状況を整理したものの、君たちはさぞかし動揺していただろうね。恐らくは犯行計画の中心にいたであろうはずの万姫さんが亡くなり、彼女のお世話をしていた千姫さんが手伝っていたのにも拘《かか》わらず、こんなことになってしまった。だから僕を屋敷に連れて来たんだ。古陶里の弱点である僕を人質にとって、あわよくば、古陶里と僕の二人を殺すつもりで」

「勝手なこと言うなよ、そんな証拠はどこにも」

「そう。明確な証拠はどこにもない。あるのはただ、僕自身の推理に辻褄が合うものだけで」

辻褄の合うもの。それは龍力寺に転がっていた古陶里の人形だ。

本来なら、古陶里の人形は他の人形たちと同様にこの座敷に安置されているはずだった。たとえ古陶里が壱六八家の人間たちに疎《うと》まれていようとも、彼女が島の人間である限り、人形はそこに大切に保管されているはずだったから。

だけど、古陶里の人形は壊れていた。まるでどこか高いところから落としたみたいに。

「……お前の思い込みだろ。大体、なんでその壊れた人形が龍力寺にあったんだよ」

「さあね。誰かが寺に運んだ、それくらいしか分からない。どうやら君じゃないみたいだけど……」

そんな時に、僕は島に来てしまったのだ。

古陶里はあえて、島に行く事を手紙にすら書かなかったのに。

「……お前が伊鶴を殺したのか」

和亀くんが色眼鏡越しに睨み合う僕に、何故か怯えたように言った。

それはさっきと同じ台詞《せりふ》なのに、何故か悲哀を帯びて僕の耳に響いた。

「お前は本当に一昨日《おととい》島に来たばかりなのか？　本当はもっと早く島に来ていて、万姫姉を殺し、伊鶴を殺し、僕や千姫姉も殺すつもりでいるんじゃないのか？」

「僕は誰も殺していない」

「だけど殺したようなもんだよな。三嶋古陶里がやったのなら」

和亀くんの口元が歪《ゆが》み、皮肉な笑みが浮かぶ。

「お前が探偵面《づら》して殺しただの殺されただのって話をするなんて滑稽《こっけい》だよ。全部お前が悪いのに。そうだよ、俺達はお前が思う以上にあの呪《のろ》いを恐れてる。母さんは忌《い》み子が生まれたせいでおかしくなって、毎日のように俺達に言ってたんだ……壱六八家の人間はいつか必ず殺される。だから壱六八家になんて嫁ぎたくなかった、自分ももう壱六八の一員になってしまったってな。毎日怯えて、毎日苦しんで、母さんは正気を失った。いつかむごたらしく殺される運命なら、今、私と一緒に死のうと俺たちを殺しかけたことだってある。そんなこと、お前は知らないだろう」

「……おかしくなった、って話は聞いた……けど」

「勿論《もちろん》おかしかったんだよ。顔を合わせるたびに実の子供に抱きついて泣いて、殺そうとして、殴って、わめき散らしてたんだからな。挙句の果てに俺達の前で首を吊った。分かるか？　その時の俺達の気持ちが」

呻くように言って、和亀くんは苦しそうに息を吐いた。その時初めて僕は、彼が泣いていることに気付いた。

色眼鏡の隙間から流れる涙は、色んな感情が吹き零《こぼ》れて伝う雫《しずく》みたいだった。和亀くんは確かに、苦しんでいたのだ。

「お前はたかが伝承なんかを信じてって馬鹿にしてるんだろう。だけど俺達にとってそれはただの物語なんかじゃない。いつか必ず殺される、そんな恐ろしい事が繰り返されてきた家に生まれたんだからな。俺達はその恐怖とずっと闘って来たし、母さんが首を吊ったのだって、そうやっていつ訪れるか分からない恐怖から逃れるためだった……俺には分かるよ。毎朝、顔を洗うたびに後ろに誰か立ってるんじゃないか、道を歩くたびに車に轢《ひ》き殺されるんじゃないか、一人でいる時は襲われるんじゃないか、すれ違う人間は凶器を持ってるんじゃないか、眠っている間に枕元《まくらもと》に誰かが立っているんじゃないか……毎日そう思うんだ。蛇の生殺しみたいな状況が続くくらいなら、自分から死んだ方がましだよな。

　だけどそれよりもっと良い方法がある、先に忌み子を殺してしまえば良い。島を離れた忌み子は事故で死んだと聞いたけど、俺達ははっきりとした証拠を掴《つか》むまでは安心できないと思ってた。だから父さんが三嶋古陶里と連絡を取り合い、子供を守っていると知った時、裏切られたと気付いたんだ。あいつは、俺達じゃなく忌み子を選んだ。同じ子供なのに、呪われた子供の方を選び、守ろうとしていた……」

　それは和亀くんの魂の叫びみたいだった。血を吐くような声を、僕は初めて聞いたと思った。

「先祖が呪詛を行ってたからって、なんで俺達がこんな目に遭わなきゃいけないんだよ。

疾患を抱えて普通に生きられなくて、その上、身内に殺されなきゃいけないなんてひどすぎるだろ？　だったら自分の身を守ったって良いじゃないか、父さんも見捨てた自分の命を、人を殺したって守りたいと思うのは普通の事じゃないのか？　なあ、そうだろ!?」

僕は……僕は、何も反論できなかった。

呪殺島に生まれた子供、かつて島に流された一族の末裔《まつえい》として、生まれた時から呪いを受けていた壱六八家の人々。伝承だとか呪いだとか、普通に聞けば馬鹿らしくて、まだ起きてもいない不確定な未来を恐れて人を殺そうとしたのか……と呆《あき》れてしまっていたけれど、彼らにとってはそんな簡単なものじゃない。物心ついた時から感じる死の呪いへの恐怖は彼らを蝕《むしば》み、苦しめ続けていたのだ。

人を殺したいと思ったわけじゃない。ただ、生きたかった。呪いを受けて死ぬ未来を少しでも変えたくて、回避したくて、その一心で今回の事件は起きた。彼らにとってそれはまさに、正当防衛でしかなかった。

だけど……だけど、そんな理由で人を殺すことを認める訳にはいかない。僕は僅《わず》かに視線を床に落とし、それから転がったままの箪笥の引き戸の奥から取り出した風呂敷《ふろしき》包みを見た。

それが一瞬の隙となった。

不意に庭園の真上に浮かぶ月明かりに照らされた部屋が、不自然に陰る。和亀くんが動いたのだ、と気付いたのとほぼ同時に、僕は自分の上にかかった影が凶器の形をしていることを知った。

包丁だ。さっき僕に振り下ろそうとして失敗したそれを、和亀くんは再び振り上げたのだ。

「お前さえ死ねば……っ！」

次の瞬間、和亀くんの掲げた凶器が、僕の頭に向かって振り下ろされた。

6

開け放たれた襖《ふすま》の向こう、庭園を照らす月明かりの逆光になった黒い影。

僕を殺すために真っ直ぐ落ちてきた包丁の鋭い刃先が、瞬間、光って僕の視界を奪った気がした。

ああ、死んだ。

ひどくあっけなくそう理解し、身体が勝手に次に訪れる痛みと死を受け入れるべく反応して、僕は目を閉じた。距離的にも時間的にも避《よ》ける余裕はなく、死は変えようのない未来だった。

……だが。

不意に空気が揺らぎ、僕の真横を風が通り抜けた。と同時にざんっと畳を裂く重い音が響き、驚いて目を開けると、目の前の和亀くんの姿が消えていた。代わりにそこに立っていたのは、二つの美しい日本人形で。

夢を見ているのかと思った。僕の背後にあるのは壱六八家の人々や島人達を模した人形で。

今、僕の目の前には、着物姿の生きた人形が二体並んでいる。

「え……？」

一瞬前には死を覚悟したせいか、何が起きているのか理解できなかった。それでも今頃になってへなへなとその場にへたり込み、ようやく我に返って見ると、そこには和亀くんが倒れ、僕の頭を割るはずだった包丁が右に逸《そ》れて畳の上に突き刺さっているのが見えた。僕は、どうやら助かったらしい。

そして僕を助けてくれたのが目の前にいる日本人形たち……否。

「古陶里、それに千姫さん」

「馬鹿なことを……何故、この屋敷に戻って来たんだ、お前は！」

千姫さんと並んで立っていた古陶里が、珍しく興奮した様子で僕に飛び付いてきた。

ぎゅっと僕の首に腕を回してしがみついてくるその身体は、驚くほど震えている。

「祖父に、お前を匿《かくま》うように頼んでいたのに……どうして隠れていなかった？　私と壱六八家先代の手紙を読んだのなら、ここが一番危険な場所だと分かっていたはずだ。それなのに」

「ごめん……でも」

「でも、じゃない！　人の話をちっとも聞かずに、勝手なことばかり……知らないうちに危険な目に遭ってばかりで、人がどんな気持ちで……っ」

　興奮で声を詰まらせながらも、張り裂けそうな声で叫ばれて驚いた。古陶里が、ここまで感情を露《あら》わにして叫ぶのを初めて聞いた気がしたのだ。

　だけど、今更ながら気付く。僕が古陶里を心配して島まで探しに来たように、古陶里だって、いつも僕のことを案じてくれていた。僕一人が心配してたんじゃない。古陶里の方こそ、いつだって僕を守ろうとしてくれていたのだ。

「お前はいつだってそうだ。約束したのに、ずっと一緒にいるって、なのに」

「……ほんとにごめん」

「ごめん、じゃないでしょう。貴方は本物の馬鹿なの？　古陶里が命を懸けて貴方を守ろうとしたのに、のこのこ和亀の前に現れるなんて」

　抱きついてくる古陶里の代わりに、今度は千姫さんの冷ややかな声が掛かる。僕の前に立ったまま、息を乱して肩を揺らしている彼女の姿に、僕はようやく理解した。

千姫さんが和亀くんを突き飛ばし、僕を死の淵《ふち》から救ってくれたのだ。古陶里と二人で僕を探しに来たのか、或いは別の目的があったのかは分からないけれど、それでも彼女たちが二人とも目的を同じくしていることは確かだった。

「なんで……」

「それはこちらの台詞。ここに来てから危険な行動ばかり取って……死にたいわけ？」

辛辣《しんらつ》な言葉が返ってきた。千姫さんはどうしてか、怒っているように見えた。

「ということは、やっぱり貴女が古陶里の協力者だったんですね」

僕は抱きついたまま離れない古陶里の背を撫《な》でながら、千姫さんを見上げて言う。

「そうでなきゃ、おかしいですもんね。きっと和亀くんたちも疑っていたはず……万姫さんと一緒に古陶里を殺そうとした貴女が、なぜ入れ替わりに気付かなかったのか。貴女が和亀くんと崖に向かった後、高梨さんは万姫さんを見た、と言っていたけど、あれは古陶里が万姫さんを演じられるよう、千姫さんが協力したから出来たことでしょう。だけど……だけど、なんで」

そうなのだ。千姫さんが協力者というのなら、すべての辻褄《つじつま》が合う。それでも改めて「千姫さんが味方だった」と言葉にすると、それは得体のしれない感情を呼び起こした。

何故なら僕は、彼女がそんなことをした理由……壱六八家の人間でありながら古陶里に協力し、僕らを助けてくれようとした理由そのものが、まったく思いつかなかったからだ。

「どうしてなんですか？　貴女は……壱六八の人間なのに」

「……そんなことどうでも良い。和亀が目を覚ます前に、古陶里と一緒に外に出て。後は私がごまかしておくから」

「駄目です。だって、僕なんでしょう」

僕は言った。途端に古陶里の身体が大きく震える。長年の付き合いである彼女には、僕のつたない細切れの言葉だけでも真意が伝わったのだ。

「古陶里じゃない。今、和亀くんが言っていた通り、この僕が……僕こそが、この事件の原因なんですよね？」

「よせ、頼む」

古陶里が懇願するように言って身体を離す。至近距離からガラス玉のように澄んだ目を向けられて、でも僕は、古陶里ではなく千姫さんを見つめていた。

「どういうこと？」

「この風呂敷包みの中身を隠したのは、貴女ですか？　それとも古陶里かな」

「思い出したのか」

古陶里が諦《あきら》めたように呟く。その表情に滲《にじ》む疲労と後悔を申し訳なく思いながら、僕は転がっていた風呂敷包みを引き寄せ、固い結び目をほどいて、中にあるものをごろんとその場に転がした。

「はっきりとじゃないし、まだぼんやりしている部分もある……だけど、龍力寺の蔵や先代と古陶里の手紙の束のおかげで、やっと分かったよ。これが君たちの隠していた真実、僕が忘れていた事実なんだろ？」

暗い座敷に横たわる人の形をしたもの。

そこにあったのは、短い黒髪に特徴のない顔立ちをした日本人形。壱六八家の人々が作る、島人を模した人形の一つ、まだ少し小さな僕の分身となる人形だった。

*****

思えば違和感は最初からあったのだ。

僕に何も言わずに消えた古陶里。島を訪れた僕を、まるで古陶里その人であるように敵視していた和亀くん。怒りに狂って僕を殺そうとした吉川さん。

何故、そこまでして僕を排除しようとするのか。あまりにも強い感情をぶつけられた時、それは古陶里の親友だからという理由だけではなく、他に何か理由があるのではないかと思えるほどだった。

僕が古陶里のことを調べようとして、壱六八家の「呪い」や「伝承」に近付きすぎたのか？　よそ者が島のことを周りに言いふらすのではないかと恐れたのか。いや、そんな単純なことじゃない。

……僕が、僕こそが、本当の「呪い」だった。

龍力寺で見た古陶里と先代当主との手紙。そこにはこう記されていた。

『古陶里さん。桜が亡くなった今、息子を守ってくれるのは君しかいない。まだ幼い君にすべてを託すのは申し訳ないが、あの子が忌み子として島で疎まれながら、命の危険すらある中で暮らすのなら、自らが壱六八の血を継ぐ人間だと知らぬまま暮らした方が良い』

そう。古陶里ではなく、壱六八家に生まれた「忌み子」は。姉弟たちに疎まれて龍力寺の蔵に閉じ込められていたのは。そして、見かねた古陶里の母親が連れて逃げたのは……壱六八家の長男である、この僕だったのだ。

「僕の名前は佐藤悠樹《ひろき》。古陶里のお母さんが、目立つ壱六八姓を名乗って島の人達に存在を知られないよう、あえて母方の旧姓を名乗らせてたんだよね？　島に来て先代の本妻の旧姓が佐藤だって聞いた時、引っ掛かりは覚えたんだけど……良くある名字だから偶然だろうと思ってた。ついさっきまでは昔の記憶もなかったし」

「今は思い出したのか？　島を離れた経緯を」

「僕は去年の夏に頭を打って一時的に記憶喪失になった。それで島のことを忘れていたのかと思ったけど、違うよね？　最初から僕は壱六八島を覚えていないまま施設に入ったんだ。その理由は分からないけど、島を離れた直後の記憶が曖昧《あいまい》だったのは、頭を打ったせいなのかな。僕はどこまで覚えていて、どこから忘れていたんだろう……」

「確かにお前は島の記憶を失っていたし、記憶していたのは施設に入った直後くらいからだ。だが……何を思い出した？」

「何を、って……古陶里のお母さんが、僕を心配してくれていたことかな。養護施設に入った日の記憶に、そんな感じのものがあって」

『忘れないで。あなたのせいじゃない』

　そう言って悲しそうに僕を見つめていた女性。

『あなたはここで幸せになるの』

『二度と島に戻ってはだめよ、そうしなければ』

『今度こそ、殺されてしまうから』

　遠い記憶の中で、僕の両肩を抱き、心配そうに見つめていた眼差《まなざ》しの正体を、この島に来て僕はようやく思い出したのだ。それが何なのか分かったのは、つい数時間前だったけど。

「僕は壱六八家の血統だけど……古陶里は違うよね？　壱六八の血は引いてない」

「…………」

「古陶里と千姫さんは雰囲気が似てるし、姉妹だと思い込んでいたから分からなかった。だけどあの手紙に書かれていた内容が本当なら、真人さんと桜さんは嘘をついていた事になる」

　手紙に書かれていた嘘。それは古陶里の出生の秘密について。

　三嶋桜さんは、島を訪れた別の男性との間に子供をもうけ、シングルマザーとして古陶里を生んだ。だけど島の人達はよそ者に厳しく、ましてや父親が島を離れたと知れば村八分のような扱いを受けるかもしれない……そう考えた真人さんは、僕と同時期に生まれた古陶里を自分の子だと偽った。桜さんではなく、迷信深い島の人達が、僕一人を「忌み子」だと責めないように。

　それは幼馴染《おさななじ》みだった真人さんと桜さんの「契約」だった。

　僕を守るために、古陶里を犠牲にする。けれど同時に父親のいない子である古陶里を、妾腹《しょうふく》ではあるものの、領主一族の血統であると島人に信じさせることが出来る。金銭面での補償も行う……という。

　結果、古陶里と僕は忌み子として育ち、僕を生んだことで正気を失い始めた姫菜さんのため……何より僕自身の安全のために、やがて僕は龍力寺の隔離された蔵で暮らすようになった。

　表向き、壱六八家当主の妾腹であるとされた古陶里もまた、そうされるべき立場ではあったものの、龍力寺から可能な限り出ないようにすることで監禁を免れた。もともとは壱六八の血を継いでいないんだから、それは三嶋家の住職親子にすればごく自然なことではあったんだけど、周りはもちろん快くは思わなかった。それで古陶里はずっと、蔑視されながら暮らさなければならなかったのだ。

「千姫さんは、いつから古陶里と仲良くなったんですか？　壱六八家の子供たちは皆、僕と古陶里を嫌っていたはずですよね」

それなのに、千姫さんは僕らに協力して身内を裏切った。その理由は相変わらず分からず、僕が尋ねると、まだ立ったままでいた彼女は困ったように目を伏せた。

「……子供の頃から」

「子供の頃？」

「私たち……私や万姫姉さん、和亀と伊鶴は、おかしくなった母親を避けて龍力寺に良く遊びに行っていた、と話したわよね？　その頃、蔵の存在に気付いてこっそり覗《のぞ》きに行ったのが最初の……きっかけ、みたいなものよ」

当時。

僕が閉じ込められていた蔵には、桜さんが食事を運んでくる他に、毎日のように古陶里が人目を忍んで遊びに来てくれていた。本当なら自由に暮らせるはずだった古陶里は、僕と同様にあまり外に遊びに行けなくて、だから僕らは蔵の中という狭い箱庭のような世界で、お互いだけを友達にして子供時代を過ごしたのだ。

　蔵の存在を知り、その中にいつの間にかいなくなっていた弟が隠れていると知った千姫さんは、やがて母親に会うのを嫌がって龍力寺に泊まった夜なんかに、僕と古陶里がひっそりと遊んでいる様子を盗み見るようになったという。

「……壱六八の家はいつもぴりぴりしていて、暗くて、澱《よど》んでいて、息が出来ないほどだった。母は繰り返し聞かされた壱六八家の呪いを恐れ、貴方を生んだ後は自分が呪いの種を生み出したのだと苦しみ、気が触れて……その重く黒々とした感情は、まるで染《し》みのように伝播《でんぱ》して壱六八家を染め上げていた。私以外の人達は皆、おかしくなっていたの」

「千姫さん以外の人……？」

「そうよ。私は別。伯母さまが言っていたでしょう、私は失感情症だって。私には昔から、喜怒哀楽がなかったの。辛《つら》い事も悲しい事も、何も感じない。だから周りに合わせて表情を作るけど、最初は屋敷にある人形みたいだって気味悪がられてた」

「でも、今は違いますよね？　千姫さんは笑ったり心配したり、今だって僕を助けた後、ものすごく焦《あせ》った顔をしてた」

「そう？　多分、普通の人はこんな時どうするのかを想像しながら表情を作っていて、それが今では自然に身に着いたんじゃないかしら」

千姫さんはそう言って、こてんと首を傾《かし》げる。もしそれが本当だとしたら、それはもう、ごく普通の「感情」と言っても間違いないんじゃないかと思ったものの、心に何かを感じるかどうかでそれは違ってくるんだろう。

「子供の頃、夢遊病でもあったって、伊鶴くんが言ってましたが」

「それは分からないけど、もしかしたら、夜中に貴方《あなた》達のいる蔵を覗きに行くのを見て誤解されたのかもしれない」

「……僕達のことを覗き見してたって言いましたよね。古陶里と協力して僕を助けてくれた理由はそれですか？」

僕は改めて千姫さんを見た。そうして今更ながらに気付く。

この人は、僕の姉なのだ。

亡くなった壱六八万姫も。今、僕を殺そうとして突き飛ばされた和亀くんも。昨日亡くなった伊鶴くんも、顔も思い出せないけど、夏に亡くなった真人さんだって。

この人達はみんな、僕と血のつながりのある身内なのだ。等しく僕との接点は薄いように見えるし、ずっと離れて暮らしていたから実感はないけれど。

「一体いつから」

「古陶里ちゃんとお母さんが、貴方を連れて島を離れる時からよ。連絡を取り合っていたのは父と古陶里ちゃんだけじゃない。文通なんて古風な方法を使わなくとも、グループメールで連絡が取れたもの」

「だけど……やっぱり分かりません。そうまでして貴方が僕達を助ける理由が」

思わず呟いた言葉に、千姫さんがふっと僕を見る。その眼差しには、びっくりするくらい優しくて穏やかな光が宿っていた。

「あの頃の私と古陶里ちゃんは、とてもよく似ていた。壱六八家でも異質だった私と、表向きは壱六八の妾腹の子として育てられていた古陶里ちゃんと。色を失った世界の中で、私達は、いつだって何かを探していた……心のよすがとなるものを。私達にとってあの蔵は、たったひとつの、大切な場所だったのよ」

「大切な、場所って……そんなことくらいで」

「……真白。いや、悠樹。それはどうでも良い。大切なのは、お前がまだこうして生きていること、私と千姫がお前を助けられたということだ」

「それは……じゃあ、伊鶴くんと吉川さんは？　あの二人は何で死んだの？」

古陶里の言葉に、いえ、と短く反論したのは千姫さんだ。

「お前を守るためだ」

「古陶里ちゃんじゃないわ。殺したのは」

そうして、彼女は訥々《とつとつ》と語り出した。

7

僕を連れて島を離れた桜さんが、僕と古陶里を養護施設に預けてから事故死した後。前当主の真人さんは、桜さんと共に僕と古陶里もまた亡《な》くなったのだと島の人達に信じ込ませた。古陶里はしばらく島との連絡手段を失っていたものの、住所は母から聞いて知っていたので、中学に上がってすぐに手紙を書く事にした。

そして、その手紙に、屋敷の中で唯一《ゆいいつ》僕らの味方であった千姫さんにだけは僕らが生きていることを伝えてほしい、とスマホのアドレスを書いて送った。そこから、文通とメールでのやり取りが並行して行われるようになったのだ。

けれど万姫さんが、真人さんと古陶里との関係に気付いた事で、事態は一変した。僕が推理した通り、壱六八家の子供たちは僕を殺すべきだと考え、それに反対するであろう真人さんの食事に毒物を混ぜて彼を殺した……不審な点はあったものの、もともと病で長生きできないはずだった真人さんの死について誰も疑わないよう、万姫さんたちは警察に根回しをした。

真人さんの死を止められなかった千姫さんは、すぐに古陶里に連絡を取った。次は僕……佐藤悠樹が殺されてしまう、と。

「私はすぐに千姫と相談し、お前を助ける方法がないか考えた。そしていち早く島を訪れ、お前が気付かないうちにすべてを終わらせようとしたのだよ」

「終わらせるって」

「壱六八真人の死が毒殺であると外部の警察に連絡し、この後に起こる事を未然に防ぐつもりだったのだ。だが、彼らはこの私を殺そうとした」

……古陶里を殺す計画を聞いた千姫さんは、宴の途中、厠《かわや》に立った古陶里を捕まえるふりをして逃がそうとした。だけどそれより先に、千姫さんが古陶里の味方である事を万姫さんに気付かれてしまった……。

「わめこうとする姉を黙らせようとそばにあった枕を顔に押し付けたら、そのうち姉は動かなくなった。そこに古陶里ちゃんが来て、計画を変更しようと決めた……古陶里ちゃんが姉のふりをして周りを誤魔化し、姉の遺体を袋に入れて車に運んだ。もともと姉は身体をうまく動かせないから、古陶里ちゃんが鬘《かつら》と姉の着物をまとってうつむいていたら、うまくごまかせた。姉の遺体が崖《がけ》の下にあった理由は、貴方がさっき推測していた通りよ」

　そして、二度目の殺人は、僕が伊鶴くんと吉川さんの話を盗み聞きした、あの夜。

　島に来た僕を心配した古陶里は、千姫さんの手引きで屋敷に侵入した。だけど僕が不用意に騒いだもんだから、様子を窺《うかが》っていた千姫さんが僕の頭を殴り、昏倒《こんとう》させるより他なくなってしまった。

　おまけに古陶里を逃す際、部屋の外にいた伊鶴くんに見つかってしまい……眼が見えない彼は気配に敏《さと》く、それを誤魔化そうとした千姫さんは伊鶴くんと揉《も》み合いになってしまった。

『なんであんなやつ庇うの？　やっぱり姉さんは三嶋古陶里の味方か……父さんを殺す時、あんたは一人だけ非協力的だったもんね？』

　その声を耳にした時、千姫さんは「まずい」と思ったらしい。自分が古陶里の味方であり、内通者であることがバレれば僕を守ることが出来なくなる。

　そう思ったら、至極冷静に弟を突き飛ばし、結果「たまたま」彼は庭に落ち、岩で頭を打って亡くなってしまった。

「後悔はしてないわ。こうして和亀が行動したことを考えても、あの子はきっと本気で貴方と古陶里ちゃんを殺すつもりだったろうから」

　そして、数時間前。吉川さんが僕を追いかけてきた時。

　僕がいないことに気付いた千姫さんは、足跡を追って森に入り、僕が龍力寺に逃げ込んだ後に古陶里と揉み合いになっている吉川さんを見つけた。慌てて間に割って入ったものの、吉川さんは興奮状態で、姫菜さんの娘である千姫さんが止めても言う事を聞かず、更に力の強い彼をうまく拘束も出来ず……咄嗟に帯紐《おびひも》をほどいて吉川さんの首を絞めたのだと言う。

「だから、吉川を殺したのは古陶里ちゃんじゃないの。埋めたのは二人でやった事だけど……そのうちに月心さん……住職が来て、何が起きたのか理解したうえで吉川を埋めるのを手伝ってくれた」

「……そうだ、君たちがなかなか戻って来ないって心配して……住職は無事なの？」

「もちろん。最初は貴方を一人にして出て来たと聞いて腹が立ったけど、遺体を隠すのを手伝ってくれた事には感謝してるわ。その後で龍力寺に戻ったから、貴方と入れ違いになったみたいね」

淡々と言う千姫さんに、何となく背筋がぞっとするような感覚を覚え、僕は慌《あわ》てて口を開いた。

「こうして話を聞いていても、やっぱり分かりません。千姫さんがどうしてそこまでしたのか。それに、古陶里も」

「私がどうした」

僕のすぐ傍にいる古陶里が顔を上げて僕を見る。ここしばらくの間、いつもそばにいた温《ぬく》もりが消えて寂しくて、ぽっかりと穴が開いたように感じていたのが嘘みたいに、古陶里はそこに立っていた。

「どうしてこうまでして僕を守ってくれるのか、その理由がどうしても理解できないんだ。僕はまだ大切な事を忘れてるんじゃないかな。僕と古陶里と千姫さんと……僕が思い出せない記憶の中に、その理由があるんだとしたら」

そもそも。僕が施設に入ったのは十歳くらいで、記憶をなくすほど幼かった訳でもない。なのに何故、僕は今まで壱六八島のこと、龍力寺にある蔵のことを忘れていたんだろう。

「僕は、一体、何を忘れてるの？」

「それは」

古陶里が躊躇《ためら》いながらも口を開きかけた時。

うわぁぁ、という気迫のこもった声が響き、隣で昏倒していたはずの影が弾《はじ》かれたように起き上がった。

和亀くんだ。彼は手にした包丁を再び振り上げ、僕に襲いかかろうとして、

「……っ！」

咄嗟に古陶里が僕に飛びつき、僕の視界は彼女の着物の柄一色に塞《ふさ》がれてしまった。

何が起きているのか分からず、だけどいつまでたっても刃物を落とされる衝撃は訪れず、ただ、すぐ近くで誰かの呻《うめ》くような声が聞こえた。それはどこかで聞いたような音で。

「え？」

古陶里に覆《おお》いかぶさられ、畳に押し付けられた僕の視界に、ぽつ、ぽつ、と何か液体のようなものが滴《したた》り落ちるのが見えた。それは畳の上に小さな丸い染みを作り、次第に量を増やしてじわじわと染みが広がっていく。

僕は……僕は息を呑《の》み、庇ってくれた古陶里を押しのけるようにして身を起こす。そうして、見た。

千姫さんが、僕達を庇うように前に出て、和亀くんを押さえ込んでいた。抱き合うようにして立つ二人の間から、ぽたり、ぽたりとまた新たな液体が滴り落ちる。

「……千姫、さん？」

二人の姿が揺らぎ、月明かりが畳の上に差す。すると水たまりのようなものは色を宿し、真っ赤なそれが、鮮血であることを僕は知った。

再び呻き声が響き、今度こそ、それが千姫さんのものだということが理解できた。そのまま彼女はずるずるとその場にへたり込み、その向こうに、手を真っ赤に染めた和亀くんが、震えながら立っているのが見えた。

「なんで、ここまで、邪魔……するんだよ……」

和亀くんの手に武器はない。その代わり、くの字に身体《からだ》を折り曲げてその場に膝《ひざ》をつく千姫さんの腹部から、突き立った包丁が見えた。滴り落ちていた血は、千姫さんのものだったのだ。

「お前、おかしいんじゃないの⁉　千姫姉が変だって伊鶴が言っていたけど、俺は信じなかった。あの袋の中に、三嶋古陶里じゃなく万姫姉が入ってた時だって……あんたが最終確認して万姫姉の指示を受けたって聞いて、そりゃおかしいとは思ったけど、まさかって思ったよ。だってあんたがそいつらに味方する理由がない！」

「…………」

「父さんは、どうせ母さんより三嶋桜のことが好きで特別で、だからそいつにも同情的なんだと思ってたよ。だけど、お前は何なんだ？　お前だってこいつに殺されるのが怖いんじゃないのか⁉　だから母さんだってこいつを殺そうとしたのに、失敗したんだろ⁉」

「和亀！」

　何故《なぜ》か咄嗟《とっさ》に古陶里が僕の耳をふさごうとし、息も絶え絶えに身体から生えた包丁を握っていた千姫さんが叫んだけど、何もかも遅かった。僕はその言葉を聞いてしまったのだ、はっきりと。

「母さんが、失敗した……？」

「そうだよ。母さんは忌み子を生んだせいでおかしくなって、夜中に鉈《なた》を持ち出し、龍力寺の蔵の中にいたお前を殺そうとした。だけど……そいつが、三嶋古陶里が邪魔したんだ。そのせいで母さんは余計におかしくなって首を吊《つ》った。お前のせいだ、あの時、お前が死んでさえいれば」

「……古陶里が、僕を」

いつの間にか、僕は僕の耳をふさいでいる古陶里の両手をおろし、和亀くんの悲鳴のような声を聞いていた。圧《お》し掛かるようにして身を寄せてくる古陶里は、僕を両手で押さえつけながらも、ひどく青ざめた顔でこちらをじっと見ている。

僕は……僕は、それでようやく理解した。あの、蔵で見た幻影。座敷の中に転がっていた古陶里の人形を見た途端、それを息絶えた古陶里と見間違えた原因を。

あの日。まだ幼かった僕が、深夜、忍びこんできた古陶里と遊んでいた時。

鍵を開けたままにしていた蔵の扉が重い音を立てて開き、驚いて見上げると、そこに乱れた着物姿の母さんが立っていた。母さんは髪を振り乱し、靴も履かずに足袋のまま森の中をさまよっていたのだろう、着物の裾《すそ》まで泥だらけにして、血走った眼で僕を見下ろしていた。

正気じゃないことはすぐに分かったけど、彼女が何故、やせ細ったその腕に似つかわしくない不気味な鉈を引きずっているのかは理解できなかった。

『お前のせいで、お前さえいなければ』

『お前を生んだから、みんな殺される。私も、子供達も、みんな』

『仕方がないの。こうしなくては、他にどうしようもないのよ』

しわがれた声で、血を吐くような叫びを放った彼女は、どこにそんな力があったのだろう、鉈を振り上げて僕を殺そうとした。

僕はただ、その行動の一部始終を見開いた目で見続けて……咄嗟に僕の前に飛び出した古陶里が、代わりに鉈の刃《やいば》を受けるのを、飛び散る鮮血を、倒れながら僕に圧し掛かってくる彼女の重みを、蔵の中に響いた悲鳴を、現実の物とは思えずにただ見ていた。

ぴくりとも動けないまま。

『古陶里』

我に返ったのは、悲鳴を聞きつけた住職と桜さんが、母さんを押さえ込んだ後だった。果たして二人が聞きつけた悲鳴が誰のものだったのか……僕か、古陶里か、或《ある》いは母である壱六八姫菜のものであったのかも分からない。

それでも狂人のようにもがく彼女を押さえ込み、鉈を取り上げた桜さんと住職の前で、僕は何もできず、目の前に倒れている血塗《まみ》れの古陶里を見下ろした。

『……古陶里？』

古陶里はぴくりとも動かず、死んでいるように見えた。どこに怪我《けが》をしたのか分からないものの、日本人形のように畳の上に倒れた彼女の体からは、畳の目を伝うようにちろちろと赤い血が流れていた。

目と口は薄く開き、まとまりなく畳の上に広がった黒い髪がなぜかとても綺麗《きれい》に見えた。僕は、あの時、僕のせいで、古陶里が。

古陶里が、死んでしまったのだと、そう思って。

「……あああ………っ」

「しっかりしろ！　私は生きている。生きていたんだ。お前は意識を失ったから知らないだろうが、あの後、母さん達が壱六八家に連絡して壱六八姫菜を連れ帰らせ、私も医者に掛かったくらいで済んだ。私の怪我も、あの女がまともに鉈を振り下ろせずに外したから、命に関わるようなものじゃなかった！」

僕の身体をがくがくゆすりながら古陶里が叫ぶ。その言葉に、僕は今度こそ、何もかもすべてを思い出した。

そうだ。突然現れた、遠い昔に見た事のある「母」が古陶里を殺してしまったと思い込んだ僕は、意識を失ったその後に恐ろしい事件の記憶を封印してしまった。そして僅《わず》かな違和感を覚えながらも、無事だった古陶里に安堵《あんど》し、何もかも「なかったことに」しようとした……。

真人さんと桜さんが話し合いをして、僕と古陶里が島を離れて暮らすべきだと判断したのはこの事件がきっかけだった。だからこそ桜さんは、僕らを連れて島を離れたのだ。

このとじられた世界の中で、迷信深い島人の一人として忌み子の伝承を信じ、その呪いの子供を生んだことで少しずつ正気を失った壱六八姫菜。僕の母親だったその人もまた、僕と同様に狭い箱庭の中で育った可哀想《かわいそう》な人だった。迷信だけを信じ、壱六八家の人間以上に呪いによる死を恐れ、壊れてしまった。

だからこそ、僕は島に戻ってはならなかったのだ。

「……古陶里。僕は」

僕は、そんなに生きていてはいけない子供だったのだろうか。

双子ではなく、一人子として生まれたその瞬間から、忌み嫌われることが決まっていた。いずれ家族を殺す恐ろしい忌み子として、実の母親にさえ疎まれ、小さな蔵の中に閉じ込められて過ごし、最後には殺されかけた。

それほどまでに僕は、死ななくてはならない人間だったのか。殺されて当然の人間だったのか……。

「僕が死んでいたら、桜さんも、真人さんも、万姫さんも伊鶴くんも吉川さんも、誰も死なずに済んだのかな……僕のせいで、沢山の人達が不幸になって、僕は……」

「そうだよ！　やっと分かったのか、お前のせいで俺達は」

呆然自失《ぼうぜんじしつ》で呟《つぶや》いた僕の言葉に、まるで答えるように和亀くんが怒鳴る。だけどその言葉が最後まで紡《つむ》がれることはなかった。

それまで腹部に刺さった包丁を掴み、荒い息を吐いていた千姫さんが、突如立ち上がって僕らと和亀くんの間に立ったからだ。和亀くんの姿は千姫さんの陰に隠れ、そして、不自然にくぐもった声と同時に再び千姫さんが身体をよろめかせる。

「お……まえぇ……っ」

呪詛《じゅそ》のような低く憎悪《ぞうお》に満ちた声を振り絞った和亀くんは、千姫さんに正面から抱きしめられ、身動きが出来ずに二人並んでその場に倒れ込んだ。畳の上に転がった拍子に二人の身体が離れ、そして月明かりに、和亀くんの姿が映し出される。その胸には、千姫さんの腹部にあったはずの包丁が突き刺さっていた。

「この子は……この子たちは、殺させない……」

「ち……くしょ……」

それが和亀くんの最期《さいご》の言葉だった。

倒れた拍子に和亀くんの色眼鏡がずれ、その隙間《すきま》から、見開かれたままの目が見えた。命の消えた眼差しはからっぽで、その視線の先にいるのが自分だと気付いた途端、僕は思わず目を逸らして、それからすぐに倒れた千姫さんににじり寄る。

「千姫さん！」

「大きな声……出さないで……」

「でも、病院に、救急車呼ばないと」

「馬鹿《ばか》ね。この状況、どう説明するつもり」

畳に倒れたまま、千姫さんは息苦しそうに、けれどはっきりと言った。

「古陶里ちゃんと、逃げて」

「千姫さんを置いていけない！　僕のせいでこんなことに」

「……貴方のせい？」

千姫さんが、微笑《ほほえ》んだ。それは「感情がない」なんて話が嘘《うそ》みたいに、綺麗で、すがすがしく、何かに満足したような笑みだった。

「違うわ。これは、私の、ため。私のために、生きて、生き延びて……」

「行こう」

千姫さんを何とか抱き起こそうとする僕に、古陶里が短く言って腕を引く。咄嗟に振り払ったけど、すぐにまた腕を掴まれ、有無を言わさぬ力強さで引っ張られた。

「人が来る」

……言われてみれば、真夜中だというのに大きな物音を立てたお陰で、廊下の向こうが騒がしくなっていた。高梨さんか、他の使用人の誰かだろうか。明日の御津代さんの葬儀の為《ため》に、ここには複数の人間が滞在しているし、いつも以上に起きている人も多いのだ。

「頼む。千姫の気持ちを無駄にしないでくれ」

古陶里が何かを堪えるように言って、僕を立ち上がらせる。僕は……僕は、倒れたままの千姫さんが、荒い息を吐きながらもうほとんどの力を失って目を閉じかけているのを見た。その時。

「わたしの……たいせつな……」

千姫さんが、くぐもった声で何かを言った。紡がれたその言葉はあまりにも小さく掠《かす》れていて、肝心なところが聞き取れなくて。もう一度聞こうとしたけど、時間がないことは明らかだったから、僕は、僕は。

「……ちひろ、姉さん……」

短く呟いた言葉は、千姫さんに届いただろうか。

僕らはそのまま廊下から庭園に出て、その場から逃げ出した。背後でようやく駆けつけた誰かが悲鳴を上げていたけど、それが誰なのかを確認する余裕もなく、屋敷の外に飛び出して行った。

*****

足音が、遠のいていく。

二人がきちんと逃げられたのか確認したいのに、わたしは顔を動かすことも、視線を向けることも出来ない。どころか視界にだんだん影が落ちて、誰かが廊下を走って来る音も、わたしと和亀を見つけて上がった悲鳴も、耳に届かなくなってきた。

「……私がどうして、貴方達を守ろうとしたのか……分からないって、言ってたわよ、ね」

わたしはおそらく、ほとんど声になっていないだろう声で呟き、残された力をふりしぼり、なんとか自分の手で自分の顔を撫でる。良くは分からなかったけど、多分わたしは笑っているのだろうな、と思った。あの子に、微笑みを見せて別れることが出来たのだ。

……からからに乾いた毎日のなかで、光はなにもなく、世界は真っ暗で、毎日を生きていくことすらむずかしかった。どうして生きていなければならないのだろうと思っていた。どうしてみんなは死を恐れるのだろうとも。

だって、今こうして生きていることと、あの子に殺されてしまうことと、何がちがうのか。どちらもつらくてこわいけれど、死はきっと、終わりだ。いつまで続くのか分からない今を生きるよりも、それは救いなのではないだろうか。

……遠く、満ちる夜。からっぽで毎日が息苦しかったころ、わたしの前に現れた黄金色の蝶《ちょう》が導いてくれた、小さな聖域。蔵の中はあまりにも狭く、みすぼらしくすらあったのに、わたしの目には、どんなものより美しくかけがえのない宝物のように見えた。

それは、わたしだけのたいせつな場所、こころの帰る場所だった。

わたしはくりかえし、あの聖域を思い出す。

あの子供たちは、いつかまた、わたしのところに戻って来てくれるだろうか。

たぶんそれは無理だろう。だってこの地はあの子たちに優しくはなかったから。だけど、だから、わたしはきっと、あの子たちのためにどんなことでもしたかったのだろう。こわれてしまったわたしの中で、あの二人だけが、あの二人のいる場所だけが、ほんものだったから。ほんものの世界を、母や、わたしみたいに、こわされたくなかったから。

わたしが消えても、あの二人がいてくれるなら、わたしは存在し続けられる。
生まれた意味も、生きてきた意味も、たぶん消えずにそこに残る。
わたしはわたしの命より、わたしの聖域をまもりたくて、彼女の人形を蔵に運んだ。
これを見れば、きっとあの子は昔のことを思い出す。あの子が思い出してくれさえすれば、また、ここに聖域が生まれるかもしれない。

そうして、聖域を壊そうとするじゃまなひとたちが消えてしまえば、あの場所は永遠にまもられる。

黄金色の蝶がふわりと舞った。あの日、わたしを聖域にみちびいてくれた、蝶だ。闇にしずんでいく視界の中で、それは美しい鱗粉《りんぷん》を放ちつつ、飛んでいる。こんどはわたしをどこに導いてくれるのだろうか。

こわいけれど、こわくはない。だって。

あの子たちがいてくれさえすれば。
わたしは、ほんとうの意味で、生き続けることが出来るのだ。
たとえ死んでしまっても。
このせかいのどこにもいなくなったのだとしても。

終章

呪殺島、と呼ばれる場所がある。

それは太古の昔より「神道《しんとう》」「陰陽道《おんみょうどう》」「仏教」「密教」など、ありとあらゆる手法を用いて行われていた呪《のろ》い……呪術《じゅじゅつ》を操っていた一族が、本来であれば人には許されざる術を用いていたことから業《ごう》を負い、たまりにたまった呪術の残滓《ざんし》に自らも呪われた結果、都から離され、流された場所。存在自体が呪われたものであるが故《ゆえ》に、黒い染《し》みが周りに広がって行くが如《ごと》く周囲の人や地にまで影響を及ぼさぬよう隔離する、そのための牢《ろう》獄《ごく》のような場所である。

島に流された呪術者の一族は、その大半が呪われた死を迎えて朽ち果てた。しかし一部の子孫は島の領主となって生き残り、呪殺島には今なお呪われた一族が存在し続けている。

呪殺島はひとつではなく、日本全国に複数存在しているが、「呪殺島」の名を冠して知られる場所はほんの一握り。

彼ら、あるいは彼女らは、今なお自らの一族の背負った苦しみの中、独自の文化と共に暮らしている。

……だが本当に。

彼らはそれほどまでに「穢《けが》れ」ていたのだろうか。彼らの罪はそれほどまでに重かったのだろうか。

苦しみ、追い詰められ、呪詛《じゅそ》にがんじがらめとなり。救いを求め続けてもなお落ちていくしかないほどの罪を、果たして本当に犯したと言えるのだろうか……？

*****

冬の空の色は清々《すがすが》しいほど澄み切った青で、どの季節よりも高く、どこまでも広がっていくようだ。

淡く漂うだけの雲は遠く、空の青に溶け込むように消えている。孤高で美しく、まじりっけなしの空の青を濁らせることもなく。

四角く切り取られた病室の窓から覗《のぞ》く、その純然たる美しい青に、僕は目を奪われた。どうしてかそこに色んな人達の面影が重なっては消えていくようで、繰り返し映し出されるたくさんの思い出に気を取られていたら、目を離せなくなってしまったのだ。

「まだ準備できていないのか？」

声を掛けられて振り返ると、紙袋と僕のくたくたのリュックを抱えた古陶里が、個室の入口で呆《あき》れたように僕を見ていた。それでようやく我に返る。ベッドの上に並べた荷物が、まだほとんど片付いていないことも同時に思い出した。

「ああ、ぼーっとしてた……ごめん」

「手伝おう」

言って、古陶里がベッドに近付いてくる。僕はそれをやんわり断ると、古陶里の手から紙袋とリュックを取り上げ、近くにある椅子《いす》に置いた。

「僕なら大丈夫だから、古陶里は座ってて。入退院の手続きとかも全部任せちゃったしさ、ほんとにごめん」

古陶里の、日本人形の硝子玉《ガラスだま》みたいな瞳《ひとみ》が僕をじっと見る。それから彼女はゆるく首を横に振り、その拍子に長い黒髪がさらりと着物の襟もとから流れ落ちた。僕はとっさに目をそらす。その艶《つや》やかな髪の色に苦い記憶が甦《よみがえ》った気がしたからだ。

……壱六八島の事件から、はや三か月が経過していた。

季節は相変わらず冬で、島にいた頃より寒さが増しているようにすら感じられるけど、窓の外からは時折花のような香りが漂ってくる。春が近いのだ。

大部屋がいっぱいだから、と案内された個室はこぢんまりとしていて、当然ながら人の気配がない。そのせいでここにいると余計なことばかり考えてしまい、壁にある小さな染みをじっと睨《にら》み続けていた記憶ばかりが残っている。息苦しくて、でも動くのが億《おっ》劫《くう》で、そうこうするうちに季節が移り変わっていた。病院のベッドの壁に貼《は》られたカレンダーは二月で、中途半端《はんぱ》な時期に休学した僕は、恐らく留年することになる。

あの、事件の日。千姫さんが僕達を庇《かば》い、和亀くんと刺し違えるように倒れた後、僕らは龍力寺に逃げた。僕と入れ違いに寺に戻っていた住職がすぐに僕らを匿《かくま》ってくれたけど、夜が完全にあけて壱六八家の惨状が周囲に知られれば、恐らくはすぐに警察が来るんだろう。そう、覚悟はしていた。

だけど、そうはならなかった。千姫さんが最後の力を振り絞り、騒ぎを聞いて駆けつけた高梨さんたち使用人に「自分が和亀を殺した」と告げたからだ。

そして千姫さんが亡《な》くなると、彼女の部屋からは遺書にも似た告白の手紙が発見された。そこには一連の事件が自分一人の起こしたものであり、その理由は昔から自分が家族と不仲であり、疾患の影響で冷遇されていたこと、そして父親が妾腹《しょうふく》の子を作ったことで母が自死し、壱六八家が崩壊するのを目《ま》の当たりにしたことにあると記されていた。

跡取りからは遠い立場にあった千姫さんは、過去の家族の態度から自らの今後を案じ、古陶里が「たまたま」父を弔うために島に戻って来たことを利用して家族を殺し、いずれは自分が壱六八家の遺産を相続しようと考えたのだ……と。

　もちろん、この手紙の内容は明らかにおかしかった。もしそれが本当なのだとしても、千姫さんが自白するような形で手紙を残す理由がないからだ。結果的に和亀くんと刺し違えることになり、それで死ぬのであっても、何も罪を告白して死ぬ必要はない。まるで自分が死んだ後の事を案じて手紙を用意していたとも取れるその行動は、誰の目から見てもおかしかった。

　それでも筆跡鑑定で手紙を書いたのが間違いなく千姫さんだと証明されると、僕と古陶里は無罪放免となった。そして皮肉なことに、僕と古陶里に遺産相続の話が舞い込んだ。

「何故《なぜ》、壱六八家の遺産を放棄したんだ？　血のつながりのない私はともかく、お前には相続の権利があったのに」

　僕がすぐにその話を断ったと知った時、古陶里は怒ったようにそう言った。これまでお前をないがしろにし、忌《い》み子だ、呪われた子だと迫害してきた家族に遠慮する必要はない。お前にはそれを受け取るだけの理由がある、と。

　だけど僕は、もう、何もかもにうんざりしていた。何より遺産を受け継ぐという事は、壱六八家の「呪い」をも引き受ける事になるのではないかと……。

　既に壱六八家の血統であることが分かった今では、相続の有無に関係なく僕はその「呪詛」の輪の中にあるのだと理解はしていたけれど、どうしてもその一線だけは踏み越えたくなかった。僕には僕の矜持《きょうじ》があり、島を離れて暮らしていたのなら、このまま島と関わりなく生きて行きたかった。

　壱六八家の人々の葬儀が終わり、年が明けるまで壱六八家で過ごさなければならなかった僕は、壱六八家専属の弁護士に遺産放棄の旨《むね》を告げ、手続きを済ませてようやく島を離れられた。壱六八家の屋敷は遠戚《えんせき》を探して任せる事になったそうで、その後はどうなったのか僕も知らない。弁護士に連絡を取れば分かるんだろうけど、実際のところ、僕はそれどころじゃなかったのだ。

　東京に戻り、ようやく日常が戻ったと思った途端、僕は体調を崩して入院する羽目になった。栄養失調と過労、その他もろもろ……はっきりとした原因は分からなかったけど、入退院を繰り返すほど僕の身体《からだ》は弱り切っていて、それは一昨年の夏から続く呪殺島のもろもろに精神的に参ってしまった事も一因だったんだと思う。考えてみたら僕、頭を殴られたり殺されかけたり、結構色んな目に遭ってたもんな……。

　そして今日、ようやく退院の日を迎え、古陶里が迎えに来てくれたんだけど。僕はどうしてかぐずぐずといつまでも退院の準備ができないまま、ここで時間を無駄にしている。

「古陶里」

　衣類を畳んでバッグに入れて、でもすぐに中でぐしゃぐしゃになってもう一度取り出して。そんなことを繰り返した後、僕は深々と溜息《ためいき》を吐《つ》くと諦《あきら》め、荷物を放り投げて今朝まで横になっていたベッドに座る。そして、案じるような目で僕を見ながら椅子に座っていた古陶里に向き合った。

「聞きたいことがあるんだ。良いかな」

うん、と古陶里は声に出さずに頷《うなず》く。僕は横で充電していたスマホを取ると、開いたままにしていたページを出しながら古陶里に言った。

「千姫さんのことだけど」

「……なんだ」

「簡単にだけど、調べてみたんだ、彼女が抱えていた失感情症のこと。千姫さんは自分には感情がない、なんて話してたけど、違うよね？　存在しないんじゃない、感情があるのにそれを表に出す方法が分からない……そういうものだって書いてあったよ」

あの時。否《いな》、島にいた間中、僕の近くにいた千姫さんのことを思い出す。

彼女はいつも感情表現が薄く、時に偏《かたよ》ったおかしな反応を見せたりもしたけれど、それが自分なのだと割り切っているような態度をとっていた。最期《さいご》の瞬間まで、ずっと。

だけど違ったのだ。彼女にはきちんと感情があった。だとしたら……。

「彼女はどうして僕らを助けてくれたんだろう。それに、御津代さんだってそうだよね？」

思えば。僕が壱六八島に行った時、恐らくは先代当主から「壱六八家の忌み子は東京で死んだ」と聞かされていた島人達はともかくとして、壱六八家の人達はすぐに僕の正体に気付いたはずだ。だって彼らは興信所を使って僕のことを調べ上げ、僕や古陶里が生きていることも、真人さんと繋《つな》がっていることも、そして僕だけが記憶喪失で島の記憶を失っていること……自分が壱六八家の人間である事実を「知らない」状態であることをつかんでいたからだ。

だから和亀くんは崖《がけ》の下で僕を見た時、僕に疑われないよう、逃げてしまわぬように「三嶋古陶里の友人」と名乗った僕をそのまま受け入れた。本当は自分の兄であることに気付いていながら、あくまで僕を古陶里の友人として遇したのだ。いつか「自分を殺すかもしれない忌み子」である僕を殺すために。

だとしたら、御津代さんはどうだったんだろう。彼女もまた、僕を殺すために演技していたのか？　だけど彼女は吉川さんが興奮して僕を殺しかけた時、それを止めてくれた。皮膚疾患を抱えて紫外線を避けた生活をしていたのに、わざわざ庭園に近付くという危険を冒してまで、僕を助けてくれたのだ。

「御津代さんは、もしかしたら……」

「ああ、そうだ。私と千姫に協力してくれていた。私達が何をしようと見て見ぬふりをしてくれていたし、屋敷の中で一番安全な自分の奥の座敷に、私を匿ってくれてもいた。

あの人は壱六八真人が殺されたことにも気付いていたし、子供たちのたくらみをも知っていた。だからこそあえてそれらに関わらず、自分は中立でいると決めていたそうだ」

彼女は自らの死期が近いことを知っていた。そのうえで、事の成り行きを見守るつもりでいたらしい。

「お前が吉川に襲われた時、うっかり助けてしまったと言っていたな。お前が龍力寺の蔵に閉じ込められていた頃から、何か思うところがあったのかもしれない」

「御津代さんが、そんな事を……」

「匿ってもらっている時に何度か話したが、恐らく、あの人はお前に同情的だったよ。最期の瞬間まで、ずっとお前を案じていた」

僕が古陶里の事を探しているって気付いていたのに。と思うと恨みがましい気持ちが込みあげたけど、状況を考えると、それも仕方なかったのだろう。

だけど。

「なんで話してくれなかったんだよ。僕がいくら全部忘れてたからって、話してくれさえしたら、あんなことになる前にどうにか出来たかもしれない。古陶里が島に行かなくても、千姫さんがあんなことしなくても、僕らは壱六八家の目から逃れて生き延びられたかもしれなかったのに……っ」

駄目だ。また、こんな感情が込み上げてくる。

実際のところ、入退院を繰り返した理由の大半はこのせいだった。僕は島から戻った後、ずっと同じ事を繰り返し考えて行き詰まり、悔やみ、身動きが取れなくなってしまう。食事ものどを通らず、生きている意味が分からなくなり、あの時に戻れたら、と悔やんでしまう。そして倒れてしまうのだ。

だけどどうしても古陶里を責めたくはなかった。だってすべての事件の原因は僕であり……和亀くんが最後に言っていた通り、僕さえいなければ誰もこんな目に遭う事もなかったんだから。

それでも壱六八家の人々が亡くなってしまった今、この件について話せるのは古陶里以外にいなくて。でも責めたくなくて、謝りたくて、でも……答えのないジレンマに僕は段々と自分の感情をコントロールできなくなっている。

視線を感じて顔を上げると、古陶里がじっと僕を見つめていた。案じるような色ではなく、無理に何か言いたいことを封じ込めているような眼差《まなざ》しで。

その瞳を見ていたら、僕はまた我慢できなくなって、心の中に仕舞い込んでおこうと思っていた言葉を口にしてしまう。

「千姫さんは僕らを庇って、全部自分がやったことだって手紙を残してたらしいけど……本当にそうだったの？」

「…………」

「例えば万姫さんの死は、千姫さんが万姫さんを殺した後に古陶里が合流したって言っていたけれど、本当に？　万姫さんが死んだ時、古陶里もその場にいたんじゃないの？」

それだけじゃない。伊鶴くんの死についてもそうだ。

あの日、昏倒《こんとう》した僕のそばには古陶里がいた。千姫さんが古陶里を屋敷の外に逃がそうとして伊鶴くんを殺してしまったと言っていたけれど、もし仮に、古陶里が逃げる際に伊鶴くんと鉢合わせしていたのだとしたら……その際に事故が起きたのだとしたら？

そして、吉川さんに襲われた時も。あの時、僕を逃がしてくれたのは古陶里だった。あの場には古陶里と吉川さんだけが残されたのだから、千姫さんが後から合流して古陶里を助けるために吉川さんを殺した、というのが事実かどうかは誰にも分からないのだ。少なくとも、古陶里以外には。

「古陶里は、僕を守るために、もしかしたら……」

「……お前はどう思う？」

感情のない声に、僕は思わず言葉を詰まらせる。ぎゅっとベッドのシーツを握り締めた。

僕は？　僕は……古陶里を疑いたくなんかない。

壱六八島に行ったのだって、古陶里を助けたかったから、事件に巻き込まれているならすぐに見つけ出して、解決策を探したかったからだ。

万姫さんが死んでいた時も、伊鶴くんが亡くなった時も、古陶里が人を殺すわけがないと信じていた。古陶里がかつて、僕を信じてくれていたように。

だけど、それがすべて僕のせいだったとしたら。私欲のためではなく、僕を守るためにそうせざるを得なかったのだとしたら。

開いたままの窓から風が吹き込んでくる。カーテンが大きくなびき、僕と古陶里の視界をふさいだ。

……壱六八島に伝わる伝承を、島の外で育った僕は信じない。少なくともこれまではそうだったのだ。あんな馬鹿《ばか》げた話を信じて、人が人を憎むなんておかしい、と。

だけど結果的に、僕という存在のせいで壱六八家の人々は死んだ。僕がいる限り、壱六八家の血は絶えないけど、少なくとも、呪殺島である壱六八島で暮らす領主一族は死に絶えた……という形になる。

これは本当に呪いとは関係ないのだろうか。本当に、僕は……。

「僕のせいなら……それなら、やっぱり僕は、島の人達が言うように『忌み子』で……」

「あんた達さぁ、窓もドアも開けっ放して物騒な話をしてるんじゃないよ。知らない人が聞いてたらどうするのさ。びっくりしちゃうよねぇ？」

突如響いた声に、僕はびくりと体を震わせて口を閉ざす。と同時に古陶里が立ち上がり、扉の前に立つ女性に「お前」とにらみを利《き》かせた。

「何をしに来た。久保田女史」

「……お見舞いに来たんだよ。仕事がなかなか片付かなかったんだけど、今日が退院だって伊《い》読《よみ》から聞いてさぁ」

そこにいたのは、肩に大きなボストンバッグをかけ、長い髪をひとまとめにしたスーツ姿の眼鏡の女性。

僕らと同じく呪殺島の生まれであり、赤江島の事件で亡くなった作家の担当編集をしていた女性、そして僕に、失踪《しっそう》した古陶里の行き先を教えてくれた、久保田女史だった。

「なになに、辛気臭い顔して。そちらは随分と長患《ながわずら》いだったけど、ようやくの退院なんだろ？　せっかくならって退院祝い持って来てあげたのにさ、なになに、何を揉《も》めてんの？」

「貴女《あなた》には関係ないでしょう」

相変わらずふざけた人だ。ただでさえ最低な気分だった僕は、久保田女史から視線を逸《そ》らしてベッドから立ち上がりながらそう言った。もう、荷物はどうでもいい。バッグの中に入るだけ詰め込んで、この人のいる病室から出ていきたい、と思った。

だけど久保田女史は空気を読まず、否、分かったうえで明るくからからと笑い声をあ

げ、

「あるよー。私もあんた達も、同じ呪殺島出身の仲間じゃないのさ。聞きたいんだよね、島に戻った後の詳しい話を」

「ふざけ……っ」

「てないよ。私だって君たちと同じく、いつどうなるか分からないんだから」

言って、ずかずかと病室に入ってくると、肩にかけていたボストンバッグをベッドの上にどさりと置いた。

「ちょっと、何するんですか、僕の着替えが下に……」

「だから、退院祝いだよ。手元に置いてあった方が安心だろうと思ってね」

押しつけがましくそう言うと、久保田女史は綺麗《きれい》にマニキュアを塗った指先でさっとバッグのファスナーを開く。すると、中から大きな日本人形がふたつ、ごろんと出て来た。

「これは、まさか」

「そう、壱六八家にあったあんた達の人形だよ。ちょーっと壊れてはいるけどね、他でもない人形で呪術を執り行っていた一族の作ったものだ、島に置いておくのは不安じゃないかと思ってわざわざ送ってもらったんだよ」

「はぁぁ!?」

久保田女史の発言に思わず声が出た。送ってもらった？　壱六八家にあったこの人形を？

「まさか久保田女史、壱六八島と何かつながりでもあるんですか⁉」

「もちろんさ。呪殺島の人間ってのはねぇ、業を負った人間の集まりだ。先祖の罪を負うなんて冗談じゃないと思うけど、この世はそんなふうに出来上がってるんだから仕方ない、……なーんて、私も最初から納得してたわけじゃないからさ？　自分の運命を覆《くつがえ》したくて、いろんな呪殺島にお邪魔したから、壱六八島にだって何度か足を運んでるのさ」

僕は呆然《ぼうぜん》とする。古陶里もこれは初耳だったのか、目を見開いて女史を見ていた。

「いやいや二人とも大袈裟《おおげさ》。そーんな驚かなくたってさ、そりゃ行くでしょうよ。あそこは観光地じゃないけど、伊読から聞いて存在は知ってたしね」

「誰と知り合いなんですか？　人形を送ってくれるような人なんて、壱六八家の人くらいしか……まさか貴方、島の人たちに余計なことを言ったりしてませんよね？」

あっけらかんと話しながら、いつの間にかベッドのパイプにお尻《しり》を乗せた彼女に、思わず声を上げたところで不可抗力だ。何故ならこの人は、いつだって呪殺島に関わる人達に余計な口出しをする悪癖があるからだ。

赤江島の時は、担当していた赤江神楽《かぐら》に関わり。

そして二度目の千駒島では、若き巫女《みこ》候補だった少女とその恋人に「外の世界」につながる可能性を与え、いたずらに夢を見させた。

そんな人なのだ。壱六八島に行って、何もせずに帰って来たとは思えない。

すると彼女はにやりと笑い、まぁねぇ、と小馬鹿にするように人差し指を顎《あご》に当て、病室の天井の隅を見上げた。

「壱六八家の人はもういないからね、人形を送ってくれたのは中で働いてる子だけど……ただ、島に遊びに行った時、千姫ちゃんと話したことはあったかな。あの子、親切にも案内役をかって出てくれたからさ。面白い子だったなぁ」

「……千姫さんと？」

「やたらとポーカーフェイスっていうか、何をしてもどんな時も表情を変えない子だったから、変だと思ってさ。聞いてみたら『私には感情がないんです』なんて言い出すし。壱六八家の呪いについては私も知ってたから、そのせいかなーとも思ったんだけど……よくよく聞いてみたら、違うんだよね」

久保田女史が僕を見る。

「あんた達、さっき話してたね。失感情症は感情を表現できないだけで、きちんと何かを感じ取ることは出来てるんじゃないかって。その通りだよ、そしてあの子もそれを自覚していた」

＊＊＊＊＊

『どうしても自分が好きになれなくて、でも、そんな自分を変えることも出来ないと分かっていたら、貴方はどうしますか？』

『……私が？　なかなか難しい質問をするんだねぇ、今時の子は』

『難しくはないでしょう。私が変われないのなら、自分以外の場所に大切な場所を作れば良いんです。私は、そうしました。どれだけ私が弱くても、壊れていても、どうしようもない人間でも……私の代わりに綺麗なままで笑ってくれる存在がある。それなら私は、私を嫌いなままでも平気でいられる』

『大切な場所、って言うのは、何のこと？』

『それは……』

＊＊＊＊＊

「蔵の中にいる子供達を初めて見た時、何もかもが醜くて汚くて、息をするだけでも苦しいこの世界の中で、そこだけが美しいと思ったんだってさ。あんた達のことだよ。そうして、その時に初めて自分に感情があるんだって事に気付いたとも言ってたねぇ。壱六八島という世界、壱六八家という場所の息苦しさから逃げ出したくなる、自分にはきちんとそう感じる心があるんだってさ。感情がないんじゃない、感情を外に出すことができないだけ、誰かに教わったり学んだりすることなく当たり前に出来ることが、自分には出来ないんだって」

「…………」

「だけどあんた達の姿を見ていたら、自分の代わりに笑ったり悲しんだりしてくれているような気がして、そうしたらほんの少しだけ、自分の感情をどう出せば良いのか分かるようになった気がしたってさ。あんた達は、あの子の感情の発露の為《ため》の大切な存在だったんだよ」

「それって……」

「さっき言ってた、何で千姫ちゃんがあんた達を助けたのかって理由だね」

ずれた眼鏡を押し上げつつ、にやりと人の悪い笑みを浮かべた久保田女史に、僕はぽかんとして。それからその意味に気付いてむっと立ち上がった。

「盗み聞きしてたんですか、僕らの会話を」

「勝手に聞こえて来たんだって。さっきも言ったよね、窓も戸も開け放したままで物騒な話をするんじゃないってさ」

なんて人だ。悪びれもせずに僕らの非を問うてきた。その態度にイラッとしたのか、珍しく古陶里も眉間《みけん》に皺《しわ》を寄せて思い切り感情を表に出しつつ、椅子から立ちあがる。

「お前……そんな話しか出来ないのなら、もう帰れ。何が退院祝いだ、悪趣味な」

「えー。わざわざ来てあげたってのに、ほんとにあんた達は失礼だよね……じゃあ最後にひとつだけ、質問させてもらって良いかな？」

「何ですか！」

「簡単な質問だよ。千姫ちゃんが最後に連絡をくれた時に言ってたんだけど……悠樹くんはどうして壱六八島で、本名ではなく『秋津真白』と名乗ったのかな」

　言葉に、ぼくはひゅっと息を呑《の》む。

「え……」

「だってさぁ、自分が壱六八家の人間だってことを忘れていたのなら、わざわざ偽称する必要はないわけだよね？　なのにあえて本名を隠した、その理由は何なのかな」

「それは、古陶里が何で姿を消したのか分からない状況だったし、呪いがどうとかいう島で本名を名乗るのに抵抗が……」

「ほんとに？　悠樹くんさぁ、もしかして気付いていたんじゃない？」

「何を……」

「自分が壱六八悠樹だってことにだよ」

久保田女史の顔がぐいっと近付く。いつの間にか、彼女はベッドに座ったまま、立ち上がった僕のすぐそばまでにじり寄っていた。

「自分が何者であるのかを思い出せなくて、だから古陶里ちゃんが島に行った理由も分からない。手紙を渡した時の君、そんな感じだったけどさぁ、本当はもっと早い段階で壱六八家と自分との関係に気付いてたんじゃないの？　そして彼らが君の命を狙《ねら》っていることも、古陶里ちゃんが何故、一人で島に来なければならなかったのかって理由だって知っていた……だからあの時、あえて本名を名乗らずに様子を見てたとか？」

古陶里が目を細めて僕を見る。久保田女史も、もう鼻がつくんじゃないかと思うくらい僕に顔を近付けて、ぐっと僕の手首を摑《つか》んだ。

「ねぇ。どんな気分だった？　自分を殺そうとする家族のいる故郷に戻り、呪詛のせいで家族全員を失った時は」

彼女の手を振り払おうとしたが、僕は動きを止める。間近にある久保田女史の眼鏡越しに映る目の輝きにぞっとしたからだ。

決して冗談ではなく、彼女の眼には愉悦があった。瞳は興奮で爛々《らんらん》と輝き、まるで執念深い蛇か、獲物を見つけた肉食獣みたいな恐ろしささえ感じる。異質な輝きだ。

「離せ！」

「……おっと」

叫んだのは、僕じゃなく古陶里だった。僕と同様、久保田女史の迫力に押されて固まっていたはずの古陶里が、僕と女史の間に入って代わりに腕を振り払った。

「いい加減にしろ。冗談にもほどがある」

「つまらないなぁ」

やれやれ、と言わんばかりの態度で久保田女史が溜息を吐く。それから肩を竦《すく》め、唇を三日月の形に歪《ゆが》めるような、意味深な表情を浮かべて僕をじっと見て。

「私はね、あんたの方がよっぽど怖いよ、壱六八悠樹くん。自分が原因で家族が死んだと言いながら、二人のお姫様に守られつつこうしてちゃっかり生きのびている。孤独で仲間のいない子供達が、どうしてそこまであんたを心のよすがにするのか分からない。或《ある》いはそれこそが、あんたの持つ『呪い』の正体なのかもしれないね」

「……僕は」

「だけどまあ、いいよ。呪詛なんてものはね、何も形通りのものじゃない。妬《ねた》ましい、憎い、殺してやりたい、不幸になれば良い。そんな気持ちはどんな人間の心にも潜んでるもんなんだからさ。分かりやすく形にすることはないかも知れないけど、強い気持ちには念がこもる。それは悪意だけじゃなく、何かを守りたいって気持ちにだって同じこと」

ふらりと久保田女史は僕らから離れる。そのまま病室の開いたままの扉の外に出て、ああ、と思い出したように振り返った。

「あのさぁ、伊読のとこにもたまには顔出してやんなよ？　今年に入って一度も会ってないらしいけど、心配してたみたいだよ？」

「……僕は、できればもう、呪殺島にまつわるどんなものにも関わりたくありません」

「ま、それならそれでいいか。あんたが離れたがろうと、距離を置こうと、結局は呪詛の方があんた達を放っておかないとは思うけどね」

じゃあね、とひらひら手を振って、久保田女史は去って行く。無言のまま、お互い目を合わせる事すらできなくなった僕らと、力を失って倒れたように見える僕らの人形だけを取り残したまま。

*****

病院の外に出ると、空は相変わらず青く澄んでいた。人形が入った不《ぶ》恰好《かっこう》なリュックと、入院中に少しずつ溜《た》まっていた荷物を持って、僕らは歩き出す。

「古陶里は……」

信号が赤に変わり、横断歩道の前で立ち止まる。それまで黙って歩き続けていた僕は、外に出て初めて隣に並ぶ幼馴染《おさななじ》みに声をかけた。

「古陶里は僕を恨んでないの？　僕のせいで島の人たちに忌み子だって誤解されて、桜さんも亡くなって、施設に入って、真人さん……父さんや千姫さんと連絡を取り合いながら僕を守り続けて」

　古陶里が不思議そうに僕を見る。

「僕さえいなければ、って思わなかった？」

「思ったことはない。これは呪いでも何でもなく、私自身の意思でしたことだ」

「……なんでそこまで……」

　思わず呟くと、古陶里は静かに僕を見た。

「壱六八千姫も言っていた。私とあの人はとても良く似ていたと。あの頃、母と祖父以外に味方のいなかった私にとって、あの蔵での時間は何より大切なものだった。お前は……あの時に交わした約束を、もう忘れてしまったのか？」

「約束……？」

『わたしたち、大人になっても、あえなくなっても、友達でいるの』

『ゆびきりげんまん、うそついたらはりせんぼんのーます、指きった！』

『これでもう大丈夫。やくそくしたからね』

『うん。ぜったいに、ずーっと、一緒だよ』

　ああ、そうか、と思う。懐かしい声が甦った気がした。

僕は無言でそっと差し出された古陶里の手を握ると、青に変わった信号を確認して、歩き出す。

……久保田女史の言葉は、半分当たっている。

僕は確かに、あの島で何が起きるのかを予感していた。壱六八島に渡った時、そこにある空気を「知っている」と感じ、もしかしたら、古陶里が島に来たのは彼女自身のためではなく……僕がこの島に関わりのある人間だからではないのか、と。

だけど記憶はなくて、ただ、第六感のようなものが僕に囁《ささや》いていた。古陶里を探す、その目的と同じくらい自分の中に生まれた予感の正体を知りたかったからこそ、僕は結局、あの島に留まったのだ。惨劇が起き、すべてが終わるあの時まで。

……龍力寺にあった、あの蔵を思い出す。

夏は暑く、冬は寒く、決して居心地の良い場所ではなかった小さな世界。あそこで過ごしていた時、時折遊びに来てくれる古陶里の存在が僕には救いだった。嫌なことも悲しいことも、あの蔵の中までは入ってこなかった。確かにあそこは、守られた空間だったのだ。

けれどもう、僕は外に出てしまった。僕らを守ってくれていた壁はなくなり、蔵にある小さな窓から覗いていた空は、今や僕の真上に果てしなく広がっている。

僕らはもう、前に進むことしか出来ない。

不意にふわりと蝶《ちょう》が舞った気がした。

光の反射で黄金色に見える季節外れの蝶は、ふわふわと僕らの周りを飛び、そのまま高く広がる青い空の向こうに、淡く、滲むように溶けていった。

【参考サイト】

MSD マニュアル（家庭版）単一遺伝子疾患の遺伝
執筆者：David N. Finegold, MD, University of Pittsburgh
https://www.msdmanuals.com/ja-jp/

豪邸を建てる・モダンテイストの和風邸宅
https://www.goutei-archive.com/case/japanese
/japanese_modern.html

ライソゾーム病について／メディカルノート
監修・学校法人慈恵大学理事　井田博幸先生
https://medicalnote.jp/diseases/

本書は新潮文庫のために書き下ろされた。

萩原麻里著

呪殺島の殺人

目の前に遺体、手にはナイフ。犯人は、僕?——陸の孤島となった屋敷で始まる殺人劇。呪術師一族最後の末裔が、密室の謎に挑む!

萩原麻里著

巫女島の殺人

—呪殺島秘録—

巫女が十八を迎える特別な年だから、この島で、また誰かが死にます——隠蔽された過去と新たな殺人予告に挑む民俗学ミステリー!

榎田ユウリ著

ここで死神から残念なお知らせです。

「あなた、もう死んでるんですけど」——自分の死に気づかない人間を、問答無用にあの世へと送る、前代未聞、死神お仕事小説!

榎田ユウリ著

死神もたまには間違えるものです。

「あなた、死にたいですか?」——自分の死に気づかない人間に名刺を差し出し、速やかにあの世へ送る死神。しかし、緊急事態が!

榎田ユウリ著

ところで死神は何処から来たのでしょう?

「殺人犯なんか怖くないですよ。だって、あなたはもう」——保険外交員にして美形&最強「死神」。名刺を差し出されたら最期!

榎田ユウリ著

死神と弟子とかなり残念な小説家。

唯我独尊の死神が、まさかの新人教育!? 名前も帰る場所もない少年を弟子とし、ナナと名付けるが。異色師弟関係は存続か解消か。

三川みり著
龍ノ国幻想1
神欺く皇子
皇位を目指す皇子は、実は女！　一方、その身を偽り生き抜く者たち——命懸けの「嘘」で建国に挑む、男女逆転宮廷ファンタジー。

三川みり著
龍ノ国幻想2
天翔る縁
皇尊即位。新しい御代を告げる宣儀で、龍を呼ぶ笛が鳴らない——「嘘」で皇位を手にした罰なのか。男女逆転宮廷絵巻第二幕！

三川みり著
龍ノ国幻想3
百鬼の号令
反封洲《たんのほうしゅう》の伴有間《とものありま》は、地の底に落とされて生き抜いた過去を持つ。闇に耐えた命だからこそ国の頂を目指す。壮絶なる国盗り劇、開幕！

三川みり著
龍ノ国幻想4
炎《も》ゆ花の楔《くさび》
皇尊《すめらみこと》となった日織に世継ぎを望む声が高まる。伴侶との間を引き裂く思惑のなか、最愛ゆえに妻が下した決断は。男女逆転宮廷絵巻。

紺野天龍著
幽世《かくりよ》の薬剤師
薬剤師・空洞《うろ》淵霧瑚《ぶちきりこ》はある日、「幽世」に迷いこむ。そこでは謎の病が蔓延しており……。現役薬剤師が描く異世界×医療ミステリー！

白河三兎著
冬の朝、そっと担任を突き落とす
校舎の窓から飛び降り自殺した担任教師。追い詰めたのは、このクラスの誰？　痛みを乗り越え成長する高校生たちの罪と贖罪の物語。

月原渉著

首無館の殺人

その館では、首のない死体が首を抱く——。斜陽の商家で起きる連続首無事件。奇妙な琴の音、動く首、謎の中庭。本格ミステリー。

月原渉著

犬神館の殺人

その館では、密室の最奥で死体が凍る——。氷結した女が発見されたのは、戦慄の犬神館。ギロチン仕掛け、三重の封印、消えた犯人。

月原渉著

鏡館の殺人

姿見に現れる「死んだ姉」。「ころす」の文字……。この館では、鏡が「罪」を予言する——。少女たちの棲む左右対称の館で何かが起きる。

知念実希人著

スフィアの死天使

—天久鷹央の事件カルテ—

院内の殺人。謎の宗教。宇宙人による「洗脳」。天才女医・天久鷹央が〝病〟に潜む〝謎〟を解明する長編メディカル・ミステリー！

知念実希人著

幻影の手術室

—天久鷹央の事件カルテ—

手術室で起きた密室殺人。麻酔科医はなぜ、死んだのか。天久鷹央は全容解明に乗り出すが……。現役医師による本格医療ミステリ。

知念実希人著

甦る殺人者

—天久鷹央の事件カルテ—

容疑者は四年前に死んだ男。これは死者の復活か、真犯人のトリックか。若い女性を標的にした連続絞殺事件に、天才女医が挑む。

河野裕著

さよならの言い方なんて知らない。

あなたは架見崎の住民になる権利を得ました。一通の奇妙な手紙から始まる、死と隣り合わせの青春劇。「架見崎」シリーズ、開幕。

河野裕著

さよならの言い方なんて知らない。2

架見崎。誰も知らない街。高校二年生の香屋歩は、そこでかつての親友と再会するが……。死と涙と隣り合わせの青春劇、第2弾。

河野裕著

さよならの言い方なんて知らない。3

月生亘輝。架見崎の最強。彼に対し二大勢力が行動を起こす。戦火の中、香屋歩が下す決断は……。死と隣り合わせの青春劇、第3弾。

武田綾乃著

君と漕ぐ
―ながとろ高校カヌー部―

初心者の舞奈、体格と実力を備えた恵梨香、上位を目指す希衣、掛け持ちの千帆。カヌー部女子の奮闘を爽やかに描く青春部活小説。

武田綾乃著

君と漕ぐ2
―ながとろ高校カヌー部と強敵たち―

結束深めるカヌー部女子四人。他県から個性豊かなライバルが集まる関東大会で勝利をつかめるか!? 熱い決意に涙する青春部活小説。

武田綾乃著

君と漕ぐ3
―ながとろ高校カヌー部と孤高の女王―

スター選手の蘭子が恵梨香をスカウトしたことで、揺れるカヌー部四人。そしていよいよ迎えたインターハイ。全国優勝は誰の手に!?

七月隆文著

ケーキ王子の名推理《スペシャリテ》

ドSのパティシエ男子&ケーキ大好き失恋女子が、他人の恋やトラブルもお菓子の知識で鮮やか解決！　胸きゅん青春スペシャリテ。

七月隆文著

ケーキ王子の名推理《スペシャリテ》2

未羽は愛するケーキのお店でアルバイト開始。そこにオーナーの過去を知る謎の美女が現れて……。大ヒット胸きゅん小説待望の第2弾。

七月隆文著

ケーキ王子の名推理《スペシャリテ》3

修学旅行にパティシエ全国大会。ライバル登場で恋が動き出す予感!?　ケーキを愛する高校生たちの甘く熱い青春スペシャリテ第3弾。

清水朔著

奇譚蒐集録
—弔い少女の鎮魂歌—

死者の四肢の骨を抜く奇怪な葬送儀礼。少女たちに現れる呪いの痣《あざ》の正体とは。沖縄の離島に秘められた謎を読み解く民俗学ミステリ。

清水朔著

奇譚蒐集録
—北の大地のイコンヌプ—

流れ歩く村《ヤイケシテコタン》に伝わる鬼の婚礼、変身婚《ヤイカラ・ウコレ》とは——。帝大講師・南辺田《みなべだ》廣章《こうしょう》が大正の北海道で滅亡した村の謎を解く、民俗学ミステリ。

堀川アサコ著

悪い麗人
—帝都マユズミ探偵研究所—

殺人を記録した活動写真の噂、華族の子息と美少年の男色スキャンダル……伯爵探偵と成金助手が挑む、デカダンス薫る帝都の事件簿。

町田そのこ著

コンビニ兄弟
—テンダネス門司港こがね村店—

魔性のフェロモンを持つ名物コンビニ店長（と兄）の元には、今日も悩みを抱えた人たちがやってくる。心温まるお仕事小説登場。

町田そのこ著

コンビニ兄弟2
—テンダネス門司港こがね村店—

地味な祖母に起きた大変化。平穏を崩す美少女の存在。親友と決別した少女の第一歩。北九州の小さなコンビニで恋物語が巻き起こる。

河端ジュン一著

六畳間ミステリーアパート

そのアパートで暮らせばどんなお悩みも解決する!?　奇妙な住人たちが繰り広げる、不思議でハートウォーミングな新感覚ミステリー。

乾くるみ著

物件探偵

格安、駅近など好条件でも実は危険が。事故物件のチェックでは見抜けない「謎」を不動産のプロが解明する物件ミステリー6話収録。

西條奈加著

金春屋ゴメス
日本ファンタジーノベル大賞受賞

近未来の日本に「江戸国」が出現。入国した辰次郎は「金春屋ゴメス」こと長崎奉行馬込播磨守に命じられて、謎の流行病の正体に迫る。

西條奈加著

金春屋ゴメス
芥子の花

上質の阿片が海外に出回り、その産地として日本や諸外国からやり玉に挙げられた江戸国。ゴメスは異人が住む麻衣椰《マィャ》村に目をつける。

三雲岳斗著
原作 Mika Pikazo/ARCH
RE:BEL ROBOTICA
―レベルロボチカ―

2050年、超越現実《MR》都市・渋谷を、バグを抱えた高校生タイキと超高度AIリリィの凸凹タッグが駆け回る。近未来青春バトル始動。

吉上亮著
原作 Mika Pikazo/ARCH
RE:BEL ROBOTICA 0
―レベルロボチカ 0―

この想いは、バグじゃない――。2050年、現実《リアル》と仮想《バーチャル》が融合した超越現実《MR》社会。バグ少年とAI少女が〝空飛ぶ幽霊〟の謎を解く。

小島秀夫原作
野島一人著
デス・ストランディング
（上・下）

デス・ストランディングによって分断された世界の未来は、たった一人に託された。ゲーム『DEATH STRANDING』完全ノベライズ!

早坂吝著
探偵AIのリアル・ディープラーニング

天才研究者が密室で怪死した。「探偵」と「犯人」、対をなすAI少女を遺して。現代のホームズVS.モリアーティ、本格推理バトル勃発!!

伊与原新著
青ノ果テ
―花巻農芸高校地学部の夏―

僕たちは本当のことなんて1ミリも知らなかった――。東京から来た謎の転校生との自転車旅。東北の風景に青春を描くロードノベル。

杉井光著
この恋が壊れるまで夏が終わらない

初恋の純香先輩を守るため、僕は終わらない夏休みの最終日を何度も何度も繰り返す。甘く切ない、タイムリープ青春ストーリー。

小野不由美著

屍鬼（一～五）

「村は死によって包囲されている」。一人、また一人、相次ぐ葬送。殺人か、疫病か、それとも……。超弩級の恐怖が音もなく忍び寄る。

小野不由美著

黒祠の島

私は失踪した女性作家を探すため、禁断の島を訪れた。奇怪な神をあがめる人々。凄惨な殺人事件……。絶賛を浴びた長篇ミステリ。

小野不由美著

残穢

山本周五郎賞受賞

何かが畳を擦る音、いるはずのない赤ん坊の泣き声……。転居先で起きる怪異に潜む因縁とは。戦慄のドキュメンタリー・ホラー長編。

小野不由美著

東京異聞

人魂売りに首遣い、さらには闇御前に火炎魔人、魑魅魍魎が跋扈する帝都・東京。夜闇で起こる奇怪な事件を妖しく描く伝奇ミステリ。

小野不由美著

魔性の子

―十二国記―

孤立する少年の周りで相次ぐ事故は、何かの前ぶれなのか。更なる惨劇の果てに明かされるものとは――「十二国記」への戦慄の序章。

小野不由美著

月の影　影の海（上・下）

―十二国記―

平凡な女子高生の日々は、見知らぬ異界へと連れ去られ一変した。苦難の旅を経て「生」への信念が迸る、シリーズ本編の幕開け。

上橋菜穂子著
狐笛のかなた
野間児童文芸賞受賞
不思議な力を持つ少女・小夜と、霊狐・野火。森陰屋敷に閉じ込められた少年・小春丸をめぐり、孤独で健気な二人の愛が燃え上がる。

上橋菜穂子著
精霊の守り人
野間児童文芸新人賞受賞
産経児童出版文化賞受賞
精霊に卵を産み付けられた皇子チャグム。女用心棒バルサは、体を張って皇子を守る。数多くの受賞歴を誇る、痛快で新しい冒険物語。

上橋菜穂子著
精霊の木
環境破壊で地球が滅び、人類が移住した星で、過去と現在が交叉し浮かび上がる真実とは——「守り人」シリーズ著者のデビュー作！

畠中恵著
しゃばけ
日本ファンタジーノベル大賞優秀賞受賞
大店の若だんな一太郎は、めっぽう体が弱い。なのに猟奇事件に巻き込まれ、仲間の妖怪と解決に乗り出すことに。大江戸人情捕物帖。

畠中恵著
ぬしさまへ
毒饅頭に泣く布団。おまけに手代の仁吉に恋人だって？ 病弱若だんな一太郎の周りは妖怪がいっぱい。ついでに難事件もめいっぱい。

畠中恵作
柴田ゆう絵
新・しゃばけ読本
物語や登場人物解説などシリーズのすべてがわかる豪華ガイドブック。絵本『みぃつけた』も特別収録！『しゃばけ読本』増補改訂版。

仁木英之著
僕僕先生
日本ファンタジーノベル大賞受賞

美少女仙人に弟子入り修行!? 弱気なぐうたら青年が、素晴らしき混沌を旅する冒険奇譚。大ヒット僕僕シリーズ第一弾！

仁木英之著
薄妃の恋
—僕僕先生—

先生が帰ってきた！ 生意気に可愛く達観しちゃった僕僕と、若気の至りを絶賛続行中な王弁くんが、波乱万丈の二人旅へ再出発。

仁木英之著
胡蝶の失くし物
—僕僕先生—

先生が凄腕スナイパーの標的に?! 精鋭暗殺集団「胡蝶房」から送り込まれた刺客の登場で、大人気中国冒険奇譚は波乱の第三幕へ！

沢村　凜著
王都の落伍者
—ソナンと空人1—

荒れた生活を送る青年ソナンは自らの悪事がもとで死に瀕する。だが神の気まぐれで異国へ——。心震わせる傑作ファンタジー第一巻。

宮部みゆき著
ソロモンの偽証
—第I部　事件—
（上・下）

クリスマス未明に転落死したひとりの中学生。彼の死は、自殺か、殺人か——。作家生活25年の集大成、現代ミステリーの最高峰。

宮部みゆき著
小暮写眞館
（I〜IV）

築三十三年の古びた写真館に住むことになった高校生、花菱英一。写真に秘められた物語を解き明かす、心温まる現代ミステリー。

イラスト　アオジマイコ
デザイン　川谷康久（川谷デザイン）

人形島《にんぎょうじま》の殺人《さつじん》

呪殺島秘録

新潮文庫　は－76－3

令和五年二月一日発行

著者　萩《はぎ》原《はら》麻《ま》里《り》

発行者　佐藤隆信

発行所　株式会社新潮社
郵便番号　一六二―八七一一
東京都新宿区矢来町七一
電話　編集部（〇三）三二六六―五四四〇
読者係（〇三）三二六六―五一一一
https://www.shinchosha.co.jp

価格はカバーに表示してあります。

乱丁・落丁本は、ご面倒ですが小社読者係宛ご送付ください。送料小社負担にてお取替えいたします。

印刷・錦明印刷株式会社　製本・錦明印刷株式会社

ISBN978-4-10-180259-6　C0193